追凶

TRUE STORY

真相存于人心，不会随风而逝

梁雨山 著

作家出版社

目 录
CONTENTS

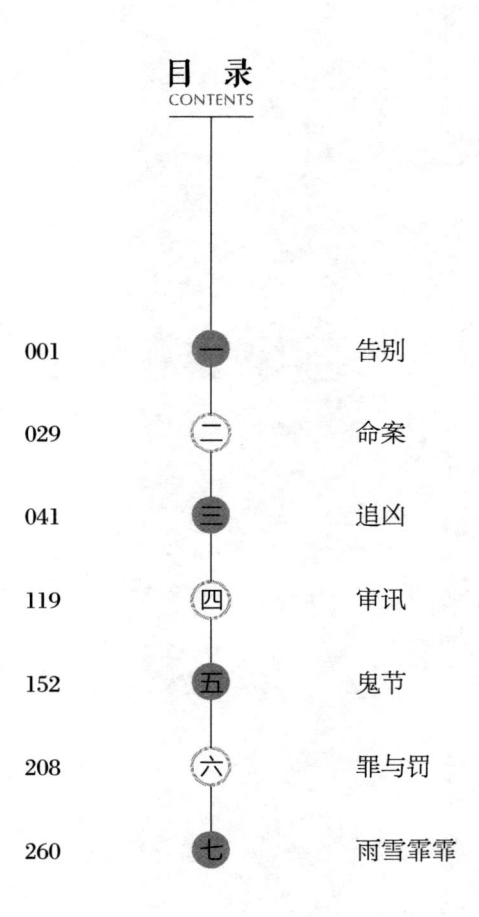

001　一　告别

029　二　命案

041　三　追凶

119　四　审讯

152　五　鬼节

208　六　罪与罚

260　七　雨雪霏霏

告别

1

河水噙住河床，吞咽着泥沙，向东流去。

有的河段，水面宽阔，草木茂盛，弥漫着轻纱样的薄雾；有的河段，水流会形成大漏斗状的漩涡，路过的漂浮物统统被它囫囵吞掉。

这条河在不同河段，当地居民对它的称谓不尽相同，老河、后河、南河都是它。地图上叫洪河，与淮河相汇。

带着潮湿的风，带着腥鲜的水土，带着未知的希望，大河心无旁骛，穿越森林，绕过伏牛山的余脉，继续向前。

流经蚌城那块广袤的平原时，它的脚步放缓。

堤岸两边人们忙着冬播，这一年的麦子比往年种得早，他们急等青苗出土，好多得些补偿。这是他们当前的头等大事，而那些少不更事的年轻人才不关心这个。

此刻，最后一拨迁徙的白鹭在天空盘旋，英子、邓光和晶晶说笑着在那座挂有"危桥"警示牌的桥上等人,没有谁意识到这将是一个非同寻常的下午。

他们不知道危桥很快会被炸掉,新的大桥将建起来。他们也不知道他们的村庄很快将在地图上消失,大湾新区将成为蚌城耀眼的新城。

报纸和电视台鼓捣得有一阵子了,据说这是蚌城最大的地产开发项目。

大湾新区拆迁办已经成立,他们的担子很重,既要满足群众利益诉求,又要摆平违法违章建筑。他们拍着胸脯向上头保证,决不给市里添麻烦。

决不。

大湾新区被大河湾包围,是块风水宝地,许多人满怀憧憬。

大河湾处,河道变窄,水流湍急,白浪激溅,拍出哗哗的水声。

水流带动气流,形成呼呼的河风。河风裹挟着水烟翻过大堤,舔舐着阴郁天空下那行将逝去的村庄。

洪河从此由蚌城的"护城河"变成"内河",两条河(另一条是清河)自西向东穿城而过,两条主干大道贯通南北,蚌城由此形成大"井"字形的城市格局。过不了几年,人们将忘记这些村庄,忘记这块古老的庄稼地,还有那座骨头皲裂的危桥。

桥墩霉黑,布满虫洞的危桥。

废弃的危桥。

他们仨就在那座危桥上等另一个年轻人。

离河湾不远,有片沼泽地,是旧河道形成的,它将被改造成风景优美的湿地公园,从丑小鸭变成金凤凰;湾区内第一批、第二批、第三批拆迁的村庄已经敲定。

这些事儿的风声天生是给人走漏的。

早在他们敲定之前,村子里便竞相扩建房舍,家家户户做起

"拆迁拆迁,一步登天"的梦。

早在他们敲定之前,地产商便着手抢地了。五行上说"火生土,土生金",火怎么生土他们不知道,但土生金他们知道那一点不假。等着瞧吧,他们有能耐把房价炒到天上;银行要分一杯羹,非法集资团伙不会缺席,主管事的家伙会插上一杠子,街头的打手混混们也将在关键的时候派上用场。

大河在拐弯之后,慢慢调回方向,划出一个不对称的大S形再次向东流去。而这片土地像日出日落一样平凡的命运永远结束了。

2

英子是第一个来到危桥的。

通常在星期天下午,英子会先到父亲的修理铺,戴上那种加密的棉纱线手套,帮一会儿忙。都是些琐碎的事,给父亲找一把八英寸的活口扳手、及时拿着一颗螺丝钉而不必让父亲用牙叼着、打开电源给轮胎充气、把未用完的焊条放到盒子里,或者往父亲那个被茶碱蚀成褐色的七百五十毫升的塑料太空杯里倒满开水,诸如此类。母亲忙于家务,还要管理田间的庄稼。哥哥好吃懒做又爱面子,他不止一次对她说,父亲灰头土脸的修理铺常常让他在朋友面前难堪。英子喜欢各种形状的金属配件以及混合着机械润滑油的那种味道。她曾经考虑过她将来也许会成为一名机修专家。帮一阵儿忙,英子再赶去几里外的公交站台,坐上公交车进城上学。

但是近来不一样了,修理铺的生意越来越冷清。人们不再关心他们的农用机车有没有毛病、要不要修一修,至少眼下它们已无用武之地。父亲也开始不待见他的老本行,五金工具胡乱丢放一地,补胎胶片用完了也不进货,有时候干脆关门睡大觉。

修理铺就在胡同口对面的大路边上,英子出来的时候看见父亲正修理一辆自行车,头发蓬松着,额角上有一道墨色的机油灰。

父亲脸上总有一道机油灰,不在额角,便在下巴,或者在脸颊上。那样子很像刚刚被洗劫过。

"今天需要帮忙吗,爸?"英子问道。

"没什么活儿,去上学吧。"父亲抬头看看女儿,又说,"今天去恁早。"

"我和晶晶约好了的。"英子说。

"路上小心点。"父亲又埋头工作了。

英子只说了一半,因为约好了的还有邓光和程凯。她走出村子没有发现他们俩的踪影。她和程凯家一条胡同,前后隔一户,在西塘埂东头;邓光家在西塘埂西头。她不知道他们俩是不是出发了,她更不知道西塘埂村将要发生的事。

在英子的一生中,她常常回忆起拆迁之前的西塘,童年的西塘,初恋中的西塘。在回忆中她也会看看这天下午的天空——初冬阴冷的暮云笼罩着村庄,她背上书包去上学,父亲告诉她路上小心点。她也终将看透西塘的那些人和事。

第二个到达危桥的是邓光。

他一手拎着书包,一手捋着头发。他刚刚十五岁,刚刚成为坏小子,欢得像一只周岁狗,无须为食物操心,还没有体会过一毛钱的人间疾苦,狂妄到以为只要自己龇龇牙就能搞定全世界。

"你一个人,程凯呢?"英子问。

"不知道,可能跟晶晶在一起吧。"邓光把书包放在桥墩上。

"你没有去找他?"英子嘴角露出一朵微笑。

"没有。"邓光有点垂头丧气。

自从上次约会被发现之后,英子的父亲严禁英子跟邓光来往,他警告邓光要是再接近他女儿就打断他的腿。

"你连那条胡同也不敢去啦？"英子笑道。

"我不是不敢去那条胡同，我是怕变成一级残废。"邓光愤愤不平地说。

"你还斤斤计较了。"英子说。

"我来时看见王老六在你爸的修理铺里。"邓光说。

"怎么了？"英子的声音像花瓣一样温柔。

"你老爸居然在鼓捣摩托车，就是王老六那辆'本田125'，排气筒至少烂了十八个窟窿。"

"他最近生意不大好。"

"我以为他除了修农用车别的什么也不会呢，其实我很怀疑他到底能不能修那些洋玩意儿。"

"你是不是瞧不起我爸呀？"

"我是说你爸不喜欢洋玩意儿，他不是经常骂那些染黄头发、穿超短裤的年轻人狂浪得像外国人嘛。"

"所以你应该把头发染回来。"

"我凭什么染回来——那边，"邓光指着不远处，"林晶晶来了，凯哥呢？"

这时候林晶晶也看见他们俩，远远地朝他们挥了挥手。晶晶走到桥头，邓光问："他呢？"

"我正想问你呢。"晶晶说。

"老七今天怎么啦？"邓光说着捡起一颗蟹壳色的鹅卵石。

"这是他的老毛病了。"晶晶说。

"毛病不少呢。"邓光拿鹅卵石嗒嗒嗒地磕着桥栏杆。

邓光小程凯两岁，邓光读小学五年级时程凯已经上初中了，因为程凯七年级、八年级连续留级，他们才成为同班同学。邓光曾经鼓励程凯九年级继续留级，这样就能拿双份毕业证了。程凯不爱说话，也不爱写字，考试常常交白卷。他出生时体重七斤，诨名便叫作"七斤",邓光有时叫他"老七",人称"七少"那是后来的事了。

三个人在桥上等了个把小时,程凯依旧不见人影。

"什么事都得慢半拍。"邓光开始埋怨。

"还不到四点,你急什么呢?"英子背靠桥栏,手里捻着一朵黄花地丁。

"当然,凯哥打架决不含糊,我对凯哥的身手佩服得五体投地。"邓光说,"他只用了一拳,就把'龅奎'放倒了。"

龅奎本名叫朱一奎,是兴业路菜市场一位卖了二十年干货的老板的儿子,长了两颗龅牙,人称"龅奎"。邓光认为这个绰号完全对得起他。邓光刚到十一中那会儿,龅奎已经是一名八年级的大个子男生,除了打架斗殴,无所事事。他那帮学渣的带头大哥叫彭乐乐,江湖人称"乐乐哥",因为加入他们要喝鸡血酒,大家便叫他们"鸡血党"。他们自己叫"兄弟会"。一名上了年纪的历史老师经常把他们误称为"同盟会"。那个时期蚌城十一中的恶名声多半是"鸡血党"这帮家伙打出来的。

"听说龅奎喝鸡血酒时吐了?"晶晶问。

"酒里鸡血加太多了,一碗血酒下去,鸡血犯了胃气,龅奎的咽喉瞬间变成了喷头。"邓光说。

"听起来好恶心。"英子说。

"你喝起来会更恶心。"邓光说。

龅奎是他们在十一中的死对头,邓光曾经被他揍成"熊猫眼",是程凯为他报了一箭之仇。那天下午大扫除,他们把龅奎堵在厕所里,厕所里被偷偷抽烟的烟民弄得乌烟瘴气。程凯拨开云雾,一拳打在龅奎软肋上,龅奎捂着肚子、背靠廊柱、瘫坐在污迹斑斑的水泥地坪上,额头上直冒冷汗。邓光狠狠踹了他几脚。那是他第一次打架,荷尔蒙像公牛一样在他血液里鼓荡。他还记得龅奎的头枕在便池沿上，头发沾染了尿液。

"我可不想让这场电影泡汤。"邓光说。

他们准备去看五点那场电影。邓光看过盗版 VCD，繁体字幕，粤语配音，看不懂，也听不清，人脸像打了"马赛克"一样。

晶晶用大拇指拨拉了一下自己的三星手机滑盖，再次给程凯打手机，依然无人接听。

"不会是怕买单，躲了吧？"晶晶说。

"他兜里从来不缺那点零花钱。"邓光说，"继续给他打电话。"

"算了，爱来不来。"晶晶趴在桥栏上，望着桥下的流水。

"凯哥不会放鸽子的。"英子安慰道。

晶晶掏出一包绿箭薄荷糖，给英子和邓光分发。

"拖拖拉拉，时间到他那儿至少打五折。"邓光叹了口气，一松手，那颗蟹壳色的石头掉进河里，发出咕咚的声响。

荒芜的桥面上长满车前子和蓬草，只有一条光秃秃的小道，桥身遍布青苔。湿凉的河风带着沼泽地淤泥的气味吹过危桥，吹起他们乌黑发亮的头发。他们等着程凯，等着看五点那场电影，而那场电影却不会在那天下午等他们。

他们怎么也想不到，终其一生他们中的任何一个都没有再去看那部影史上里程碑式的经典电影。

这时候，一位六十多岁的老男人骑着一辆老式自行车来到桥上，自行车后座两边挂着带格的铁皮箱，锈迹斑斑，不时颠簸出稀里哗啦的声音。

这声音为方圆几十里的人们所熟悉。

这声音不止一次提醒他们，家里有没有锅碗瓢盆需要铜补、有没有铁器需要打磨、要不要买一把剪子或者一把菜刀什么的。

这铜匠的手艺不错，人品也不赖，你买他的东西，他免费给你磨刀磨剪子。

这活儿他干了一辈子，没有半点干一行烦一行的意思。年轻人无论如何不理解，老郭这个营生到现在还能赚几个钱。

老郭把自行车扎在桥上，脱去浸满油污的深蓝色罩衣，叠好，放进车前篓里。然后一提屁股，坐在桥栏上。

"郭老板，生意怎么样？"邓光问道。

"到处是拆房子搬家的，西塘还有人打架，实在办不成业务。"郭老板说。

"该退休啦，现在谁还锔锅。"邓光道。

"不干这行，还能干啥呢。"郭老板挠了挠头顶的白发。

"其实，你可以转型升级开个杂货店嘛，比锔锅赚钱多了。"邓光掏出芒果牌香烟，给郭老板发了一支。

"唉，我这辈子没当大老板的命。"郭老板苦楚着脸说。

"不试试怎么知道呢。"邓光点上一支烟，嘴一噏吐了个烟圈。

英子发现，"光棍"近来爱装出一副老江湖的样子。晶晶笑着拍拍英子的肩膀，悄悄说了句什么。

老郭抽完烟，在水泥栏杆上蹭灭烟头，然后轻轻跳下来，骑上自行车稀里哗啦地走了，出了桥头，便习惯性地吆喝起来——"锔锅锔盆磨刀磨剪子嘞"。他行至公路上，那铿锵悠扬的吆喝声依然在大河两岸回荡，像一句古戏词的唱腔似的。

"刚才老郭好像说西塘有人打架，办不成业务。"邓光说。

"他那也叫业务啊。"晶晶鄙夷道。

"是谁打架，你们看见了吗？"邓光怀疑是不是凯哥又跟人打架了。

"你刚才怎么不问问郭师傅呢？"英子说。

"刚才没想起来。"邓光说，"你出来时，看没看见凯哥？"

英子摇摇头，"我没看见他，我出来的时候他家大门关着。"

"我来时路过荒坡陆村，看见十几辆大车，运了很多砖渣，他们正在把那片荷塘填起来，他们到底要干什么？"邓光说。

"政府要把这里拆掉，西塘埂也快了，还有芦湾。"晶晶说。

"程凯他大哥程前进在那儿指挥。"邓光又捡起一颗虾皮色的石头。

"你是说程支书？"晶晶问。

"他不是村长吗？"邓光问。

"马上就是支书了，孤陋寡闻。"英子说。

邓光将虾皮色的石头掷向远处的天空，石头变成黑点，消失，一俄顷坠落在河面，化作一朵转瞬即逝的涟漪。

"我听我爸说他现在是代理支书，其实人家并不稀罕这个支书，上头指定要他干的。"晶晶说。

晶晶的爸爸在程前进的商砼站里开搅拌车。

晶晶给每人又发了一片口香糖，三个年轻人继续在危桥上等。

这并不是他们四个人第一次相约看电影，最早的一次是去年夏天。他们打了鲍奎之后，鲍奎没有善罢甘休，之后的第二个周末，乐乐哥带着两个小弟跟他们在校外遭遇，乐乐哥自然要帮手下出气，程凯以一敌三，邓光基本上没发挥作用。他把他们都打趴下了。那是他们对鸡血党的一次重大胜利。为了庆祝，他们去看电影，那时电影院还是崭新的，刚刚试营业。从那以后他们在学校几乎形影不离，每次看电影必然同行，遇上座号无法相连的情形，邓光总有办法跟人调换影票。

四个人还没出过像现在这样三缺一的状况。按计划，他们先去华纳影院看电影，然后去吃广东肠粉——这回该程凯请客——然后一起回校舍。

而现在他们只能等待。接下来的二十分钟，等待陷入焦灼。因为二十分钟内程凯再不来，他们将绝对错过那场电影。

三个年轻人在危桥上反反复复地嚼着口香糖。不远处的马路上，到达纬二路的13路公交车已过去了十几班。三个年轻人被失望的情绪包围，各自心思不尽相同，但沉默无语空前一致。

失望渐渐变成某种忧虑。

他们听见初冬的河风穿过桥洞发出低沉的喑哑的嗡鸣声。

他们眼巴巴地望着程凯应该前来的方向。

他们所在的危桥离西塘埂村很远，离芦湾村也很远，两个村子的人外出，有一半走渡口，现在渡口依然在使用。他们望不见西塘埂，也瞅不见芦湾，因为中间还隔着大小几个自然村。程凯不可能走渡口，因为事先约好在老桥集合。

每一秒如口香糖在嘴里拧巴、粘连。邓光吐出一个白白胖胖的气泡，不断吹大直到炸出一声清脆的音响。

阴天使这个钟点看起来比平时更晚。一团淡灰色的雾气从河岸那边漫过来，裹挟着一股陈腐的气息，那是从正在用大型铲挖机拆迁的村子里飘荡过来的尘埃的味道。

他们猜测，也许发生了什么事，也许什么都没发生。

就在他们伫等得无望的时候，从东南方向传来嘟嘟嘟的机器轰鸣声，不断朝老桥这边逼近。起初，依噪声判断，晶晶和英子都以为来了一辆农用拖拉机。英子还担心拖拉机过桥会发生危险。邓光说来的不过是一辆烂了排气筒的摩托车，而且是"本田125"摩托车。晶晶不清楚邓光为什么那么一清二楚。英子知道他说的应该是王老六。

果然，下一分钟他们便望见远处的噪声源——那人骑着摩托车，戴着个迷彩色头盔，头盔的系带在脖子两边甩来甩去，摩托车屁股冒着白烟，速度一般，轰鸣声越来越大。

"你们看，这家伙像不像个飞行员？"邓光说。

"他应该去开飞机。"晶晶说。

"看来你爸确实修不了摩托车，起码修不了'本田125'。"邓光跟英子说。

"去你的,我爸什么摩托车都能修。"英子道。

他们说着,"飞行员"已经来到眼前。嘟嘟嗒嗒的轰鸣震得他们的耳朵嗡嗡作响,震得危桥直打哆嗦,他们能感受到桥身在颤动。

"嘿,王老六,桥快被你震塌了。"邓光提高嗓门喊道。

王老六准备去市内换一个新的排气筒,他没听见邓光喊话,透过头盔的目镜,他看见一个年轻人,还有两个女孩,他走到桥中央才反应过来,那个年轻人是邓家的孩子,是小光。

王老六放空挡,踩刹车,松油门,停车。排气筒的噪声小些了,但仍让人嗓门失灵,纵然铆足了劲儿喊也统统被嘟嘟嗒嗒的噪声掩盖。王老六摘下头盔,扭转身,急急地说:"小光,你怎么在这儿啊,你妈出事了,快回去看看吧。"

邓光没听清王老六说什么,但隐约觉得有什么事。他问英子听没听见王老六说什么,英子和晶晶用手捂着耳朵,摇摇头。嘟嘟嗒嗒的噪声像一个接一个的浪头冲击着他们。风虽然很快把白色的尾气吹散,但仍闻到浓浓的汽油味。邓光朝王老六走近两步,指了指耳朵,示意听不见。

王老六熄了火,陡然的哑静令人眩晕。

"你妈出事了,快回去看看吧。"王老六急切地说。

"你说什么?"像许多人初听不幸的消息一样,邓光难以相信。

"你爸妈跟人打架了,已经报了警。"

"你说我妈怎么了?"

"你赶紧回去看看吧,我得走了。"王老六好像在卖关子,又好像后悔通报了消息。

"开什么玩笑,我们还要上学呢。"

邓光看看英子,英子看看晶晶,晶晶看看邓光,一时不知如何是好。至于程凯还会不会来，还要不要去看那场电影，他们已经无暇想这些了。

邓光出发前，妈妈让他给上小学四年级的妹妹辅导功课，检查她的作业，完了再去上学。爸妈安排妥当便骑着电动车上工去了。他们在一个小建筑队干活。爸爸是大工，上架垒墙的那种，每天一百块钱；妈妈是小工，只能搬砖头、和水泥，每天八十块钱。爸妈前脚走，邓光就塞给妹妹一枚五角的硬币，买她不告状并且老老实实待在家里。然后他便窜出村子，出发了。

很久以后，邓光仍无法原谅自己，那天下午他不该提前出门，要是他在家辅导妹妹写作业的话，要是他在家再待上一个小时的话。他更无法原谅人心的叵测，他必须记住西塘那些人，唯利是图的那些人，手上沾着妈妈鲜血的那些人。

王老六再次发动摩托车，嘟嘟嗒嗒的噪声像一颗颗炮弹，冒着白烟、带着怒火从烂排气筒里喷射而出，震荡着风，震荡着桥体，粗暴而凛冽，撕裂了那个下午的天空。

英子和晶晶感到牙齿发麻，眼前发黑。而邓光耳朵里回荡的不再是摩托车的巨大噪声，而是王老六那句话——你妈出事了。这句话占据了他的全部感觉，让他的思维变得迟钝、恍惚。几个词汇反复从他脑海里飘过——妈妈、打架、出事、报警——邓光从王老六的话语里感到不妙。出事了，妈妈究竟出了什么事，妈妈怎么能出事。

他想不到妈妈会出事，更想不到与程凯有关。

3

邓光从危桥赶回家一探究竟。妹妹不见了，家中无人。邻居告诉他他妈妈可能在东边。他沿着村街往东走，很快听见嘈杂声。他循声踱去,经过英子家那条胡同,胡同里空荡荡的,只有一个白发老奶披着棉袄坐在木墩上一动不动地望着巷口发呆。修理铺的门半开着,英子的父亲不知去向。

一辆警车停在修理铺旁边。他见过这样的面包警车,在他们学校办公大楼前面,穿制服的警察将两名"鸡血党"分子带上警车,幸亏他和老七没参与那次斗殴。

过了土地庙,过了浣洗塘的小桥,走到村子紧东头,毗邻田野有一列新开的宅基地。有的盖上了房子;有的没来得及盖,长满野草。最前面那栋气派的三层小楼便是程前进家。邓光来到程前进家大门前,他看见院墙西侧大刺槐树下面围着许多看热闹的人。

究竟发生了什么事呢,他想,妈妈这会儿应该在工地上呀。他的心怦怦地跳,他尽可能保持若无其事的样子向人群走。他希望眼前发生的事与他毫无关系。

然而他听见妹妹在哭。

不是撒泼时那种蛮不讲理的哭,不是挨批时那种憋屈的哭,也不是她的爱猫在三轮车下死于非命时那种伤心的哭。那天下午,妹妹从人群中发出的哭喊充满愤怒和恐惧。他确信妈妈出事了,妹妹的哭声不会骗她。

看热闹的大部分是妇女和孩子,只有少数几个爷儿们。最外围的一个家伙是李瞎子,他攥着他那根磨得明光光的竹竿蹲在路边。邓光经过他,他说:"小光,你,你来啦。"李瞎子说话有点结巴,邓光不知道他是怎么看见自己的,他甚至不确定他是不是在跟自己说话。他的眼皮紧紧包着两颗桂圆肉似的小眼珠。

"听说这边发生什么事了。"邓光说道。

事实上村里每发生什么大事儿李瞎子总会在现场。红白喜事场上少不了他,收割机撞到人他会围"观",土地局来搞测量他也跟着"看"。邓光不知道一个瞎子到底凑什么热闹。他更不知道一个瞎子有多么热爱西塘。但他终将知道一个瞎子也能用他的"眼睛"见证西塘的一切。

邓光继续朝出事现场走,有人看见他。

"瞧,她儿子来了,这就是玉香她儿子。"一个抱小孩的妇女说。

"这孩子都长这么高了,真快。"一位年纪大的老太太说。

"十五岁,跟俺家二毛一年的人。"抱小孩的妇女说。

"唉,这孩子多好啊……"老太太说。

从她们的小声议论中邓光听出一丝不祥的端倪。他停下脚步,抬头看看阴沉的天空,紫灰色的天空。

妈妈到底怎么了?

他走近人群,众人说长道短的劲头有增无减。这个节骨眼儿让看客闭嘴如同让哑巴开口一样艰难。

他们说道:

"唉,怎会闹到这步田地呢。"

"打着哪儿了?不碍事吧。"

"没看见。"

"看样子伤得不轻。"

"程大腊说她装的,讹诈人嘞。"

"没看见别乱讲话。"

"看见咱也不会乱讲话。"

"程前进呢?"

"回屋了,刚才跟派出所的警察嘀咕了半天。"

"胳膊拧不过大腿。"

"让一下,让一下,她儿子来了。"

"小光,快看看你妈妈吧……"

人群中闪开了一条小道。邓光往里走。人们看着他,捂住嘴巴、屏住呼吸或者悄悄咬耳朵,看他将如何面对不幸。

邓光走进现场。一位头发和皮鞋一样油光发亮的警察正在拍照；妹妹被小姨搂着，不停地抹眼泪，胸腔失控地起起伏伏；爸爸坐在地上，身上沾满土灰与草屑，低着头，哭得鼻涕一把泪一把。他感到憎恶。妈妈出事了，妈妈在流血，而他哭得像个女人。在很长一段时间里他都无法原谅他。

妈妈躺在地上，手机摔成几瓣，散落在身边。妈妈枕着父亲的手掌。沈警官拍完照，查看妈妈的伤情，有血丝从妈妈的鼻腔里、口腔里渗出来。

"你别哭了老邓。"沈警官说，"我怀疑你媳妇儿内出血，不能再耽误了，我现在就打120叫救护车，先看病要紧。"

"他把俺打伤了，他得送俺去医院，给俺看病。"父亲哽咽着说。

"对方也有伤员，在我们调查清楚之前，各看各的病。"沈警官说，"至于到最后谁给谁看病，证据说了算，法律说了算，明白？"

"程前进仗势欺人。"父亲哭诉。

"别废话了，救护车等会儿就到。"沈警官说，"住院之后，你抽空到派出所一趟，我给你开一张委托书，让法医院给你妻子做个伤情鉴定，看看构成什么伤，重伤、轻伤还是轻微伤。等你媳妇儿能说话的时候，我们再去医院录她的口供。"

"程大腊你不得好死。"父亲诅咒。

"法律面前人人平等，我们会依法处理的。"沈警官说，"小杨，咱们开始取证。"

小杨警员打开公文包，拿出记录本，他们开始询问现场的群众，寻找目击证人。

"那家媳妇是讹人出了名的，谁不知道，"程大腊跟沈警官说，"去年夏天还讹收割机队两千块钱。"

"程大腊你说瞎话烂你的嘴。"父亲骂道。

"沈警官甭理他，让他躺着去。"程大腊说。

"回屋去，这儿没你的事。"沈警官对程大腊道。

"那好，我不说了，我回屋，咱不妨碍政府调查。"程大腊走两步，看见邓光，说，"小子，劝劝你妈，回家吧。"他步出场外，又回头大声说道，"群众的眼睛是雪亮的，谁找事你们心里清楚。"

邓光记得程大腊那双眼睛，老辣、蛮横、阴险，深深埋在皱巴巴的黑眼皮里。

沈警官和小杨警员的现场查证很快宣布失败。仅有的询问到的两个村民一问三不知，头摇得像拨浪鼓，说他们来时人已躺在地上，没有看到事情的经过。他们忌讳录口供、按指纹这些事，面对警方的查证他们一哄而散。日后，沈警官，也就是后来的老沈，会向俞东杰一再提起这个场景，并以此自证清白。

人群散去，邓光看见了程凯。他在二十米远的地方靠墙站着，一只脚的脚跟抵着墙根，仰视着乌云低垂的天空，抽着烟。他从不忌讳在大人面前抽烟，包括在班主任面前。他十三岁的时候就开始抽烟了。他轻轻弹着烟灰，一口一口吐出烟雾，好像什么都没发生。邓光不知道他为什么没有去老桥集合，又为什么出现在这里。

沈警官和小杨警员提着一根沉甸甸的木棒向程凯走去。

这时候昏迷中的妈妈呻吟了一声，动了动。邓光握紧妈妈的手，妈妈缓缓睁开眼睛，看着他，想说话却说不出话，眼泪从眼角盈盈地流出来。她痛苦地皱起眉头，勉强张了张嘴，喉管里发出咕噜噜的声音。邓光闻到一股温热的血腥气，鲜血从妈妈嘴里、鼻子里瞬间涌出来。

邓光大吃一惊。

他不知道妈妈怎么了，受了什么伤。他不知道妈妈被耽搁了多久。他的第一反应便是不停地呼喊"救护车、救护车"。他正处于变声期，声带变宽变厚，喉腔变大，声音粗犷，带着某种势不可当的憨劲儿，像一头暴怒的半大不小的野兽。

沈警官在询问程凯什么，程凯时而点点头，小杨警员一旁记录着。沈警官听见邓光的呼喊，过来观看，妈妈的伤情让他的脸色变得凝重。沈警官说道："老邓，你还等对方给你媳妇儿看病嘞，人都要没命了。"他一边说一边从腰带上、从那个黑色的手机皮套里取出手机，他再次呼叫120救护车。

妈妈口鼻里还在流血。父亲一边哭一边喊："打死人啦，程前进打死人啦……"妹妹尖叫着，像中了邪一般。邓光想做点什么，他用手堵了堵妈妈的嘴，血液从他指缝间溢出来。也许妈妈会死，他突然有些害怕。

傍晚的东北风越刮越冷，而救护车还没有来。

沈警官又看了看妈妈头部的伤痕，然后对妈妈大声说，"你要坚持住，医生马上就到，明白吗？"妈妈意识尚存，微微点头。沈警官让他们不要晃动她，让她静静地躺着。

救护车赶到，沈警官帮着医护人员抬妈妈上车。沈警官从头到尾都在帮忙。

邓光随父亲上了救护车，医生给妈妈清理瘀血、输氧、打针，施救，用洁白的卫生纸擦拭她嘴里不停溢出的鲜血。隔着车窗玻璃，邓光再次警向程凯。面对警察的质问，他冷漠，轻慢，爱理不理，依然吧嗒吧嗒地抽烟，像他平时一样脸上写满高傲。沈警官提起那根木棒让他看。木棒有酒瓶粗细，一米多长，有棱角，有血迹。邓光不相信程凯曾操起那根木棒袭击了妈妈。然而他的嘴唇在动，似乎在说"没错、不错、是我、就是我"。

4

不到二十分钟，那名五十来岁的外科医生从急救室里出来了。他摘下口罩，让父亲把人抬回去。

父亲抓住他的手不放,他费了很大劲才把父亲的手掰开。他大为光火地说,"肚子里血流满了,我怎么治。"他一把揩掉蓝色头套,走进医生办公室。

"老天爷叫我怎么办……"父亲哭喊。

父亲刚刚交了押金,手里的押金单子在与外科医生拉扯的时候揉得皱巴巴的,掉在地上,被穿堂风吹到大厅门口,一位好心人将它捡了起来。

急救室的门半开着,一名护士呼唤病人家属,父亲处在半昏厥状态,邓光走了过去。

死亡的消息传得很快。当天夜里亲戚和朋友来了一片,在手术室门口的走廊里,或蹲,或站,有悲伤的,有助威的,有出主意的,有充数的。不久,西塘埂村委会的治安主任来了。

"怎么会这样呢?是不是医生没好好治呢?"治安主任说。

"耽误了。"有人说。

"当的什么狗屁治安主任,人打死了才露面。"二伯说。

"下手也忒狠了。"姑妈说。

"这下事情麻烦了。"治安主任说。

"这回不能饶了程前进!"有人说。

"毒贩子,早该抓起来。"有人说。

"我跟他们拼了。"父亲站起来,要杀出去。

"冷静,老三,现在不是赌气的时候,事情已经是这样了,得想个周全的法子,"治安主任说,"邓老二你们劝劝他,我打个电话。怎么会弄成这样呢。"

父亲蹦跶了几下又昏倒在地。

治安主任在外面打了一通很长很长的电话。

夜色笼罩着蚌城,夜灯照耀着病室。住院部大楼灯火通明,有人抚着伤口呻吟,有人刚刚打完点滴,有人半躺在病床上思忖着出院的日期，有人提着打包的晚餐从外面走回来。

治安主任打完电话回来的时候，拿着手机，还没挂断，治安主任让父亲接电话，他说，"老三，你接一下，是公安局的沈警官。"父亲接听，说了半天，父亲点点头，似乎答应了什么。父亲把手机还给治安主任。治安主任说："先把人拉回去吧，放在太平间还收费，没必要。"

"恐怕得给个说法吧。"姑妈说。

"沈警官明天来调查处理，要相信政府。"治安主任说。

"老刘你算什么东西，你说回去就回去啊？"二伯说。

"邓老二你小子不要添乱，我可是为老三好，放医院里毫无意义，官司又不是在医院打嘞。"治安主任说。

"哪儿也不去，把人抬程前进家里。"姑妈说。

"公安局说了，依法处理，你要是觉着可以胡来，造成什么后果，我可就管不了了。"治安主任说。

"吓唬谁呀。"二伯说。

夜里十一点多他们把妈妈的尸首从太平间抬出来，抬上车，连夜运回家，在家里布置好灵堂。治安主任考虑周到，还帮他们买了一捆孝布。按照西塘埂的规矩，孝布是给亲人、吊唁者用的。

邓光和妹妹跪在灵堂前为妈妈守灵。妹妹一直哭，她只有九岁，还不大清楚死亡意味着什么。她哭累了，倒在姨妈怀里睡着了。邓光整夜没有合眼，在姑妈的指导下，隔一会儿就给妈妈烧几捏冥纸。

妈妈的遗像是第二天早上姨妈拿着一张合影照去镇上的照相馆放大的。那张七寸合影是妹妹过三岁生日时照的全家福。他们翻箱倒柜也没有找到一张妈妈的单身照。由于头像是从合影照里剪下的，放大之后显得粗糙模糊，好像在一张宣纸上洇出来的面孔，看起来比实际人老很多。

邓光恍恍惚惚看着那幅黑白遗像，银灰色的裱框，十寸大小，在摇曳的烛光里，有种不真实的感觉。他不知道他家和程凯家究竟发生了什么，他不知道他和程凯之间究竟发生了什么。到底是不是他，为什么是他。

水晶棺是姑父联系的。出租水晶棺的老板开一辆机动三轮车，把水晶棺送到家门口，一众人把它抬下来，然后轱辘轱辘推到灵堂。老板很负责，当着死者家属的面，把水晶棺里里外外擦了两遍。他们把妈妈的尸体慢慢抬起，装进水晶棺里，盖上玻璃盖子。邓光还能看见妈妈后脑的刀口上浸血的缝线，黑红色的血液已经凝固，带着胶油的光泽；脖颈间残留着没有擦干净的血污。出租水晶棺的老板把长长的黑色电源线拉出来，连接到插座，摁下水晶棺底座的红色开关，水晶棺的压缩机嗡嗡地转动起来，抽走棺内最后一丝余温。

治安主任来了又走，走了又来。他劝父亲尽快让妈妈入土为安，他跟父亲谈了民事赔偿的事，谈了拆迁补偿的事。父亲摇摆不定，姑妈怪父亲没长脑子，二伯怪父亲软弱可欺。

姑妈再次告诉治安主任，如果处理不好就把妈妈的尸首抬程前进家里。二伯扬言，要去北京上访。

邓光看着他们进进出出，讨价还价。他不知道他们为什么喋喋不休，究竟谈了什么。

来吊唁的亲朋神情悲伤，他们在妈妈的灵前烧完纸，站在院子里。女的哭哭啼啼，嘤嘤抹眼泪；男的默默抽烟，忧心忡忡。"观众席"在巷子里，本村的、邻村的，挤得满满的，到了饭点回去，吃罢饭再来。他们议论着，猜测着。只有李瞎子闭口不语，一副永远都在打瞌睡的样子。

派出所的沈警官过来了，告诉父亲，死者的病历已经调取，法医正在做鉴定，如果法医需要解剖尸体的话，恐怕还要解剖，你们要有个思想准备。

父亲说，"人都这样了，再解剖，叫我怎么对得起她呀……"

沈警官说："也不一定，总之要有个思想准备。"

沈警官又问了事发当天的一些情况，回派出所了。

邓光依然感到恍惚。他不知道妈妈为什么会死。他不知道到底是谁干的。他想知道答案。

他想起童年跟程凯一起抓泥鳅的情景。他们在旧河道里抓泥鳅，清浅的水，肥沃的溏泥，冒泡的泥鳅，他抓得正起劲的时候，不小心陷进了泥潭，他大呼救命。程凯拿一根细长的竹竿让他抓，他快抓住时程凯又把竹竿缩回去了。反反复复，他总是抓不住，他每抓一次，大家就哄笑一阵儿。

他想起他和程凯一起揍鲍奎那天，完了之后他们去校外一家拉面馆吃饭，他们要了五香牛肉和啤酒，那是他第一次喝酒。他买了一包凯哥喜欢抽的云牌香烟，那也是他第一次抽烟。程凯告诉他打架要先攻击人的眼睛和软肋，一招就把对方打趴下。你不能一招制敌，便为敌所制。

他想起他们懒洋洋地躺在河边，交流对初恋的看法，讨论晶晶和英子的长相以及她们的性格。他们枕着柔软的草地，沐风，浴光，在他们眼前是无垠的蓝蓝的天空。

不，不是他，不可能是他。

烧纸的时间到了，他跪在地上，拿一捏火纸，在蜡烛上引燃，放进火盆里。一股微风吹过，灰白的纸灰在灵堂里纷飞。水晶棺的压缩机嗡嗡响个不停，不断将妈妈冷却。他手扶棺椁，擦除棺盖上凝结的薄雾，透过玻璃盖，他再次看见妈妈的脸，眉头结了一层白霜。寒意阵阵袭来。

治安主任又过来了，领着一位文质彬彬的人物。那人穿一件黑色翻领上衣，五十来岁，是大湾新区街道办事处的丁主任，兼拆迁办常务副主任。丁主任紧紧握住父亲的手,说道:"弟妹的事情我听说了。"一瞬间,父亲热泪盈眶。邓光不知道丁主任跟父亲谈了什么,又跟姑妈、二伯他们谈了什么。总之第二天,姑妈和大伯的态度有了一百八十度的转变。

第二天上午姑妈在灵堂祭奠之后,趴在水晶棺上看了看,水晶棺里结满了冰花。姑妈叹了口气说:"人不能一直搁在这儿呀。"姑妈叫来大伯、二伯和父亲,一起商量妈妈的后事。

"听阴阳先生说,人一直不殡也不好。"姑妈说。

"可他们说的那个价……"父亲哭丧着脸。

"看目前这情形,也就这价了,不会再涨了。"姑妈说。

"那咱们就去北京上访。"父亲看着二伯。

"北京那边有文件,不允许越级上访了。"二伯说,"人家说得不错,去北京上访也是转回当地处理。"

"那该怎么办,就这样算啦?"父亲说。

"再斗下去也占不了便宜。"二伯说。

"四千一平方米,是咱村最高的了,外加一间门面房,按理说这条件还是能接受的。"姑妈说。

"补偿的事儿我可以同意,但玉香不能白死。"父亲说。

"人家在拆迁上照顾你,就是要你在玉香的事上大事化小。"二伯说。

"他们已经把程凯交出来了,程前进说了,法院判几年,赔偿多少,人家都认。"姑妈说。

"程前进呢,这口气咱就这么咽了……"

"不咽又能怎么样呢,你看看村里有谁向着你?"二伯道。

"好了,当断不断必留后患,为两个孩子想想吧,咱们活人得把死人留下的事办好啊。"姑妈抹起眼泪。

"我跟他拼了……"父亲又哭起来。

"两个孩子太小,你拼出老命,孩子怎么办,为孩子想想,以后的路长着嘞。"二伯说。

"为了小光,看长远些吧。"姑妈语重心长。

"常言道退一步海阔天空,玉香就是脾气不好才吃了大亏,忍字头上一把刀啊。"二伯说着,顿了顿,点上一支烟,又说,"再者,程前进也低头了,见好就收吧。等会儿老刘来了,把字签了,夜长梦多。"父亲犹犹豫豫,二伯说:"别想那么多了,以后你也是百万富翁啦。"

没过三分钟治安主任和沈警官就来了。

治安主任告诉父亲:"玉香出事,多半是意外,谁都不想看到这样的结局,程前进都后悔死了。"

父亲在一张纸上签了字,摁上一枚旋涡状的鲜红的指印。在很多年里邓光都将牢记那个指印。他们口口声声为孩子着想,却从不关心那个孩子在想什么。那个指印将他的感受排除在外。那个指印是对妈妈的集体背叛。那个指印从摁下的那一秒就埋下了祸根。

这之后,沈警官便带着程凯向村街那边走去。

程凯的双手被手铐铐着,沈警官和另一名警员从两边押着他。一群小屁孩跟在后面。邓光站在二楼房顶上远远地望着。

为什么是他。质疑开始蔓延,在邓光心里、在他们现在以及今后的人生中蔓延。

他陷进泥潭那次,程凯曾经问他当时什么感觉。他告诉程凯,踩不到硬地,越挣扎越往下沉。此刻他再次感到自己正在下沉。这种似曾相识的感觉令他惊愕。他想抓住什么,一根稻草,或者一根竹竿。只不过那个人再也不会用一根竹竿将他从泥潭里拉上来。因为现在他就是那个泥潭。

他想起他们一起泡网吧,通宵玩《魔兽》,玩《传奇》,第二天课堂上困得睁不开眼。他想起他们进台球厅赌博，一局十块，输了他们会耍赖；想起他们喝酒，打架，一起去"地中海"唱歌。那段时期，他体内仿佛有某种原始的东西被唤醒了，他开始喜欢夜晚，喜欢在夜晚去涉足陌生的地方。那一年，他的身高猛增，像拔着长起来的。他不知不觉已经长成像鲍奎一样的大个子男生。他成了老生，成了老生里的"人物"，成了大名鼎鼎的凯哥的"老铁"。他至少揍过三个新生，他将他们放倒，再踩他们一身泥巴。他不知道他们是谁，也早已忘了他们的模样。也许他们会记得他。说不定在未来的某个时刻、某个地点，他们狭路相逢，他们拿啤酒瓶砸他的头，狂笑着把他踩在脚下。

那时的十一中，老生打新生是"必修课"，是风气，就像冬季的流感，会蔓延，会传染。

如今这一切都成了愚蠢的过去。

他看着程凯往警车那边走，看着那群小屁孩跟在人群后面。

他想起十一中开学那天，妈妈送他到学校。他被分到初一（2）班，寝室在208，他选了靠窗的上铺。妈妈拾掇好床铺，问他还需要再买点什么东西，他说不需要了；妈妈要他跟同学处好关系、有什么事及时往家打电话。妈妈临走再次叮嘱他千万别跟坏孩子厮混。

那时他觉着妈妈的叮咛纯属多余，现在才知道那是忠告。

此刻妈妈躺在冰冷的水晶棺里，她再也不能叮嘱他什么了。灵前的火盆里纸灰满满的。妹妹在哭。父亲焦头烂额。他自己正站在楼顶上望着伤害妈妈的那个人向警车走去。

有种东西在他体内涌动，像一眼暗泉，他说不清那是什么。

是的，不是他，那个走向警车的家伙已经不是程凯，那是另外一个人。

他应该去做点什么。他下楼，走进厨房，砧板上菜刀在那里，有点旧,黑褐色的长方形刀身,银色的刀刃。

那是妈妈用过的菜刀。砧板上的刀痕密密麻麻,仿佛妈妈还站在那里,弯着腰,低着头,切着菜,日复一日,年复一年。

那把菜刀是从郭师傅那儿买的,郭师傅磨过两次,现在依然锋利。

他拿起来,用毛巾裹住,揣入怀中,没有丝毫犹豫。

他冲了出去。

他越走越快,脚步生风。他赶上他们,他们已经走到警车跟前,一名协警正打开车门。他掏出菜刀,有人发现了他,惊叫起来。他举起菜刀,高高扬起,瞄准程凯,以砍的动作将菜刀扔了出去。菜刀从程凯头顶飞过,撞在警车铁门上,噇啷一声,铁门凹陷下去,菜刀被弹了回来,落在协警脚下,被协警踩住。

程凯回过头,看见他,嘴角扬起,轻蔑地微笑。

沈警官命令两名协警把他拿下。两名强壮的协警一上来就把他摁倒了。他挣扎,踢腾。他们从两边把他的胳膊别过去,压在后背上,跪住他的左右腿。他动弹不了。两名协警想对他动粗,被老沈制止了。

"放开我,我要杀了他……"他吼道。

"你没有权利杀他,你也杀不了他,你杀了他你妈也活不过来。"老沈严厉地说。

"放开我……"

"你的行为已经犯法,我现在就可以拘留你。"老沈说。

"放开我,我要杀了他,放开我……"他不顾一切地哭喊着。

父亲来了,大伯来了,二伯来了,姑妈来了,小姨也来了。

"小光,你要是再出事,叫我怎么活呀?"

"这个时候怎能添乱呢?"

"有些事你还不懂,要听大人的话,一切有你爸。"

"你这孩子是想把有理弄成没理呀,太冒失了。"

"小光,你还小,冲动会害了你,做事先想想后果。"

他们批评着,劝慰着。但他听不见,他只看见他们嘴在动、脸在变形。他多少明白,没有谁真正在乎妈妈的死,他们更在乎没有她以后的世界。

这就是妈妈的命运。

就在昨天,妈妈说她的肩膀又痛起来,要他捶捶背。他躺在床上犯困,懒得动。妈妈让他去诊所买一盒止痛贴,他说他要做家庭作业。妈妈只好让父亲给她拔罐,她的皮肤对拔罐过敏,每次拔罐之后,疼痛缓解,但皮肤要瘙痒很长一段时间。

这就是妈妈的命运。

就在上个星期,他告诉妈妈,报英语补习班需要两千八百元补课费。妈妈拿出存折一分不少地去信用社给他取。妈妈不知道他怎么挥霍的那笔钱,妈妈不知道他请程凯吃了一碗牛肉面,喝了三瓶啤酒,还打了两场桌球。

这就是妈妈的命运。

他还没有给她捶捶背,还没有去给她买那盒止痛贴。他从没想过她在建筑工地上爬高上低磕磕绊绊的滋味;他从没想过一个瘦小的妇女如何干得了铲混凝土、搬砖块、箍钢筋那样的粗活;他从没想过她手上的硬皮厚茧不比任何一个男工少。

这就是妈妈的命运。

他筋疲力尽。他哭了,委屈极了。只有妈妈会安慰他,可惜她死了。他发现自己并没有长大,脆弱得像一只滑稽可笑的小狗小猫。以血还血,不过是他的妄想罢了,他还无力去对抗这个世界。至少他还没有强大到可以不需要妈妈。

他不停地哭泣,像父亲一样软弱可欺地哭泣,毫无矜持地哭泣。

那是他最后一次哭得像个孩子。以这样的方式，在他的十五岁，跟妈妈告别，跟十五岁告别，跟那个意气轻狂的坏小子告别。

现在，他可以确定，妈妈死了。经法医鉴定，脑外伤引起脑出血，脑出血引起消化道出血，错过了最佳治疗时机。

是的，妈妈死了。

妈妈要下葬了。

她在冰冷的水晶棺里躺了六个日日夜夜。他们把她从里面抬出来，她的身体冻僵了，毛发上、衣服上结了一层冰霜。姑妈怪出租水晶棺的师傅把温度调得太低了。出租水晶棺的师傅说，温度是你们自己掌握的，这东西用起来和冰柜一样。姑妈少付他五十元钱，那人极不愉快地接受了。

他们把妈妈的尸首装进棺材，棺材又厚又大，妈妈躺在里面显得更加瘦小。棺盖加封之前，亲人与孝子给她净面，做最后的告别。邓光拿着洁白的毛巾，蘸清水，擦拭妈妈的脸。她紧紧闭着眼，闭着嘴巴。他想起妈妈在医院的最后时刻，她的嘴唇微微哆嗦着，想说什么。他把耳朵凑近些，再近些，但她始终没说出一个字。终其一生他都在想，妈妈究竟想要告诉他什么，会给他说什么。为什么时光对她那么苛刻，不肯给她说最后一句话的机会。

棺盖盖上了，哭声一片。

他们喊着号子把棺材抬起来，抬到院子里，抬进十月的冷雨里，抬到胡同里，抬上一辆专门拉棺材的四轮拖拉机上。师傅熟练地把它固定好，然后跳上驾驶座，发动机车，缓缓驶出胡同。出了村庄，驶上一条砖铺的小路，通往墓园的小路。

雨中的小路像抹了层油，灵车的车尾容易侧滑。师傅走得小心翼翼，走一段便停下来，看一看棺椁是否牢稳。再走一段再看。

送葬的队伍跟在后面，拉得老长。有人撑着雨伞，有人穿着雨衣。他们身上披戴的白色孝布被雨具遮盖，撒向天空的纸钱还没落地便淋湿了。

送葬的队伍在开阔的土灰色的田野间像一条慢慢蠕动的爬虫。天空中雨丝织成一张透明的大网,他们在大网里沿着那条窄长的小路,向雾蒙蒙的凄迷的远处行移。

路的尽头便是墓园。墓园光秃秃的没有门,一侧竖着木牌,上写"六里岗公墓",园内没有看守。门口的小杉树是去年刚栽的。墓园占地二十多亩,园内被砖铺小路分割成多块,小路两边种着柏树。由于缺乏管理,柏树长得很不理想,一部分半死不活,歪歪扭扭;一部分矮矮的,枝枝蔓蔓。

灵车嘟嘟嘟开进了墓园。还好雨停了。师傅解开绳索。主事的一声令下,青壮劳力一齐动手卸下棺椁。长方体的墓穴已经挖好了,他们踩着泥泞的地面来到墓穴前面。墓穴一米多深,里面积了雨水。主事的命人把水清理上来。他们跪在又软又湿的泥地上。一阵冷风吹来,有人打起了喷嚏。

棺材抬过来了,用两根大木板将其棚架在墓穴上方,再用两根绳索揽住棺底,两边的人马像拔河一样拉挣起来,抽去棚板,缓缓向下放。哭声又汇成一片。冥纸点着了;花圈冒了几缕白烟之后也烧起来;鸣炮手燃放起噼里啪啦的爆竹。

邓光冷冷地看着妈妈的棺椁一点点下沉。他不再哭泣,他的眼泪已经冷藏。他跪在那里,听着他们你呼我叫的协同配合声,听着那些乏力的哭声,听着爆竹声,不断陷入对妈妈的回忆里。棺材着底,他们用铁锨铲起黏湿的泥土倒进墓穴。泥土砸到棺盖,发出沉闷的音响。那是最后的音响,就像从远方、从闪着电光的乌云那边不断逼近的雷声似的。

命案

5

二十世纪九十年代以后，中国城市化进程开始从沿海向内地全面展开。至二十一世纪的头一个十年，城市扩张达到高潮。那是一个热衷于搞"大拆大建"的年代；那是一个轰轰烈烈造城的年代；那是一个可以一夜暴富的年代。在不到十五年的时间里，蚌城城市面积扩大了两倍。在这样的进程中，没有人能对推土机说"不"。征地拆迁引发了诸多社会治安问题。利益纠纷，群体上访，粗暴拆迁，粗暴抗拆，各种案件、事件不断。当西塘埂的父老乡亲们像过节一样庆祝成为市民的时候，厄运也盯上了他们。

命案是在宋玉香被伤害致死一案平息不久之后发生的。

那时大湾新区公安室刚刚成立，老沈任公安室主任。命案发生在星期一下午三点多，老沈在值班室刚打发走一名来访的群众，正想着晚上去哪里放松一下，那个电话就打进来了。

老沈拿起电话：

"你好，这里是大湾新区公安室，请讲。"

"你好警官，我们报警。"一个男人说，听声音有点紧张。

"这边发现一具尸体，你们赶快出警吧。"另一个男人道，听得出来他站在打电话人身边，有点烦躁。

"尸体？是人的尸体吗？"老沈问。

他已经想起来去哪儿了，程前进的建元酒家刚开业不久，听他们说环境不错。

"是人的尸体。"第一个男人说。

"当然是人的尸体，穿着衣服嘞。"另一个男人道。

"你们的具体位置在哪？"老沈问。

程前进已经邀请过两次了，要他去品品菜，提提建议。只是一忙起来就把这茬给忘了。尸体，是什么人的尸体呢。真晦气。

"在南河桥下面。"第一个男人说。

"是杨埠镇桥，偏东一些。"另一个男人道。

"尸体是男的还是女的？"老沈问。

"看着像男的。"第一个男人说。

"束的腰带是男式腰带，还能是个女的不成。"另一个男人道。

"你们是怎么发现的，有没有搞错？"老沈问。

他真希望是他们搞错了。

"这种事儿怎么会搞错，我们在河边钓鱼时发现的。"第一个男人说。

"对，我们是在钓鱼时发现的。"另一个男人道。

"你们现在还在那儿吗？"老沈问。

"是，我们还在这儿。"第一个男人说。

"刚来不久，一条鱼还没钓着呢。"另一个男人道。

"现在尸体是什么姿势？"老沈拿起一支圆珠笔。

"好像是趴着。"第一个男人说。

"侧躺在那儿，充饱了气似的。"另一个男人道。

"尸体在哪，离你们多远？"老沈问。

"有七八米吧，在河边水草丛里。"第一个男人说。

"有十几米，臭气难闻。"另一个男人道。

尸臭，老沈在禁毒大队时领教过那种味道，终生难忘的味道。一瞬间他又嗅到那种味道，仿佛那股臭味从电话里逸出来，他感到恶心。大湾新区的麻烦事越来越多了。老沈叹了口气。

"你叫什么名字？"老沈问报警人。

"我，我叫赵新春。"第一个男人说。

"他呢，你老伙计叫什么？"老沈问。

"他叫唐保国，保家卫国那个保国。"第一个男人说。

"喊，你说那么清楚干吗？"另一个男人道。

老沈能听见河边呼呼的风声，对方的手机应该开着免提。

"新春老兄，你俩听我说，"老沈道，"我马上赶过去，我到那儿之前你俩不要离开，看好尸体，不要让其他人接近，要保护好现场。"

"这，这我俩恐怕管不了那么多吧。"叫赵新春的男人说。

"我们怎么保护，我们又不是老警。"叫唐保国的男人道。

"好了，甭废话了，告诉唐保国，保护不了也得保护。"老沈说，"等着，我们马上就到。"

老沈挂了电话，端起茶杯，水已经凉透。是谋杀案吗，也许是，也许不是。没见到尸体，还不能确定。但愿不是。

"老蒋，开车。"老沈喊道。

大湾新区还属于杨埠镇辖区内的农村时，他轻松得很，几乎没什么案子。偏偏是他的辖区划进了城市，老沈感到既幸运又倒霉。他走到仪容镜前，梳梳头发，整整衣领，弹弹裤腿，把自己打理得干干净净。

"留俩人值班,其他的都跟我去现场。"老沈对弟兄们说。

算了,他想,比上不足比下有余,事情都是有利有弊的,局里还有不少人惦记着他这个位置呢。

司机老蒋把那辆警车从车位上倒出来,老沈他们上了车。出了公安室的小院,老沈打电话向局长报告,请求立刻派刑事技术警前来。局长让他赶到现场后立刻反馈情况。

警车驶上未来大道,老蒋说,"八车道走着就是舒服,开到八十公里/小时也不嫌快。"这条路刚刚铺上柏油,还没打交通标线,南北走向,一百米宽,从南三环起向南直达大湾新区,穿过新区一直到高速公路收费站。车道两边是十米宽的绿化带,年前已经种上石楠、海桐和紫薇树。绿化带外侧是自行车道,自行车道外侧是人行道。人行道由大理石砖铺就,两边栽着香樟。在三月的阳光和雨露的滋养下,植物们欣欣向荣,蔚然成林。

几个人一边走一边闲聊,老蒋说,"听说这条路是程前进承包的?"一名警员说,"他不是承包的绿化工程吗?"老蒋说,"随便承包哪一项都发财了。"老沈说,"那你怎么不承包一项。"老蒋笑道,"挖苦人呢,轮一百圈也轮不到我呀。"

大道两边的田野,有几处工地用蓝色的围墙圈了起来,里面挖掘机轰鸣,塔吊直插云霄,几辆搅拌车正往里运混凝土。

他们很快到了第一洪河大桥,大桥刚建好,还没正式通车,桥头有路障挡着。因为他们开的是警车才被放行。

过了大桥,他们继续向南行驶。沿途的村落,大部分已经拆完,留下一片断壁残垣。他们经过西塘埂,看见李瞎子双手拄着竹竿孤零零地站在小路口,做张望状、聆听状。西塘埂村有一半人已经搬进安置区。

经过西塘埂养猪场时,老沈问养猪场寻衅滋事的案子是否结案。一名警员说已经结了。那个养猪场占地一百多亩,业主跟村里签了五十年的合同。现在地价暴涨,人人都盯着这块肥肉。老沈知道养猪场背后的老板是程前进,他打算自己搞开发。这个人已经今非昔比了。

他们下了未来大道,从小楼村前的那条水泥路向东,行了七八分钟上了楼岗桥。洪河治理一期工程的河段到楼岗桥为止,再下游的河段开发估计还要等上几年。

车内有些热,老沈松松领带,打开车窗,一股清凉的风吹进来。他望了望河面,心想,会是什么人呢。

过了楼岗桥,又走了一会儿,他们来到杨埠镇公路,公路向北通往蚌城市区,向南通往杨埠镇。程前进的建元酒家就位于这条公路的北段,杨埠镇桥在南段。他们向南走了三四公里,便到了杨埠镇桥。他们把警车停在桥上,下了车。

报警人站在河边一片砂石地上,看见他们,向他们招手。报警人旁边水草茂盛,没看见什么尸体。河坡上站了不少观望的人。他们翻过桥头的沟渠,走到河堤上,再从河堤上慢慢下去。

"你们可来了,我们得换个地方。"叫唐保国的人说,他已经把渔具收了起来。

"我们得走了,这里钓不成了。"叫赵新春的人一边说一边收钓竿。

"快看,尸体在那儿。"一个眼尖的警员指着水边的草丛说。

老沈望过去。尸体侧身躺着,一条腿半跪在水里,看不见脸。四肢胀得又粗又大,肚腹鼓得圆圆的。在水流的带动下,尸体有节奏地晃动着。午后的阳光暖融融地照射着尸体,有绿头苍蝇在飞。老沈下意识地堵住鼻子。

"你们俩先别走,需要问个笔录。"老沈说。

"不都给你们说了吗,还有什么好问的?"叫唐保国的人说。

老沈吩咐两个警员询问报警人,让三个协警驱散围观的群众。

然后他拿起手机向局长反馈现场情况。

不久，一辆帕拉丁警车停在桥上，那是技术侦查中队的专用车辆，有三名技术警穿着长筒雨靴从车上下来。他们走进现场，先在尸体周围勘查，寻找潜在的线索。

河岸上长着厚厚的狗牙根草，即便是有嫌疑人的脚印恐怕也提取不了。一名技术警拿出纸笔，绘制现场地图；另一名用相机拍照。他们忙活了一阵儿之后，戴上防水手套，戴上口罩，开始接触尸体。

尸体上身穿一件深蓝色夹克，内衬红色秋衣，下身穿灰色牛仔裤，赤脚，未见鞋袜。衣服质量一般，应该是那种地摊货。大拇指指甲盖内有明显的机械油污。初步判断，尸体是一位男性，社会地位一般，长期从事体力劳动，工作性质与某种机械有关。那位带队的技术警看完尸体，紧皱眉头，环顾四周。

两只褐色水鸟结伴飞翔，水面上倒映出它们的身影，倒映出蓝天白云。田野里芳香怡人，踏青的人们时而奔跑，时而驻足眺望。而这一切与侧躺在水边的这个人已毫无关系。

6

星期天下午，林晶晶的爸爸骑摩托车来市内办事，顺便接晶晶回家。在大门口，她问英子要不要搭顺风车。英子说她这周不回家。然后晶晶就坐上爸爸的摩托车离开了学校。

路上爸爸告诉她，他的工资提高了，而且程前进准备把养猪场拆迁的活儿承包给他。她记得爸爸心情非常好。她坐在爸爸身后，看见爸爸肩上又落了一层水泥灰。她去过程前进的商砼站，扬尘很大，在那儿工作的师傅一个个灰头土脸。她常提醒爸爸，要记着戴口罩，粉尘会对肺造成严重伤害，尤其不要在那儿抽烟。爸爸壮得像头牛,他满不在乎,总是把口罩装在兜里,或者扔在驾驶台上。有时候爸爸会对她说,等你将来有出息了,我就不开搅拌车了。

父女俩回到芦湾村,天已擦黑。爸爸让她先回家。他需要出去跟朋友吃饭,商量商量生意上的事。她让爸爸换件衣服再出去。爸爸说,都是干活的人,哪来那么多讲究。她硬拉着爸爸回屋换了一件干净的上衣。爸爸说,知识分子就是爱面子。她命令爸爸不许喝酒。爸爸说,放心吧,吃完饭就回来。妈妈说,他不喝才怪。爸爸没有理会妈妈,骑上摩托车,出去了。

在晶晶的记忆中,爸爸晚上下班后,经常跟工友喝酒,去地摊或者路边店,有时连下酒菜都不要,只要一份大碗面,就着面条就把半斤二锅头拿下了。他喜欢喝那种五十六度的绿瓶二锅头,爸爸说五十六度二锅头非常解乏,不管多累,喝二两,睡一觉,浑身又都是劲儿了。大部分时候,爸爸喝了酒吃完饭就回家,那个钟点她刚爬上床,还没入睡,还能听见他开门、停车、关门的声音。有时候爸爸回来得很晚,喝得醉醺醺的,妈妈会跟他吵架,她会被他们的吵架声吵醒。他们不会吵太久。爸爸半躺在沙发上,反反复复絮叨着某件事,说着说着便鼾声如雷。她也在半睡半醒的边缘蒙蒙眬眬地稍作停留之后再次进入梦乡。

然而星期天夜里,她既没听见爸爸开门,也没听见妈妈跟他吵架。除了前院大婶家的公鸡叫,她没听见任何声音。她似乎习惯了睡梦被爸爸回家的声音打断然后再次入眠,这样她才能睡得踏实。星期天夜里她睡睡醒醒,有种不安的情绪萦绕心头。

早晨起来,她没有看见爸爸,也没发现他的摩托车。她问妈妈,爸爸是不是昨夜没回来。妈妈说,指不定去哪儿鬼混了,又不是头一回。在她住校期间,她不清楚爸爸是否有夜不归宿的情况,但这次是她头一回发现爸爸一夜未归,她担心发生了什么事。晶晶让妈妈给爸爸打手机。妈妈骂道,不要脸的,有本事一辈子别回来。晶晶猜测，爸妈之间一定发生了什么不愉快。

见不到爸爸回来，晶晶没有去上学，也没心情煮方便面。以往，周末返校前，她要先给自己煮一碗康师傅方便面，还要加一个土鸡蛋。她的食量大得像个男孩子，她常常向爸妈抱怨在学校食堂吃不饱，她喜欢吃康师傅红烧牛肉面，爸爸每隔一段时间就买一箱回来，留作她上学前的加餐。爸爸望女成凤。妈妈则不大关心她的学业，希望她初中毕业后跟她表姐去珠海打工。

到了中午，仍不见爸爸的踪影。晶晶坐不住了。妈妈在厨房里，她拿起妈妈的手机跟爸爸联系。她要问问他，为什么昨晚没有回来，为什么到现在还不回来。他要是知道她有多担心他，他应该早点回来，马上回来。直到现在他还把她当成不懂事的孩子，他以为她不知道他像牛马一样为这个家没日没夜地干活。她输入爸爸的手机号，她能想见他那个磨损得灰突突的诺基亚手机，摔了几次，修修还能用，爸爸说诺基亚手机的确质量很好。

晶晶摁下拨号键，她希望响铃的第一秒钟就能听见爸爸的声音。然而手机里传来的是"对不起您拨打的电话不在服务区"，那是晶晶听过的最讨厌的声音。她再次摁下拨号键，同样的声音再次响起。

"谁让你打的？"妈妈从厨房里出来，劈头盖脸地问道。

"我只是想知道爸爸干吗去了。"

"他爱怎的怎的，关你屁事？"妈妈一把夺过手机。

"妈，爸爸到现在都没回来，你怎么不问问他怎么了呀，就知道怪人。"晶晶说。

"你是不是也想上天？"妈妈用筷子指着她说。

"咱们还是去找找他吧。"晶晶说。

"找，我让你找……"妈妈一甩手，把手机摔到院子里。

晶晶想捡起来，但已经碎了。她不知道妈妈究竟哪来那么大的火气。妈妈到厨房里,依然没完没了地咒骂着,锅碗瓢盆叮叮当当,响作一团。

晶晶回到卧室,躺在床上,眼泪流下来。今天是怎么了,到底发生了什么事。爸爸为什么还没回来。从昨天晚上到现在,一直没回来。他要是回来也许妈妈就不会生那么大气了。

到底出了什么事。晶晶想了很多爸爸没有回来的理由。最后,她确信,爸爸只是跟妈妈赌气。他们都在赌气,等消了气就会回来。

到了下午四点多,妈妈接了个电话,晶晶听见妈妈问对方在什么地方,似乎与爸爸有关。妈妈挂了电话,让她在家等着,她要出去一会儿。妈妈的声音变了,脸色也变了。晶晶感到出了什么事。妈妈出门不久,她便出了村子,来到未来大道。

大道上三三两两的行人,边走边议论,从他们的谈话中,晶晶知道杨埠镇桥那边漂着一个死人,来了很多警察。他们有的刚看完热闹回来,有的正迫不及待地前往。

晶晶尾随一拨人朝杨埠镇桥方向走。崭新的未来大道在阳光下散发出刺鼻的沥青味,路面炕得行人冒汗。他们翻过绿化带,走上人行道。

"听说死者是个男的?"前面的行人说。

"有的说是女的,警察不让靠近看。"前面的行人说。

远处的河堤上,有几台黄色的挖掘机正紧锣密鼓地工作,翻起来的土堆像一道小山脉;一部分土堆盖着防尘的黑色密目网;两辆橙色的大卡车正把多余的泥土运走。土堆旁摆放着一排灰白色的巨型混凝土管,有一群孩子在那儿钻进钻出,玩捉迷藏。

晶晶玩过那样的游戏,那时候爸爸在预制板厂工作。板厂就在杨埠镇公路边,离杨埠镇大桥不远,离芦湾也不远。弟弟妹妹还小的时候,有段时间,爸爸经常带着她去厂里上班。那些凝固好的空心水泥板，一层层整整齐齐地摞放起来，板头的洞孔就像一面蜂窝墙。板厂不仅预制水泥板，还生产混凝土管。

"死者是哪里人，什么时候死的？"前面的行人说。

"不知道。"前面的行人说。

爸爸说那些混凝土管有的是做机井用的，有的是做下水道用的。有一年夏天，太阳火辣辣的，他们需要加急预制一批水泥板，预制厂的大院里连一棵树苗也没有，爸爸让她坐进混凝土管里躲日头。她在混凝土管里爬来爬去，不知不觉睡着了。爸爸下班时，找了半天才在一个混凝土管里把她找到。

"是不是别人把他害死的？"前面的行人说。

"身上没一分钱，谁害他干什么呢。"前面的行人说。

"也有可能喝醉酒掉水里淹死了。"前面的行人说。

晶晶记得，爸爸找到她时，她还没睡醒。爸爸探着头，叫着她的名字，叫她快醒醒，太阳要落山了，混凝土会把你的小骨头冰坏的。她从梦中醒来，睁开眼睛，看见爸爸的头，额上冒着汗，黑黝黝的眼睛，白白的牙齿，红红的脸膛，像童话故事里的小矮人。"小矮人"伸出手，让她快出来。于是她向洞口爬了几步，把手交给了他。

"去年有一辆货车，还记得吧，就是从那儿掉进河里的。"前面的行人说。

"现在说已经是前年的事了，一死一伤。"前面的行人说。

他们行至楼岗桥，从桥头拐上河堤，沿着河堤向东南方向走。

爸爸会没事的，晶晶心想，妈妈生他的气，他也在生妈妈的气，他们只是发生了一场不愉快，很快就会过去。她记得爸爸将她从混凝土管里抱起来的感觉。他的手掌厚实、坚硬，胳膊上的肌肉像铁疙瘩。他有着磐石一样的生命力。

日头斜照着河面，河水闪耀着金灿灿的光。风吹过岸边的垂柳，吹过肥茂的酸模，吹过一片野芦苇，带着阳春甜艳的芬芳，扑在大堤上，扑到人面上。天空洁白的云朵正飘向淡蓝微红的天际。

他们踩着几乎被葎草湮没的小路朝杨埠镇大桥继续行走。

河岸两边各出现一组警察。每组警察十来个人，从河堤到水边排成横队，拿着棍棒，拨开草丛，对河岸进行地毯式排查。

"他们找什么呢？"前面的行人说。

"他们在调查。"前面的行人说。

绕过一个大弯以后，河道向东，远远地可以看见杨埠镇大桥上挤满了人。赶集的、路过的、专程跑来看热闹的都聚集在大桥上。人越聚越多，造成了交通堵塞，来往的车辆嘀嘀的喇叭声响成一片，警察不得不进行疏通和驱离。

尸体现场勘查完毕，法医在死者下巴处、手腕处、脖颈处发现疑似人为的伤痕。河水对尸体破坏严重，有开始腐烂的迹象。这给确定死亡时间造成了一定困难。他们必须立刻解剖尸体，以尽可能获取正在失去的数据。

为了避免对尸体造成二次破坏，李副局长命人找来一条白色的布单，将布单塞到尸体下面，兜底把尸体托起来，抬到河堤上。被水浸泡的尸体二百斤有余，恶臭难闻，一个抬尸体的警员当场呕吐了。

"抬上来了，抬上来了。"观众说。

"看体形是个胖子。"观众说。

解剖持续了半个钟头，法医划开死者的胸腔，肺部有大量积水，胃里有一股明显的酒精气味散发出来。

晶晶的妈妈赶到时，老沈正在桥头跟西塘埂村委的治安主任老刘说话。老刘说："这是他妻子。"老沈说："你过来，我跟你说几句话。"晶晶的妈妈受到了惊吓，站在老沈面前，战战兢兢地说："你们，你们确定是他吗？"老沈说："我们不确定是他，有个放羊的老乡说是他,所以请你来确认一下。"老刘说:"你要有个心理准备,很有可能是他。"晶晶的妈妈说:"昨天,他跟谁……"老沈说:"先别说这个了,我们会调查的,你做好心理准备,我带你去辨认。"

夕阳西下,天边出现了第一道晚霞。

晶晶到达的时候,桥上已禁止驻足,人们且停且走,一边过桥一边朝现场观望。河堤上有一群穿制服的警察,有的站着,有的蹲着,有的在打手机。他们的身体掩映着躺在地上的那个人;掩映着呜呜咽咽的哭声,一个女人的哭声。有人搀扶着她,像是妈妈。

晶晶走到桥中央,掉头朝像是妈妈的那边走去。人群中大家议论纷纷。她听见有人提起爸爸的名字,她扭头寻找那个人,她没有看见那个人,那个人仿佛是每一个人。

到了桥北头,晶晶看见东边的河堤上,那的确是妈妈。她在哭泣,她为什么哭泣。她翻越隔离带,向她跑过去。有三个警察冲上来拦住她,要她退后。通过警察之间的肩距,她看见妈妈左后方躺在白布单上的那个人,看见那个人身边放着一件湿漉漉的深蓝色夹克,那是昨天差不多也是这个时候她给爸爸换上的夹克。终其一生她都无法忘记的夹克。晶晶眼前一黑,倒下去,没有摔地的感觉,只是毫无尽头地倒下去。一瞬间她忘记发生了什么事,她只听见有人大声呼喊她的名字。她感到有无数个头颅和无数条手臂朝她伸过来。

坡道上两只警犬来来回回汪汪个不停。执行航拍的无人机犹如一只巨蝇嗡嗡巡飞。

晚风峻冷,三月正没入黄昏。地平线那边橙黄色的夕阳像画在一张薄薄的纸上。晚霞黯然穿过树林射到河面,消失在渐渐浮起的白色水雾里。

三

追凶

7

俞东杰接手这件案子的时候时间已经过去了八年，老沈已经退居二线。大湾新区公安室已经升格为蚌城市公安局大湾新区分局；未来大道的柏油路面已经经过多次修补；"未来"早已成为过去，西塘埂更是面目全非。

俞东杰驾驶一辆新款白色捷达汽车，停在大湾新区分局外头，掏出手机给老沈打电话，问老沈在不在单位。老沈说这两天档案室没事儿，在家里清洗鱼缸，半小时左右赶到。

挂了电话，俞东杰继续开车，沿着未来大道向南行驶，他想去湿地公园走走。

未来大道上车水马龙，路两边高楼大厦林立。过了第一洪河大桥，便望见建元国际酒店，它是大湾新区标志性建筑之一。西塘埂的人都知道，那里曾经是一个大型养猪场，建元国际酒店身价过亿的大老板程前进曾经是他们村的村长。俞东杰当然认识程前进，早在他查封卧龙山庄那会儿就跟程前进打过照面，老翟是他表弟，卧龙山庄实际上也是他的产业。

湿地公园很快到了，就在楼岗社区前面。俞东杰把车停在公园大门口，从眼镜盒里取出墨镜，下了车，戴上墨镜，走进公园。老俞的心情不怎么好，最近和妻子、女儿的关系越来越紧张了。他在一棵水杉树下，点上一支烟。

在本次全国统一开展的命案积案攻坚行动中，林卫民死亡一案再次重启，之前有三任侦查组组长经手此案，全都无果而终。俞东杰也没有抱什么希望。当年该案定性在仇杀、情杀、临时起意杀之间摇摆不定，案发第一现场也未能确定。那些老谋深算的警长们都知道，陈年积案连百分之一的侦破希望都没有，破案多半要靠运气，要靠凶手在多年以后的某天晚上喝得酩酊大醉吆喝着他曾经杀害了谁谁谁，或者继续等待新的刑侦技术的出现。

老俞抽着烟卷，吐出的烟雾在空气中不断盘旋，又不断消失。程前进的名字再次闪现在他的脑海中，他在林卫民死亡案的卷宗里，看过程前进那份发黄的笔录，当晚林卫民是在他开的建元酒家里喝的酒，然后离开的。他没想到又和这个人遭遇了，他甚至有点兴奋，似乎有某种力量牵引着他，让他朝这个王八蛋走去。

冤家路窄，一点没错。

手机铃响了。俞东杰站起身，从裤兜里掏出手机接听，是老沈，他已经在分局里等着了。他将烟头丢进嵌在垃圾桶上的烟灰缸里，然后望了望湿地公园的美景。阳光下一片一片的水塘像一面面明镜；水边一丛一丛的菖蒲在微风中摇曳；有几个农民打扮的新市民在除草；林荫大道上落了一层金沙般的栾树花；河岸那边有清甜的桂花香飘来；一位年轻的妈妈正在给一走三晃的儿子拍照。俞东杰的心情好起来，也许阿梅说得没错，他需要重新理解她，他需要在妻子和老妈之间找到一个平衡的点，他需要腾出更多时间陪陪女儿。

俞东杰上了车，拧动钥匙，捷达汽车呜呜发动。他想，八年可以让西塘埂改头换面，可以让一桩案子成为冷案；八年也会改变一些事情、改变一些人。当年不可说未必现在不可说。真相存于人的内心，不会随风而逝，常在变迁中显形。他调好车头，上了未来大道，向分局疾驰而去。他将逆时间之流而上，一次次回到八年前，回到那个夜晚的十一点，去追寻一个人走向死亡的时刻。

到了分局，俞东杰来到一楼最东头106室，门开着，老沈坐在黑色的长条简易沙发上，头发油亮，显然打了什么保湿剂；脸白胖，肿眼泡；鼻头上多了一丛红血丝。茶几上两杯茶冒着热气。看见俞东杰，老沈连忙站起来，说道："俞老弟，不好意思，让你久等了。"

俞东杰走进屋，没有理会老沈，推开里间的门，伸头瞧了瞧档案室，档案室里全是档案架，档案架上全是卷宗与文件资料，弥漫着干纸末儿的气味。

"人老了，不中用了，只能干这个了。"老沈说。

"我看好差事都让你赶上了。高兴了来坐一会儿，喝喝茶看看报，不高兴了就回家养鱼，工资一分钱不少，偷着乐吧。"

"就偷了一回闲还让你逮着了。坐坐坐，先喝杯茶。"老沈笑起来，肿眼泡挤成一条缝。东杰落座，老沈又说："山不转水转，水不转人转，十几年前咱俩在禁毒大队，一转眼十几年过去，咱俩又转到一起了。"

"你现在对案子有什么看法。"俞东杰道。

"先品尝品尝我的茶，十年的金针白莲，一般人我不拿出来。"老沈把茶杯往东杰面前挪了挪。

"多谢。"

"案子呢我慢慢给你汇报，这个事儿其实没什么好查的。"

"你那意思，不用查了？"

"不不，我倒不是这意思。"老沈端起茶杯，嘴唇碰碰茶水又缩了回去，说道，"查还是要查的，你要的材料我都准备好了。放心吧，哥会全力配合你的。"

老沈放下茶杯，从办公桌上拿起一个牛皮纸档案袋递给俞东杰。俞东杰接过档案袋，老沈又说："在禁毒大队那会儿，我就看老弟必成大器，你现在知道，我不是恭维你吧。"

"建元国际酒店后面是不是建业花园？"俞东杰问。

"是啊。"

"林晶晶住在那个小区吧？"

"对对对，她住在那儿。"

"咱们现在去见见她。"俞东杰说着站起来。

"喝完茶再去嘛，也不在乎这一会儿。"

俞东杰端起茶杯，看了看酒红色的茶汤，说道，"金针白莲确实名不虚传。"说完一饮而尽，然后将茶杯放回茶几上，转身出了办公室。老沈只得锁了门，跟俞东杰上车。

路上，俞东杰说，"老沈，按照上级要求，从现在开始，你不再是什么档案室主任，也不是什么二线民警，我们现在身处一线，严格执行命案攻坚纪律，取消一切节假日，不准泄露工作秘密，不准迟到、早退，更不准在工作期间回家清洗鱼缸。怎么样？"

"老弟，你哪儿都好，就是太严肃。"

"你要是接受不了，我立马申请换人。"

"行行行，我好歹也从警几十年，这点事情算个啥？"老沈往车座靠背上靠了靠，看着米黄色的车顶，左右活动着颈椎说，"再说了，严局长点名要我配合你，怎能说换就换。"

"这件案子你掌握的情况最全，希望沈大哥多给我出出主意。"

"放心吧俞老弟，我会尽最大努力的。"

"多谢。"

"你认识林晶晶吗?"老沈问。

"我认识她,林卫民死亡的头三年,她隔一段儿时间就到刑警队问她爸爸的案子有什么进展,有两次是我接待的。"

"她也来公安室问过,还骂我是饭桶呢。"

"警察破不了案子,不是饭桶也是饭碗。"

"骂谁呢? 有本事你把这案破喽。"

"后来就不见她来了。"

"我们找她干什么?"老沈问。

"看她现在生活得怎么样。"

"比你风光多啦。"老沈说。

"找过邓光吗?"老沈问。

"八字没一撇呢,找他干吗,找他他认吗。"

"那倒是。"

"当年,你们是怎么发现邓光有作案嫌疑的?"俞东杰问。

"当年怎么发现嘞,让我想想……"老沈说,"案发那天,我带一组警力,负责排查西塘埭那几个村,因为我熟悉情况嘛。我记得是第二天上午排查到邓光家,发现他右手手腕上贴着创可贴,法医说凶手与受害人发生过肢体接触,身上尤其是手腕上可能有伤痕,排查时留意身上有新伤的人员,所以就……我们又发现那孩子虽然年龄不大,但身体长得挺结实,具备作案能力,然后就问他手腕上的伤怎么弄的,他说是猫抓的,当时他家里确实有一只猫,虎黄色的。我们让他揭开创可贴,查验伤口,因为离案发时间已经隔了一天半,从伤口上也看不出是人为的还是猫抓的。"

"当时从伤口提取检材了吗?"俞东杰问。

"提取了,技术科的老董提取的,但是什么也没发现,微量元素有酒精,因为他在诊所里处理过伤口。在受害人指甲缝里也提取了东西,但是因为受害人在水里泡的时间太长,最终也没找到有价值的线索。"

到了建业花园,他们把车停在东大门口,然后下了车。

"他说伤口是猫抓的,那他有没有打狂犬疫苗?"

"打了,我专门询问了那个诊所的医生,伤口也是他给他处理的。"

"医生有没有说伤口是什么情况?"

"那些小诊所的医生可没考虑那么多,他们只想多开两服药。"

"邓光是什么时候去诊所打狂犬疫苗的?"

"就是案发那天下午打的。"

"什么时间被猫抓伤的?"

"他当时说是前天晚上,就是案发之前一天的晚上,也就是受害人遇害的那天夜里。说起来挺巧合的。"

"邓光家离那个诊所有多远?"

"不远,步行十来分钟。"

"当天晚上被猫抓,为什么第二天下午才去接种疫苗?"

"他爸说他一开始不想打针,后来劝他他才去诊所。"

"作案时间呢,能排除吗?"

"不能排除他没有作案时间,也不能排除他有作案时间。"

"什么乱七八糟的。最近见过他吗?"

"没有。"老沈摇摇头。

他们走进小区,俞东杰问:"林晶晶住几号楼。"老沈说:"稍等,我给她打个电话。"老沈心想,当年未能查实,现在只怕更无从查起。和前面的侦查员一样,俞东杰拿下此案的可能性为零。

然而老沈错了。

一个刑警和一桩案子之间有时存在某种特别的缘分。耗时多年的侦查浪费了大量财力和警力,得到的是一次次无功而返的结局。

然而八年之后，能够指向案件侦破的机遇终于出现，俞东杰抓住了那个机遇。

8

晶晶身着一套灰格子西装，挺括的衣领，粉色的衬衫，优雅而大气。她走进大厅，跟服务台的小董打了个招呼，然后走到电梯门口，摁下上楼键。她身材高挑，前凸后翘的 S 形曲线使她极富女性的魅力。过了一分多钟，电梯门弹开了，里面手挽手站着一对老夫妇。

"上午好。"晶晶侧过身，让出门口。

"谢谢。"老夫妇说。

待老夫妇从电梯出来，她走了进去。餐饮部在三楼，她是餐饮部经理。赶在电梯门打开之前，她又整了整衣装并别在胸前的职务牌。她今年二十五岁，升任部门经理不足一年，她不够自信，每次安排事情，徐领班都一脸的不屑，她以前是领班大姐，现在依然是领班大姐，晶晶曾经是她的手下，被手下抢了位置，徐领班当然不舒服。晶晶知道她那张嘴，私下里她肯定会把她说成臭狗屎。

到了三楼，晶晶走出电梯，走进大厅，各部门都在做着中午上客前的准备。她问小王昨天那张儿童椅修好没有，小王说是徐班长处理的她不清楚。她环视大厅，没看见徐领班，指不定又在哪个包间里训斥新来的服务生呢。

"徐姐。"晶晶对着包间的走廊喊道。

不管怎么样，她依然叫她徐姐。不管她背地里叫她什么，"小三"也好，"小四"也罢，她依然像当初一样叫她徐姐。她从十九岁开始跟着她，到现在已经六年了。

"什么事儿？"徐姐从包间走出来，一手拿着笔记本，一手拿着笔。

"那把儿童椅修好了吧?"晶晶问。

"这是后勤部的事儿,我可管不了。"徐姐说着,拿笔在笔记本上装模作样地记着什么。

"报给后勤部了没有?"晶晶问。

"后勤部嘛,他们听你的,你有老总撑腰呀,小林经理。"徐姐斜眼瞅着她。

"好吧……"晶晶说,"修不好就换一把新的。对了,今天玉龙厅我亲自服务,你看好孔雀厅就行了。"

"哟,又来大领导啦。"

"大场面,没办法。"

"哼。"徐姐冷笑一声,把手往后一背,挺胸而去。

中午忙完的时候,已经是两点多了。晶晶回到家,老薛赶紧打开电饭煲,给她盛米饭。老薛三十五岁,是晶晶的未婚夫,是第一人民医院的副主任医师,晶晶不大叫他的名字,她更喜欢叫他老薛。

老沈打电话过来的时候,晶晶已经吃过饭,躺在沙发上看电视;老薛洗完锅碗瓢勺准备去单位值班。当老沈说明来意,说父亲的案子再次重启的时候,晶晶有点意外,也有点气不打一处来。每次调查除了再一次揭开她的伤疤,她不知道还有什么意义。八年前,正是父亲的死改变了她的家庭,也改变了她的命运。

晶晶接完电话,把手机撂在茶几上,碰撞的声音显然超出了寻常的分贝。老薛把拿起来的皮鞋重新放回鞋架。

"怎么啦?"老薛问。

"来俩警察。"

"啊?警察来干吗?"

"没事,还是我爸的案子,你去值班吧,要迟到了。"

"嗯——"老薛想了想说,"我还是留下来陪你吧。"

"也好,你跟单位请个假。"事实上晶晶不想让未婚夫留下来,但晶晶知道,如果不让他留下来让他去上班,他很有可能给病人开错方子。

过了不久,敲门声响起来,老薛打开门,颔首问好,请俞东杰和老沈进来。

"晶晶呢?"老沈一边换鞋一边问。

"在这边,"晶晶关上电视,站起来说,"客厅坐吧,他是我未婚夫,薛医生。"

"未婚夫,好事好事,恭喜你呀晶晶,什么时候办事儿,必须通知叔叔哈。"晶晶说谢谢。老沈打量着薛医生,又说:"眼光不错啊,一表人才。"老沈以接见的姿态对薛医生伸出一只手,老薛连忙伸双手迎握。

俞东杰走到客厅,问道:"林晶晶,还认识我吗?"林晶晶摇摇头,说不记得了。东杰掏出警官证给林晶晶看。

"蚌城市公安局刑侦支队,俞东杰,这是我的工作证。"

"坐吧。"晶晶象征性地扫了一眼,给俞警官倒杯水。

"几年不见,变化挺大,大街上碰见都认不出来了。"俞东杰在林晶晶斜对面落座。

"是吗?"晶晶微微一笑。

老沈在一边跟薛医生探讨他的酒糟鼻子,老薛答复着,不时看向晶晶这边。

"在建元国际酒店工作?"俞东杰问。

"是的。"晶晶说。

"工资待遇不错吧?"俞东杰端起一次性纸杯,看见烟灰缸里有两个蓝色的烟蒂。

"混口饭吃。"晶晶看看手表,"我五点去上班。"

"好吧，我了解到，你父亲出事前一天，跟你母亲发生过争吵，能谈谈你父亲和你母亲吗？"俞东杰喝了口水。

"不能。"晶晶说。

"这很重要。"俞东杰坚持道。

"我不管有多重要，我就是不想谈这个问题。"林晶晶顿了顿，控制了一下，说道，"你们每换一次人，我就得重复一遍，每重复一遍，对我来说都是一次折磨，真的，警官。"

"我能理解，这可能有点残酷，但是你必须明白，你母亲和你父亲之间的关系涉及案件的定性……"

"你想知道他们有没有奸情，你想知道是不是情杀，你们为什么总把事情想得这么龌龊……"林晶晶的声音带着愤怒的幽怨。

"我想你误会了，我知道，我们迟迟不能破案让你很失望……"

"不要再提这个话题，我恶心这个话题，不管你们怎么认为，不管我父亲做过什么，我父亲是个好人，我父亲被害八年了，而你们就是一群饭桶……"林晶晶提高嗓门说道。

老沈和薛医生停止了说话。

"我知道在你那个年纪失去父亲意味着什么，但是我们并没有放弃，只要还有一丝希望。"

"那你告诉我，那一丝希望是什么？八年来你们都干了什么，每个人都推来推去，每个人都在走过场，八年前你们要是破了案，有些事情就不会是这样……"林晶晶哭起来，"为了父亲，我跟我妈决裂，我失去了学业，无家可归，你们知道八年来我都经历了什么？"

俞东杰一时语塞，他急于了解问题，却没有设身处地去想一想，一桩陈年命案对于一个家庭、对于一个女孩究竟意味着什么。他没想到一上来就把事情搞砸了。他看着阳台上静静的秋千，半晌说不出话。

050

薛医生拿着抽纸,坐到晶晶身边,一边给她擦眼泪,一边埋怨道:"你们,你们难道不了解吗,你们最好改天再来吧。"

老沈拍了拍俞东杰的肩膀,说道:"你怎么哪壶不开提哪壶呢。"

过了一会儿,林晶晶平静下来,说道:"我早就绝望了,你们查了那么多年,有多少黄花菜都凉了。"

"晶晶,听话,"老沈以大家长的口吻说道,"好好跟俞大队长配合,他可是咱们市的刑侦高手。"

"俞队长,晶晶这两天很累,心情不好,还是改天再谈吧。"薛医生说。

"好吧,林晶晶,请原谅我的鲁莽和无能给你造成的伤害,你对我们的所有指责,我个人全部接受。"俞东杰说。

林晶晶没说话,眼里再次泛起泪花。

"我们理解你的心情,但我还是要了解几点,很快,怎么样。"

"说吧,无所谓了。"林晶晶擦了擦眼泪。

"你认识邓光吧?"

"认识。"

"你和邓光是什么关系?"

"我们是同学。"

"你和邓光之间有过节吗?"

"没有。"

"他追过你吗?"

"没有。"

"你是否怀疑过邓光?"

"怀疑过。"

"为什么怀疑他?"

"他手腕上的伤,在所有的嫌疑人中只有他手腕上有伤,太巧合了。"

"除了腕伤还有什么吗?"

"还有,那天晚上他跟英子分手了,这很反常,他不该跟英子分手,然后他离开了校园,没有人看见他回家。"

"他几点离开的校园?"

"学校九点半锁大门,应该是九点半之前。"

"我讯问他时,"老沈说,"他说是八点多从学校回来的,坐摩的,这个时间点是查实了的。"

"怎么查实的?"俞东杰问。

"询问了跟他一个寝室的两个同学。"老沈说。

"那个摩的师傅找到了吗?"

"没有。"

俞东杰在笔记本上做了记录,接着问林晶晶,"就是说你认为他具备作案时间?"

"难道不是吗?他八点多离开学校,去了哪里?除了他父亲证明他十点回家了,还有谁能证明?他父亲的证言你们觉得能采用吗?"林晶晶说。

"确实是这个情况。"老沈说,"只是到目前为止,我们没有找到证据证明他去过现场。"

"那是你们的事儿。"林晶晶说。

"从蚌城十一中到西塘埂需要多少时间?"俞东杰问。

"最快也要半个小时吧。"老沈说。

"会不会死亡时间搞错了呢。"俞东杰说。

"死亡时间是晚上十一点左右,后来请省里的专家鉴定,也是这个时间段。"老沈说。

"证明他十点左右在家的证人,只有他父亲,没有其他证人吗?"俞东杰问。

"还有他妹妹,他妹妹当时还是个孩子。"老沈说,"我们也走访了那一带的居民,都说没留意,不清楚。邓光说他回来时没遇见任何人。那时候安置小区没装监控,没办法……"

"没遇见任何人?"

"是啊,所以说麻烦就麻烦在这儿。证人都是当事人的直系亲属,证词可信度不高,但是又找不到他十点不在家的证据,现场也没有指向他的物证,只能姑妄听之了。"

"那你觉着他有什么理由去对付你父亲呢?"俞东杰问林晶晶。

"天知道。"林晶晶说。

"好吧,你刚才说的英子是谁?"俞东杰问。

"我同班同学。"

"邓光和英子是什么关系?"

"他们是同学,那时候在谈恋爱。"

"你怎么知道那天晚上他们分手的事?"

"英子告诉我的。"

"她什么时候告诉你的?"

"在我爸出事不久之后,那一年的暑假。"

"她为什么告诉你那天晚上她跟邓光分手的事?"

"偶然说起的,我们关系很好。"

"他们为什么分手?"

"不知道,连英子都不知道。"

"你认为他们分手很反常?"

"是的,很反常,他们没有理由分手,他们一直很好,一定发生了什么事。"

"你认为发生了什么事?"

"我不知道。"

"英子现在做什么?"

"在蚌城第二初中实习。"

"她的全名是？"

"李超英。"

"有她的联系方式吗？"

"我们很长时间不联系了。"

"好吧，谢谢你的配合。"俞东杰合上笔记本，看看手表，站起身，扶了扶领带，对薛医生道，"也谢谢你，薛护花。"

9

"下一站去哪儿？"从建业花园出来，老沈问。

"去找那个亿万富翁，你喜欢的。"俞东杰指指建元国际酒店大厦。

"我喜欢的，你这是什么意思俞老弟。"

他们上了车，俞东杰问："刚才在林晶晶家，你和薛医生都谈了什么？"

"我问他我这个红鼻子能不能治。"

"除了鼻子呢。"

"也没谈什么，问他多大了，哪毕业的。"

"你知道我为什么没有抓她去做检测吗？"

"抓谁？"

"当然是林晶晶。"

"林晶晶？为什么抓她？"

"你装什么糊涂？"

"你真把我搞糊涂了。"

"她吸毒，你早就知道，你不告诉我我就不知道吗。"

"原来是这件事儿——什么事儿都瞒不过你。不过林晶晶到底吸不吸,我真不清楚,我知道那孩子,前两年经常跟程前进出入夜总会,我怀疑过,但是也仅仅是怀疑。"

"老狐狸。"

"就算我是老狐狸,狐狸尾巴也被你抓住了嘛不是?"

"联系一下程前进,让他老老实实等着。"

"遵命,马上联系。"

老沈打通电话,程前进正在酒店开会,老沈说马上到。

他们行至建元国际酒店门前的马路上,老沈透过车窗望着建元国际酒店感慨道,"程前进就是牛啊,盖大楼的时候都说他盖得太高,没必要,现在知道人家有眼光了。"

"程前进说他的钱用百元大钞每天叠一万个飞机,可以连续放一千天。有这回事?"

"确实有这回事,他吹牛呢。"

"你太小看毒贩子了,早就身价过亿了。"

"他贩毒?不会吧。蚌城的水太深了,几年不在一线,看不透形势了。"

"怎么,你眼花了?"

他们从建元国际酒店南大门进入。酒店门楣上的 LED 屏滚动播放着"推出滋补养生小火锅"的广告和"太平洋保险高端客户财富论坛"的字幕。他们把车停在东侧的一个车位上。院子中央是一座小桥流水的假山,大厅门口两棵高大的对节白蜡,树上长了一顶顶绿色的"雨伞"。茶色的玻璃旋转门以一种和蔼的匀速缓缓转动。他们俩通过旋转门,走进金碧辉煌的大厅,一小队漂亮的迎宾女郎鼓掌欢迎起来。程前进站在迎宾队前边,这显然是他有意安排的。老沈乐得眼睛挤成一条缝。俞东杰有种被羞辱的感觉。

"东杰,你好,"程前进握住俞东杰的手说,"多次听你们领导表扬你,你可是咱们蚌城公安的顶梁柱啊。"

"又见面了。"俞东杰道。

"走,到我办公室,先喝杯茶。"程前进说。

"现在东杰是我的顶头上司,把我的节假日统统取消啦。"老沈说。

他们乘电梯来到二十二层的 V6 号总统套房,程前进说,"正宗新会陈皮,已经泡好了。这套房子是我专门接待稀客用的办公室,建元国际的顶配,一般人来不启用,怎么样东杰,还可以吧。"

"无限可以。"俞东杰说。

老沈端起茶杯,香气扑鼻。"好久没品尝程总的陈皮了,"老沈闻着香气,不禁赞叹起来,"果香、花香、药香各占百分之二十,陈香占百分之四十,这是二十年以上的特级产品哪。"

"跟老沈是老伙计了,东杰,你也不要客气。"程前进说,"我年轻时候,做梦都想当警察,准确地说,那时想当一名交警,戴着白手套,穿着反光衣,一摆手什么车都得靠边站,多神气啊。"

"程总眼睛尖、手指头长,一看就是块开罚单的好料。当个黑心交警一点都不浪费材料。"俞东杰道。

"东杰你太幽默了。"程前进说,"你要是想去交警队,我跟你们领导说说,你来当交警支队长,总不能让你在风口浪尖上干一辈子吧。"

"你跟领导说说,把我调到建元国际酒店当保安,我就满足了。"俞东杰道。

"我就知道你不稀罕升官发财。"程前进说。

办公室两边的酒柜里摆满了各种名酒,俞东杰走近观看,"精品茅台、珍品茅台、茅台十五年、茅台三十年、茅台五十年、茅台收藏版、生肖茅台、1990 年茅台、1989 年茅台……还有 1949 年茅台。"俞东杰看了一圈,走到程前进面前,盯着程前进金黄色的领带说道,"从 1949 年到 2000 年,这么多茅台值很多钱吧。"

"纯属个人收藏爱好。"程前进说,"看上尽管拿去。"

"不敢,受之有愧。"俞东杰说。

"这不是行贿,放心。"程前进笑道。

"我怕烧喉咙,降不住。"俞东杰说。

"多喝几回就降住了。"程前进说。

"谢谢程总的好意。"俞东杰说,"下面还得有劳程总,配合一下我们的工作,关于林卫民死亡一案,需要向你了解一些情况。没问题吧?"

"绝对没问题,大力配合。"程前进说。

"老沈,茶喝饱了吧?"俞东杰问。

"喝好了喝好了,你安排。"老沈说。

"准备记笔录。"俞东杰道。

"程总的口供,询问过多回了,东杰,口头了解一下就行了。"老沈说。

"准备记笔录。"俞东杰再次说道。

"好吧,听你的。"老沈放下茶杯。

"那就公事公办了。"俞东杰道。

"应该的。"程前进说。

"你现在在西塘埂居委会担任什么职务?"俞东杰问。

"早就不干了,什么职务也没有,老百姓一个。"程前进说。

"林卫民出事那天晚上,曾在你的饭店里吃饭?"俞东杰问。

"是的,那时候叫建元酒家。"程前进说。

"建元酒家开在哪儿?"俞东杰问。

"在我预制厂旁边,就是去杨埠镇的那条公路边,后来都拆迁了,老沈知道。"程前进说。

"我当然知道,我还在那儿吃过几次饭呢。"老沈说。

"你和林卫民是什么关系?"俞东杰问。

057

"没什么关系,他在预制厂里干活,后来又在商砼站开搅拌车,是我的工人。"程前进说。

"当晚林卫民因何在建元酒家吃饭?"

"他跟他一个朋友商量事儿,合伙干个活儿,我听服务员说两个人喝了二斤牛栏山,卫民平时就爱喝两口。"

"他是几点到建元酒家的?"

"下午六点多吧,那天我正好有一桌客人,我到店里的时候中央电视台七点的新闻刚开始,我看见他坐在一楼大客厅里,已经开喝了。"

"林卫民在建元酒家吃饭期间,有没有跟什么人发生冲突?"

"没有吧,当时公安局排查过,在饭店没跟什么人起冲突,一切正常,他是喝醉酒回家的路上出事的。"

"他几点从建元酒家走的?"

"晚上十点左右吧。"

"他从六点多到十点多,长达四个小时,只是吃饭喝酒吗?"

"他九点左右就吃罢了,他那个朋友吃完饭走了,他在三楼磨蹭了一阵儿,你们知道,那时候酒馆时兴那个……"程前进笑道。

"时兴哪个?"

"这么说吧,他吃完饭,跟一个坐台小姐乱了一会儿。"程前进说,"他把他的钱包和身份证也落在房间里了,当时案发后,公安局认为坐台小姐的嫌疑很大,调查了好几遍,最后排除了,这些你们应该知道吧。"

"我知道,容留或组织卖淫判个十年八年一点都不冤枉。"俞东杰道。

"犯法的事儿,我从来不干。"程前进道。

"如果林卫民不在你那个地方逗留太久,他兴许就不会出事。你说对不对程总?"

"你说得太对了，如果他那天没有喝酒，如果他那天没有出门……你说是吧。"程前进脸上的笑容倏然消失了。

"他离开建元酒家的时候你还在？"

"不错，我还在店里给经理安排事情。"

"你没有发现他喝醉了吗？"

"发现了，他一走三晃，摩托车也不能开了，我送他回家，刚走两步，他吵着要出酒，只好停车让他下去呕吐，他下车后让我们先走，他说他吐吐就好了，可以自己走回去，我想着他离家也不远，所以就走了。"

"在什么地方下的车？"

"离楼岗桥不远。"

"那个时候是几点？"

"晚上十一点左右。"

"什么天气？"

"这我没注意。"

"当时车上还有谁？"

"还有我的司机。"

"林卫民当时状态怎么样？"

"看着没事儿，况且他经常喝酒，从没出过事。"

"你们走时路上遇见过什么人？"

"什么人也没有遇见。"

"你去了哪儿？"

"我回家了。"

"几点到家的？"

"十一点多吧。"

"谁能证明你那个时候在家而不是去了别处？"

"我老婆，还有司机。"

"司机叫什么名字?"

"李小新。"

"你何时得知林卫民的死讯?"

"第二天下午。"

"他在那前后有没有得罪过什么人?"

"我不知道,应该没有,卫民是个老实人。"

"听说你把养猪场的活儿承包给他了?"

"是的,想让他挣点钱。"

"他给了你什么好处,你把一块肥肉给他?听说因为这件事还得罪了你的得力干将老翟?"

"别提我那个老表,成事不足败事有余,你当年拘留他是对的,我不该管他。"

"回答问题?"

"他能给我什么好处呢,卫民跟我多年,也不容易,承包给他主要是想让他挣点钱。"

"程总对工人没什么说的,经常杀牛宰羊送到工地上犒劳工人,所以都争着干他的活儿。"老沈说。

"人要有良心,我经常说,工人的功劳最大最辛苦,不是他们一块砖一块砖地垒,哪有今天的高楼大厦。"程前进说。

"你手下那么多工人,工人中不少与你沾亲带故,你为什么把那个项目承包给林卫民而不是其他人?"俞东杰问。

"真没什么,东杰,这一点你想多了,老沈知道,"程前进看着老沈说,"林卫民死后,我还给他家属拿了一笔钱,赔偿也好帮忙也好同情也好,反正我觉着我也对得起他了。"

"没看出来,你对死人都那么好。"俞东杰竖起大拇指。

"过奖了。"程前进说,"喝茶,东杰,中午饭我安排好了。"

"不用了。"俞东杰喝了口茶说,"你老表翟总比较了解我,我这个人不识抬举。"

"快人快语，我就喜欢你这一点。"程前进说。

"老沈，记完了吧，记完了让程总签字画押。"俞东杰说。

"好嘞，马上。"老沈站起来，打个哈欠，又伸了个懒腰，"说起来，有好几年没记过笔录材料啦，手都生了。"

这时候，有个年轻人直接推门进来，程前进说，"你干吗小凯，不会敲门啊！"

"谁知道这么热闹。"年轻人说。

"这是我三弟程凯，不懂规矩。"程前进向俞东杰介绍道。

"无妨。"俞东杰说。

"沈'大侠'也在啊，你不是退休了吗，是你当年亲手把我关进去的哦，我还没找你算账哪，你倒是送上门了。"程凯指着老沈说道。

"胡扯个什么，你先出去，我跟俞队有事说。"程前进说。

"好吧，不打扰了，各位警官，多多包涵。"程凯看了俞东杰一眼，出去了。

俞东杰站在大落地窗前，望着远处隐约的朗山。对程前进的询问整体上给他一种感觉——林卫民的死和程前进存在某种关联，而老沈和程前进的关系显然不一般。老沈应该知道点什么，但指望他提供线索不大可能，他必须自己去找。下一个找谁——英子，去找英子，她应该了解邓光的一些事。

10

他们吃过星期天的早餐，已经是上午九点多了。阿梅在卫生间正把脱干的衣服从洗衣机里弄出来，俞东杰对镜看着自己的胡茬，跟阿梅说："老沈已经到楼下了，这家伙还真听话，知道节假日正常上班了。"

阿梅一声不响。

事实上俞东杰以为他和妻子的感情并不存在问题。所有的争吵和不愉快都是一时的，他过后即忘，从不计较，更谈不上记恨。他以为阿梅也一样不会往心里去。

他继续说："你知道吗，这件案子我已经看到曙光了，我不知道是什么地方出现了裂缝，或者压根儿没有，只是我的感觉吧，但是那种感觉如此熟悉，如此真切。"

他炫耀着他的职业敏感，阿梅继续沉默。他没有意识到在妻子越来越多的沉默以对里潜伏着明显的危机。相比他卓越的侦查嗅觉，他对妻子情感的体察能力几乎为零。

"果果，帮忙把衣服晾上。"阿梅喊道。

"我来晾吧，以后我得多帮你干点家务。"他这么说着拿起电动剃须刀滋滋滋地在下巴上收割起来。他不是不爱她，纵观俞东杰的一生，他这种近乎大男子主义的粗心恰恰建立在他对阿梅忠贞的爱情之上。

"你帮谁干家务，喊，这是我的家务呀？"阿梅小声冷笑着，把脏衣服使劲往洗衣机里塞。

"我的意思是男主外女主内嘛，"他的胡茬像玫瑰刺一样硬，有一根被剃须刀夹到了，他疼得一龇牙。他接着说，"我可没有你想的那个意思。"

"你在干吗呢果果，我叫你把衣服晒上。"阿梅再次喊果果。

"知道了。"果果进来，端起衣服去阳台。

"你知道吗，阿梅，就这两天，会有眉目的，我有预感，有个女孩她有可能知道点什么。"俞东杰说。

"……"阿梅不吭声。

"当然咯，也许她知道的什么事，事实上毫无用处。"俞东杰放下剃须刀,擦了把脸,来到客厅。果果正坐在沙发里看书。"什么书呀,看得那么入迷?"东杰问道。果果皱了皱眉,没搭理他。"你去奶奶家了吗?"东杰问道。果果把头埋到书本里,似乎没听见。"果果,这样看书会看成瞪眼瞎的,你已经近视了呀。"东杰挨着女儿坐下来。他看见那是一本古色古香的线装书,带插图,图上一群嬉戏的少男少女,东杰看见"贾宝玉"三个字。"你怎么能看《红楼梦》呢,才上几年级呀,你才上初二呀。"东杰伸手想把书拿过来,女儿站起来躲开,东杰一把揪住书本,生生地夺了过来,那页插图撕破了。

"你干吗,干吗——"果果怒不可遏。

"你是不是想造反?"俞东杰道,"这是哪来的?"

"你管哪儿来的,又不要你买。"果果说。

"不要我买我也要管。"

"该管的你怎么不管。"果果气呼呼的。

"什么是该管的,什么是不该管的,你懂个屁,我要管的都是该管的。"俞东杰说。

"我上重点班你怎么不管,我在最后一排坐了三个月了你怎么不管?"果果说。

"那是你没本事。"俞东杰说。

"是谁没本事啊?比我差得多得多的都坐前面了。"果果说。

"你自己不争气,却怪你老子没本事,是不是欠揍啦,嗯?"东杰把书本啪地摔在地板上,书本并没有躺下,反倒弹了起来,像合页一样立在那儿。

"……"果果脸一寒,不敢顶牛了。

"说,这本《红楼梦》哪来的?谁批准你看闲书的?"

"小姨给我买的。"果果开始用眼泪求饶了,这是她惯用的"伎俩",没有一次不灵验的,有时还能反败为胜。

老俞转念一想，这并不是孩子错的呀。于是他的矛头改了方向，"阿梅，"他埋怨道，"什么书都给孩子买，你在家也不管管她，我看不培养出来个'劈柴'，你们誓不罢休。"

卫生间里除了洗衣机的呜呜声没有任何反响。阿梅没有回应，没有辩解。那么好吧，他也不应该再得理不饶人。毕竟他在家陪孩子的时候太少了，说到责任也许他更大，迁怒于阿梅是不对的。老俞捡起书本，开始心平气和地跟果果谈。

"不是爸爸不让你看，这种书，你要到大学才能读。"

"你没看见那是少年版的吗。"果果说。

"少年版更不靠谱。"老俞说。

"你说不靠谱就不靠谱？"果果说。

"你座位的事，我见过你那个班主任，那个人财迷心窍，没有师德，我们不能跟那种人打交道，知道吗孩子，我们要做个自强不息的少年，做个正直的人。"

"你以为我在乎坐第几排？"果果说。

"对，这才是我的好女儿呀。"俞东杰说。

"爸爸今天加班，你在家要听妈妈的话，做完作业可以玩一会儿平板。"俞东杰说。

果果点点头。

老俞走到门口，换鞋出门，他一边提鞋一边问："你去奶奶家了吧？"果果到书房，从书包里掏出作业本。"问你哪，去奶奶那儿了吧，她天天念叨你。"果果不回答，开始抄写英语单词。"这孩子，耳朵是不是有问题呀。"老俞穿一只拖鞋一只皮鞋到书房，"你这孩子什么时候学会装聋作哑啦，'父母呼，应勿缓'，妈妈是怎么教你的？"老俞又来气了。

"你让我去，我妈不让去，我到底该听谁的？"果果说。

"你说什么，谁不让你去？"俞东杰的火再次被点燃了。

"……"果果显然不愿说第二次。

"妈妈怎么会不让你去？"俞东杰宁愿相信是女儿撒了谎，"阿梅，为什么，你到底怎么了，我让孩子去看看奶奶这种事儿，你都容不下吗？"

"谁把孩子教成'劈柴'啊，她都给孩子灌输了什么垃圾思想啊。我可不想让孩子变成自私鬼，我不允许我的孩子被那种人传染。"阿梅更像是自言自语。

"她又不是天天跟她在一起。"老俞怒道，"真不知道你安的什么心。你以为孩子跟着你这样的小气鬼又能学好到哪儿去。"

阿梅来到阳台上晾衣服，老俞跟到阳台，"你以为你这么着就能改变果果是她孙女的事实吗，你从来不知道什么叫隔代疼，你从来都自以为是，你只要换位思考一分钟，你就会发现自己的愚蠢一点都不亚于你以为的对方。"此刻俞东杰已经把他在阿梅和老妈之间搞平衡的打算抛到九霄云外了。

"我真的很蠢。"阿梅把洗过的袜子一只一只夹在圆形衣架上。

"你用你的标准去要求一个七旬老太，你跟一位老人斗气、吵嘴，你侮辱她，你从来不觉得可耻，你以为你读过四年大学，你以为你做的什么都是世界标准……"

阿梅猛然转过身，直面他。他一怔，他停下了，下意识地等她爆发点什么。他看见她的嘴唇绷得紧紧的，细细的唇纹，分明的棱角，很美。她确定无误地看着他。过了二十几秒，她对他说，"俞东杰，我错了，我压根儿不该生下她，我该听你妈的，去医院找李医生做性别鉴定，然后打胎，我不该跟你妈分开住，我不该让果果回避她，我错了，从我爱上你的那一天我就错了，我不会再错了，我保证，东杰，你看这行了吧。"

阿梅的语气平和得近乎谦卑。这种极度的平静给了他一种不祥的预感，跟以往任何一次争吵不同，他觉着他们之间有什么事发生了,他第一次产生这样的感觉。他没了怒火,他无言以对。那种海一样的平静突然把他镇住了。

"怎么下来恁晚?"老沈在外面等了足足半个小时。

"我又没让你来这么早。"俞东杰道。

"你俞大队长安排的事儿,我哪敢怠慢。"老沈发动汽车。

俞东杰放下车玻璃,点上一支烟。老沈求他等会儿下车再抽。俞东杰不理他。老沈说,"怎么,谁惹你啦?"

俞东杰道:"抱好你的方向盘。"

老沈说:"跟弟妹吵架了吧?"

俞东杰道:"她脑子进水了。"

老沈说:"我见过弟妹,人家高才生下嫁给你,你别不知足了。"

俞东杰道:"书读多了,脑子容易一根筋儿。"

老沈说:"你以为都像你,一介武夫。得了得了,天上下雨地上流,两口子打架不记仇,谁家不拌嘴啊。"

"闭嘴老狐狸。"

"好好,我闭嘴。"老沈说,"咱们今天去哪儿。"

"去蚌城二中,找那个叫英子的老师。"

"今儿是星期天,你找到一个人才怪。"老沈说,"我认识他们副校长,我跟他联系,先问一下。"

"那最好。"

"你能不能把烟掐了。"老沈把车停在路边,掏出手机,下了车。

俞东杰抽完烟,气已经消了一半。但有种隐隐的忧虑在他内心久久不能散去。

老沈打完电话,重新坐上车,告诉老俞:"李超英老师不在学校，拿到了她的手机号。"

"联系她。"

"好嘞。我认识这孩子她爸，原西塘埂村的，不知道他们现在搬哪儿了。"老沈一边说一边拨通了英子的手机。

英子去年省师范学院毕业后便在蚌城市第二初级中学实习。她教物理，按照惯例每周上三节物理课就够了，但是学校可不会让她轻轻松松就拿到实习期满合格证。学校不仅让她带着两个班的物理课，还让她临时兼任两个毕业班的体育老师，实习工资一分也不多给。英子毫无怨言，她跟刚刚信仰耶稣的妈妈说，这是上帝在考验她。英子不满二十四岁，留着短发，像个帅小子，身上还未脱学生气。体育课上，穿起运动服，在学生堆里看不出成年女子的模样。有那调皮的男生，吃喝着"我爱你李老师"，英子的脸会红一阵儿。

英子一有空就去外婆家。外婆上周感冒了，这周还没好，对老人来说感冒是场大病。妈妈劝她的妈妈好好信主，感冒自会祛除。妈妈说老人信主最划算，只消两三年就可以跟上帝见面了。外婆不吃妈妈那套，外婆一生信奉普贤菩萨，外婆认为，除了普贤，其他的都不灵，"洋神"更不消说，讲话也听不懂。

英子喜欢外婆家那条小河——马肠河，喜欢外婆初一、十五上香时空气中弥漫的味道。外公在时，会在下午去钓鱼，胆大的白鹭，伸长脖子到他的鱼笼里偷鱼吃。

外婆家在辛店镇，辛店镇毗邻蚌城西南角，辖区内部分村委已经划入城区，面临拆迁，村民们喜躁不安，英子觉得这情景和十年前的西塘埂大体相似。

英子到外婆家时是上午十点多，外婆说话有气无力，咳嗽得胸口疼，英子让她好好坐着晒太阳。厨房里有点狼藉，英子开始洗涮。外婆独居，平日生活尚能自理。两个舅舅各有大宅，房子盖得满满的,只等拆迁赔偿发横财。二舅举家在广州务工,大舅舅出门了,外婆跟大舅妈的"邦交关系"一直没能恢复到"战前"的水平。

英子拾掇完厨房,准备做一顿番茄鸡蛋面。她从那个酱色的古董级的旧木柜里拿出两个土鸡蛋,把买好的大葱和西红柿拿出来清洗。这时候,放在院子里石桌上的手机响起来。英子放下蔬菜,擦手,走到院子里,拿起手机,是个座机号,也许是学校打来的,英子点下接听键。

"你好。"对方说。

"您好,您是哪位?"英子问。

"我是公安局的,我姓沈。"

"公安局的?有什么事吗?"

"你是李超英吧。"

"是的。"

"不要紧张,我认识你爸,修车的老李,见了面你应该认识我。你哥叫李超强,因为赌博我抓过他。"

"哦,这样,那您找我……"英子不解。

"找你了解一点情况,没事儿,你们霍校长说,星期天你没在学校,你现在在哪儿,在家吗?"

"我不在家,我在乡下外婆家。"英子说。

"哦,在你外婆家……"对方停顿了片刻,跟身边的人说了句什么,然后问道,"你外婆家在哪儿?"

"辛店乡马肠河村。"英子说。

"我知道那个村,我跟刘村长挺熟的,这样吧,咱们下午再联系,需要的话可能去马肠河找你。"

"什么事?"英子问。

"见面就知道了。"

"我需要知道什么事。"

"好吧,是八年前的事儿,我们昨天跟林晶晶见面,她提到你,我们找你了解一下邓光那天晚上是几点离校的。放心吧,没事的。"

"好吧……"英子有点不安。

"先这样哈侄女,再见。"

"拜拜。"英子说道。

"你妈说啥呢?"外婆问。

"我妈问你好些了没有。"英子说。

"好多了,不用挂念了,菩萨保佑。"外婆咳嗽了一声。

"我回头上淘宝看看,给你买个助听器。"英子说。

"买那个干吗,我不喜欢吃乱七八糟的东西。"外婆说。

"那好吧,咱们吃鸡蛋面。"英子撸起袖子。

午餐做得并不理想,至少没达到英子正常的水平。整个中午英子都在想,邓光会不会被警察抓去,为什么这么多年过去警察还在调查他。听说他高一没读完就去当兵了,听说他当完兵回来了,听说他现在在做生意。所有关于他的事情,都是道听途说,这么多年,她几乎没有见过他,偶尔遇上也不会说话,有时候她认为她已经把他忘了。可是现在,她又想起他,她心里有点乱。

午饭后,外婆躺下打起呼噜。英子来到村后的小河边,步入一片杨树林,是那种小叶杨,生长周期较长,树叶已经变黄,还没有飘落,它们密密匝匝,在阳光下、在微风中闪闪发光,翩翩作响。英子放慢脚步,闭目,举头,聆听叶间的消息。

她走出树林,云彩涂抹的天空,一望无尽;河对岸的田野上玉米、芝麻刚刚收获,很多秸秆在地头堆放着,土地还未及翻耕;不远处,是"柏枫家具"工厂,前一阵子发生了火灾,现在大楼一侧加装了"Z"字形的消防楼梯,一群鸽子落在消防梯的栏杆上。河畔的白晶菊正在开放;梭鱼草和紫鸢尾开始凋零;灰绿色的狐尾藻逐渐变黑;一只蜻蜓停在芦苇上死去,在秋风里摇曳了几下落到流水上。一丝丝秋意触动了她。她倚着一棵笔直的小杉树,抚了抚额前的刘海儿,久久地凝望着小河流去的方向。

11

下午出发前,老沈冲了一壶普洱,倒满随身携带的保温杯,闻了闻,拧紧盖子。锁办公室门时,问俞东杰带没带茶杯。俞东杰说,那是领导的习惯,让他赶紧上车。

"到我这个年纪你就注意养生了。"老沈上了车说。

"马肠河多远?"俞东杰转动方向盘。

"二十分钟的车程。"

"邓光当兵的事你该知道吧。"

"我辖区的常住人口,我肯定知道,政审也是我签的字。"

"既然他有作案嫌疑,为什么让他通过?"

"疑罪从无嘛,这个原则你俞大队长不知道?"

"如果林卫民的死就是邓光那小子干的,你认为动机会是什么?"

"我要是知道兴许早就破案了。"老沈望着窗外。

他们走到一个小柏油路口,老沈说,"拐弯,直走就到马肠河村了。"他们拐上小路,俞东杰说,"你当年没有见过那个叫英子的女孩?"

"没有,当年没捞到这条线索,林晶晶也没说过这件事。"老沈说,"你觉得这女孩对破案有价值吗?"

"谁知道呢,碰碰运气吧。"

他们到马肠河村的时候是下午三点多。英子请他们到屋里坐,俞东杰要坐在院子里。他拿出笔记本,坐在核桃树下的石凳上。老沈把一本牛皮纸封面的卷宗放在石桌上。

外婆给他们沏了两碗白糖水。老沈说他血糖高,不吃甜的。老沈夸英子长得漂亮,客套几句之后便跟外婆唠起家常,问外婆几个儿女,身子骨怎么样。外婆顶住咳嗽,打开了话匣子。

这边,俞东杰开始询问英子。

"你和林晶晶是同班同学?"

"是的。"

"你是否还记得林晶晶的父亲遇害的事?"

"记得。"

"你最后一次见林晶晶的父亲是什么时候?"

英子脑海里浮现出那天下午的情景。晶晶的父亲骑在摩托车上,停在大门口,一条腿支地,摩托车嘟嘟响着。晶晶让她趁车,她说她有事不回去了。她记得晶晶的父亲,留着平头短发,中等身材,临走还给她鸣了鸣笛。

"最后一次看见他,是在一个星期天,"英子说,"具体日子忘了,他去学校接晶晶回家,第二天听说他出事了。"

"你和邓光也是同班同学?"

"是的。"

"听说你们谈过恋爱?"

"小时候的事了。"

"林卫民出事前后,他有什么反常的举动吗?"

"没什么,那段时间他很消沉,他母亲的离世对他打击很大。"

"他母亲?"

"跟人打架受伤,没抢救过来。"

"什么时候的事?"

"就在晶晶的父亲出事之前,半年左右。"

"再想想,他有没有反常的举动,或者你觉着不对劲的地方?"

英子想起，那段时间邓光突然跟他们的死对头彭乐乐、鲍奎混在了一起；想起那天晚上在小食堂，他突然像换了个人，还羞辱了她。那也许就是反常吧，如果那算是反常的话。

"真的没什么，俞队长。"英子说。

"林卫民出事那天晚上，你和邓光在约会？"

"是，我们见面了。"

"在哪儿见的面？"

"在学校的餐厅。"

"什么时间？"

"八点左右吧。"

"他都跟你说了什么？"

俞队长望着她，她想了想。她说，"我记不起来了，时间太长了。"

"好好想想，你们那天是不是闹分手来着？"

"我真的记不起来了。"

"你在撒谎？"

"好吧，你可以这么认为。"英子望向别处，问外婆是否忘了吃药。

"我知道你的隐私我不该问，但恰恰是那个部分说不定对案子有用，告诉我，你们为什么分手，发生了什么事？"

为什么分手，发生了什么事——英子也在想这个问题。

"那时候大家很天真，我认为仅仅就是这样子，其实没有您想象的那么复杂。"

"你们几点离开的餐厅？"

"晚上八点多吧，聊一小会儿就走了。"

"去了哪里？"

"他说他回家有点什么事，我回寝室休息了。"

"你确定他回家了吗？"

那天晚上他回家了吗？他出了校园究竟去了哪里？如果没有回家，他又做了什么？为什么他选择在那天晚上跟她分手？那天晚上他带给她的伤痛直到现在都无法完全消弭。

"应该回家了吧。"英子答道。

他们的谈话快结束的时候，鸭鹅们呱呱地回来了。栗色的扁嘴鸭屁颠屁颠地小跑着冲在前面；一只瘦高个儿白鹭迈着轻盈而稳健的步履紧随其后；两只大鹅不紧不慢地走在后面，高昂着头，时而发出嘎嘎的威武的叫声。每天它们都在这个点儿回来补充食物，没有一个打算省吃俭用。它们进院发现陌生人，意外地嘎嘎叫着，左看看，右看看，犹豫着要不要大胆地走过去，到食槽那边。

"您还养一群鸭呢，挺肥的。"老沈两眼放光。

"卖鸭蛋，换点吃盐的钱。"外婆站起来，走到廊下从陶缸里舀了一瓢苞谷面倒进石槽，掺和饲料，加水搅拌，一边搅拌一边说，"都贼能吃。"

白鹭挑头，耷拉着左翅膀，从老沈和俞队长中间径直走了过去，丝毫没把他们俩放在眼里。

"怎么有只春锄？"老沈觉着稀罕。

"你瞧，一点都不怕人。"俞东杰说。

"是外公捡回来的。"英子说。

"两年前，老头子在马肠河钓鱼时发现的。"外婆说。

"捡的？"老沈问。

"捡的，"外婆说，"当时还不上来呢，你越想把它弄上来，它越往水草里面藏。"

"受伤啦？"老沈问。

"可不是嘛，老头子拿回来时，伤口都腐坏了。"外婆说，"后来弄点阿莫西林粉，撒上，过一段它还就好了。"

"它对抗生素不过敏?"老沈问。

"野东西过什么敏。"外婆说。

这时候两只鹅也过去了,鸭群见它们安然通过,便从一边嘟噜嘟噜绕行到食槽那里。

"你看,它还和鸭子争食儿哩。"老沈说。

"别看瘦,强悍着呢。"外婆说,"刚开始它一去吃食,鹅就拧它。"

"现在都混熟啦。"老沈说。

"那天晚上过后,他有没有跟你联系?"俞队长问。

"没有。"英子摇摇头。

"一次也没有?"俞队长问。

"我们从那以后再也没有联系过,直到现在。"英子说。

"这东西就是怕放炮,过年时候,村子里一放炮它就躲到屋里床底下不出来,两三天不吃不喝。"外婆说。

"怕放炮?"老沈说。

"枪打的,吓着了。"外婆说。

"哦,这可是国家二级保护动物,逮着打猎的可以拘留。"老沈说。

"弄回来时候,伤口还有铁渣子嘞。"外婆说。

"你们不是青梅竹马吗?"俞队长问。

"是发小,只是发小。"英子说。

"为什么从那之后就不联系了呢?"俞队长问。

"长大了呗,都不是小孩儿了。"英子说道。

"它喜欢爬高上低的,晚上睡在核桃树上。"外婆咳嗽几下接着说,"有一次跑到人家平房上,人家晒着绿豆,拿棍子一赶,它就摔下来,觉着还能飞哩。"

"哦,那可是。"老沈说。

"骨头断了，支棱不起来了。"外婆说。

"它下蛋不下蛋？"老沈问。

"这东西不下蛋，两年多，没见它下过蛋。"外婆说。

"好吧，我看先这样吧，有些事也许你的确忘了。"俞队长站起来。

"如果想起来什么，我会告诉您的，俞队长。"英子说。

"谢了，小李老师。"俞队长说，"不过，不愿意说的事情永远是想不起来的。"

"怎么会。"英子说，"你们认为他做了那件事？"

"只能说有重大嫌疑。"俞队长说。

"我家的鸭蛋都是土的，绿色有机。"外婆说。

"我能看看吗？"老沈说。

"可以啊，在瓷坛里呢。"外婆说，"给你按八毛五，平常拿到市场卖一块呢。"

"那你们为什么抓了他，后来又放了？"英子望着俞队长。

她试图从警察那里得到消息，得到事关他之安危的消息。

"因为证据不足。"俞队长说。

"也许他根本没有做那件事。"英子说。

她不是在为他辩护，她只是希望他与那件事没有任何关系。

"但愿他没做。"俞队长说。

"老沈，该走了。"俞队长喊道。

"好，马上。"老沈在厨房里答道。

"这件事要保密，懂吗？"俞队长说。

俞队长神秘地盯着她，她觉着他已经把她的心思看穿了。

"什么事？"英子问。

"我们找你调查他的事。"

"明白。"

"不要通风报信。"俞队长的语气里潜含着"我知道你会通风报信"的台词。

"我为什么要通风报信……"英子说。

"因为你很关心他。"俞队长说。

"我想你误会了,俞队长。"英子转过身,看食槽那边。

食槽已经精光,鸭鹅们在墙根下,或用嘴梳理羽毛,或卧地歇息。夕阳把外婆的院落刷上一层透明的金粉。

那只白鹭一脚站立在篱笆墙上,一脚蜷缩于腹下;颈背呈驼形;胸部垂着丝绒一样的蓑羽;头顶上三道洁白的矛形冠羽;黄色的趾,修长的腿,橙色的喙,蒂芙尼蓝的眼像打了美丽的眼影。它一动不动,孤傲地定在那里,融进了黄昏的静谧。

"再见。"俞队长说。

"再见再见。"沈叔叔提着鸭蛋往外走。

他们出了院子,步行到胡同口,上了车。

英子心里惴惴不安,眼里闪烁出湿润的光芒。她听见他们发动汽车的声音。她想,也许她应该告诉俞队长点什么,不管有没有用。她绝非出于对邓光的怨恨,不管他曾经如何待她,她早就原谅他了。她只是想看清他,看清八年前的那天晚上他为什么那么对她,看清那天晚上的夜色究竟隐瞒了什么事。

12

两天后的下午,因为学校月考,取消了体育课。这是个难得的空闲。英子从包里找出俞队长的手机号码,她决定告诉他一些事。

妈妈离世,程凯入狱,鲍奎和彭乐乐不断找麻烦。那段时间邓光的精神接近崩溃。他憔悴、冰冷,瞳孔深处隐藏着悲伤,那个开朗、机灵、阳光的男孩一夜之间不见了。一遇上鲍奎,他们就会打起来。有一次在食堂,鲍奎骂他是没娘的孩子,骂程凯是畜生,嘲笑他跟错了老大。他们再次打起来。她慌忙叫来了保安。保安制止了他们。邓光反过来骂她多管闲事。他的性情完全变了,她又难过又忧心。

他日渐消瘦,神情黯然。她想帮他,想安慰他,可他厌倦说话,厌倦跟任何人来往。他拒绝别人的关心。她想进入他的世界,但他把自己关闭了。

来年的春天,他脸上有些光泽了。隔三岔五去篮球场打球,有时候会看见他跟同学说笑,有时他也会主动跟她说话。也许他已经从丧母的阴影里走出来了。她暗自为他高兴。

临近毕业,大家购买纪念册,议论着哪家照相馆合影照拍得好。班里弥漫起淡淡的忧伤的情绪。鲍奎似乎平静了,彭乐乐也有好一阵子没看到他。然而一场更大的冲突很快发生了。她永远忘不了他们在上河公园遭遇的那个夜晚。

毕业班取消了各种节假日,只有星期天下午可以休息,她每周这个时候赶回家换洗衣服。四月九日,是星期天,也是邓光的生日,她给他买了一个精美的米色笔记本,她在笔记本的扉页上写下她最想说的话。她准备送给他之后回家。但邓光想让她陪他在学校过生日。那是他妈妈出事之后他们俩第一次约会,她答应了。那也是她第一次周末没有回家,她担心爸妈知道这件事会把她骂得狗血喷头,担心他们找过来。也许应该打个电话说一下,可他们要是问起来该怎么解释呢。她记得就在她忐忑不安的当口,夜幕降下来了。他们在校园北大门对面的德克士餐厅共进晚餐。她还能记起北门口那两棵紫玉兰树,花满枝头,馥郁的花香飘到斜对面洒满橙色灯辉的德克士店二楼,为他们的炸鸡翅增添了余味。他们俩坐在靠窗的位置,看着街景。她问他怎么不回家过,他说时间太短。而她判断多半是他妈妈不在的缘故。她不再多问,决定好好陪陪他,吃蛋糕的时候她不小心把奶油掉在腿上。

吃完东西,他们从德克士餐厅出来,穿过北街的小巷,去清河边漫步,遇见不少同学。他们沿河道往东,向人少的地方走,过了清河第四大桥,不知不觉来到上河公园。那是他们四个经常一起游玩的公园,在夏天她和晶晶会从树下的泥土里捉爬拉猴,然后再放它们到树枝上,第二天爬拉猴蜕变成蝉飞走,只留下一具空壳。

英子想,如果那晚他们没有在蚌城度过,或者他们没有去上河公园,也许他们就不会碰上鲍奎和彭乐乐;如果那晚他们俩没有走那么远,或者他们原路返回而不是走北岸,也许那场冲突就不会发生。

英子开始拨打俞队长的电话。

她还记得上河公园旁边那个"柳园社区诊所",记得那个诊所散发着昏黄光芒的招牌灯箱,屋里有个中年胖子在打点滴。正是那个中年胖子在他们打架的时候报了警。

"你好,李老师。"俞队长的电话接通了。

"俞队长好。"她说。

"什么事李老师?"

"我想告诉您一些事情,但我不知道有没有用。"

"无妨,说吧。"

"晶晶的爸爸出事之前,有段时间,彭乐乐可能告诉过邓光什么事,我听邓光说过,他说他知道什么内幕来着。"她多少有点紧张。

"彭乐乐是谁?"俞队长问。

"我们的死对头,在十一中的时候他是我们的死对头,他是个人渣……"

那天晚上,他们在公园坐了一会儿,将近九点,他们从清河北路返回,路上跟彭乐乐、鲍奎他们狭路相逢。彭乐乐伸手摸她的脸。她把它格挡到一边。彭乐乐狞笑道,怎么了梦中情人。一股糟臭的酒气从他唇齿间、鼻孔里像苍蝇一样扑向她。邓光给了他一脚,他倒在河堤的灌木丛上,哎哟一声,什么地方被扎到了。两个小弟把他扶起来。他命令鲍奎一伙人群殴邓光,然后他用胳膊钳住她的脖子,捂住她的嘴……

"彭乐乐知道什么内幕?"俞队长说。

"我不知道,有一次,我们和彭乐乐发生了冲突,他侮辱了我,一想起这个人,我就感到恶心……"

"你不要激动,慢慢说,或者咱们见个面?"俞队长说。

"不用,我们还是电话里说吧。"

"好的,电话里说也行。"

"他们人多,幸亏一个好心人报了警,那次冲突他们把邓光打得不轻。可是接下来,我发现邓光居然在跟彭乐乐交往。这让我无法忍受。我想找他谈谈,可他故意躲着我,态度冰冷。我不知道究竟发生了什么。我当时很痛苦。接着有一天,他忽然约我见面,就在学校的小餐厅……"

"就是林晶晶的父亲出事那天?"

"是的,就是晶晶的爸爸去学校接晶晶那天。"

"你继续说。"

"那时候小餐厅关门很晚,经常十点还有人在那里加餐。我六点左右就去那里等着,一直等到八点他才出现。我记得他的头发有点乱,不声不响,依然冷冰冰的样子……"

"那天晚上天气怎么样,还记得吗?"

"具体不记得了,应该是晴天,没有下雨。"

"你们谈了什么?"

"我问他是不是和他爸闹别扭了。他说没有。事实上那段时间他跟他爸关系很僵,有一次他还打了他爸,邻居们都在议论他。我问他这些天干什么去了,校园里看不到他。他问我找他到底什么事。他很不耐烦。"

"你们以前闹过不开心吗?"

"从来没有。"

"好吧,你继续讲。"

"我问他,你是不是不想见我?他说,我们都长大了。我说,长大了就会改变吗?他说是的,我们不仅会改变,还终将长成唯利是图、见钱眼开的大人。我说,我不懂你的意思。他说,我们不是一路人了。我说,我觉着我突然不认识你了。他说,你要跟我说的就是这个吗?我说是的,就是这个……"

"他对你的变化很突然?"

"是的。"

"然后呢?"

"然后他说他要走了。我问他去哪儿。他说他回家。我说,好吧,但有一点我必须告诉你,你不能跟彭乐乐那个人渣来往,你清楚他是怎么侮辱我的。他说彭乐乐知道一些他不知道的事。我说我不管他知道什么,我看见你和他来往,我会看不起我自己。他说我并没跟他来往。我说你们明明在一起混。他说那是他自己的事。"

"你认为他不应该跟彭乐乐在一起?"俞队长说。

"是的。"

"就是说那很反常?"

"是的。"

"他跟彭乐乐交往是因为彭乐乐知道一些他不知道的事?"

"应该是。"

"那会是什么事?"

"我不知道,也许对他很重要。"

"和林晶晶的父亲出事有关?"

"我不知道。"

"再次确认一下,你们在小餐厅约会的那天夜里,就是那天夜里林晶晶的父亲出事了?"

"是的。"

"那是你们最后一次约会?"

"是的……"

她又想起那天晚上,邓光走之前,她问他是不是忘了上河公园的事。他问她是不是需要点青春损失费。他脸上荡起一抹不怀好意的笑,那是从鲍奎和彭乐乐身上才能看见的东西。她讷讷着,嘴唇发抖,好像有什么东西哽住了喉咙。她说不出话。她不知道该怎么说。他说,还有什么事吗?她说,好吧,好吧……那一刻她的思维被一根钉子活活钉住了,挣扎却动弹不得。他又等了两三秒钟,便抽身离开了小餐厅。

她还记得小餐厅里那两个女生,不时朝她望望。也许她们在可怜她,也许她们在笑话她。她觉着自己真是太笨了。她想起那天夜晚的情景了,教学楼的灯都熄灭了,寝室楼上大部分人已经躺下,新来的管理员坐在旗台那边跷着二郎腿刚刚抽完一支烟,天空中繁星闪烁,夜色中的校园静悄悄的。那晚的天气很好,没有下雨,的确没有下雨,但她那个时刻正经历一场无形的电闪雷鸣的风雨。

他走了,陷她于痛苦绝望之中。然后林晶晶的父亲出事了,警方开始调查他,直到现在还在调查他。

"彭乐乐现在在什么地方?"俞队长问。

"应该在蚌城,具体什么地方我不清楚。"她说。

"好的,多谢李老师。"俞队长说。

13

周一下午，彭乐乐在钱柜会所等他。钱柜会所在金雀路。他不知道蚌城什么时候又开了一条金雀路。已有金叶路、金水路、金山路，现在又冒出了一条金雀路。他独自开着那辆新款捷达汽车，过了火车站进入铁东区。和许多蚌城人一样他更习惯把蚌城分为"铁东"和"铁西"。铁东大部分是老城区，铁西大部分是新城区。

老沈病了，请了七天假。他让他看了他的诊断证明，除了吃药医生还建议静养。这样也好，反正这个老狐狸也不会帮上什么忙。

现在他看见了金雀路的指示牌，他拐到金雀路上。路北边正进行施工，是个什么旧城区改造项目。路南面一排别墅式商铺，有的已经开业，有的还在招租。走了不远他看见钱柜的招牌，他把车开到门口，停好。钱柜会所的门头装得像宫殿一样气派，门把手右上方写着一个红色的推三阻四的"推"字，他准备推门进去时，门从里面被拉开了。

"俞队您好，我是彭乐乐，欢迎光临。"

"你好啊乐乐哥。"俞东杰摘下墨镜说。

"不敢不敢，俞队，您叫我阿乐就好，里面请。"

他们在客厅的沙发上坐下，背景墙上的液晶电视里正播放着一部叫《后天》的灾难大片。一名服务员送上苏打水和中华牌香烟。

"就你这副德行，还鸡血党的大哥？"

"那是过去的事儿了，那时候小，不懂事。"彭乐乐打开一瓶苏打水递给俞东杰，"您喝水，俞队。"

"我听说你有个手下卖摇头丸，被派出所抓了？"俞东杰把电视机调到静音状态。

"那件事我真的不清楚。"

"彭乐乐，摇头丸的事不说了，你过去那些劣迹暂时也不说了，今天把这件事讲清楚,我可以考虑放你一马。"

"戴所长交代了,俞队尽管问吧。"

"你和程凯不对付?"俞东杰问。

"一般般,上学时候老打架,好多年没来往过了。人家能打能杀,咱退出江湖了,正经做生意。"

"看你那吊儿郎当的样儿也不像正经生意人。"

"您批评得是。"

"你跟邓光认识吗?"

"认识,初中是校友。"

"上学时候关系怎么样?"

"一般吧,我们还打过架,那时候不懂事。他跟程凯关系很铁,后来程凯进去了,我们玩成了朋友,但是初中毕业之后没见过他。"

"你们玩成了朋友?"

"是的。"

"你猥亵他女朋友,然后他跟你还能玩成朋友?"

"猥亵他女朋友?这件事好像没有吧。"

"好好想想,乐乐哥。"俞东杰把墨镜给彭乐乐戴上,说道,"还别说,你小子确有一副狗血老大的范儿。"

"对不起,可能我忘了,我想一下,对,有一次我们在清河边发生了冲突,当时他女朋友在,我错了,我不该那样做,那时我还是个少年,请俞队原谅。"彭乐乐取下墨镜,还给俞东杰。

"那你们是怎么玩成朋友的?"

"主要是他老大程凯把他妈妈打死了,他很受伤,就跟我们一伙了。"

"程凯为什么打死他妈妈?"

"这个我也不太清楚,事实上他妈不是程凯打死的。"

"不是程凯?是谁?"

"这，我不敢乱讲，俞队。"

"讲。"俞东杰命令道。

"那您到外面千万别说是我说的，程前进现在得罪不起。"

"可以，说吧。"

"人是程前进打死的。因为程凯不满十八岁，程前进就让他替他顶下来。"

"这事儿，你怎么知道的？"

"当年就传出来了，我听我爸他们讲的。"

"你爸怎么知道的？"

"我爸以前和程前进做过生意，程前进太狠，我爸后来就不跟他合作了。"

"你把这个内幕透露给邓光了？"

"是的，他知道以后，很愤怒，说这个社会太黑暗了，他要亲手弄死程前进，为他妈报仇。"

"他找过程前进吗？"

"好像没有，记得警察到学校抓过他，但和程前进没关系，而是一桩杀人案，不过后来又放了。"

"你了解那桩杀人案吗？"

"我记得一点，死的那个人是林晶晶的父亲。"

"你认为邓光会杀他吗？"

"不大可能吧，他跟林晶晶没什么矛盾，再说，他女朋友跟林晶晶是闺蜜。就算杀人他也应该把程前进干掉，怎么会把一个无关的人弄死呢？"

"程前进跟邓光的妈妈因为什么发生冲突。"

"这我就不清楚了，可能发生什么纠纷了吧。俞队，今天我给您讲的这些话，您千万别说是我告诉你的啊，程前进势力大得很，要是让他知道，我这个会所就开不成了。"

俞东杰交抱双臂，靠在沙发上，看着电视屏上《2012》洪水滔天的静音画面，他想，彭乐乐说的靠谱吗？邓光母亲的死和林卫民的死有关联吗？两起案件发案时间一前一后，地点都在西塘埂那边，具备时空关系。也许他应该查阅一下邓光母亲死亡一案的卷宗，卷宗在哪里？应该在法院。当年谁侦办的那件案子？应该是老沈，一定是老沈。

俞东杰又问了彭乐乐几个贩卖摇头丸的问题，便离开了钱柜会所。

俞东杰马不停蹄，回支队开了一封介绍信，匆匆来到蚌城法院，法院负责卷宗档案管理的是一位戴老花镜的王大姐，她跟俞东杰抱怨待遇不公平，她今年五十五岁，院长还要求她按时上班，院里别的女同志五十一岁就在家享清福了。俞东杰说她工作太出色，别人取代不了。但他的恭维并没有取得预期效果，王大姐一丝不苟地告诉他，介绍信上面的章盖错了，不应该是刑警支队的印章，应该加盖市公安局的行政印章。俞东杰说错不了事的。王大姐笑了笑把档案室的钥匙收了起来，显然在印章这件事上没有丝毫回旋的余地。俞东杰只好驾车飞奔总部办公室盖章，盖完章再次来到法院。俞东杰看看手机，离下班时间还有二十来分钟。他来到档案室门口，敲了敲门，无人反应，推了推，门锁着。隔壁办公室的女法官告诉他，王主任已经下班了。

14

老沈在家休息了一个星期，每天吃饭、养鱼、跟老婆一起去广场散步。因为在专案组上，也不用去分局上班。俞东杰不跟他联系，他只当什么事儿也没有。他不知道俞东杰在闷声搞什么，他甚至认为他已经放弃了追查。在这种特殊的假期里迎来了第二个星期一的下午，他准备泡一壶普洱茶，继续享受两头不管的太平日子。这时候放在餐桌上的手机响了，铃声凌厉，音量比往常大得多，昨天老父亲跟他孙女通话用过，他把音量给他调到了最大，也许忘了调过来。总之那声音让他心里一惊。

是俞东杰。他也该打个电话了。接通电话，俞东杰问他病养好了没有，如果没养好可以再延长一个星期。老沈感到俞东杰的语气里有种让他发怵的东西。他说他的病没事了，可以随时听候调遣。俞东杰说那好吧，我已经到你们家属院大门口了。

老沈把拿出来的茶叶放回去，一边琢磨着什么事儿一边换下睡衣，打领带，梳头，抹润肤霜，换上皮鞋，然后打鞋油，擦鞋，抛光……他怕让俞东杰等太长时间，所以减少了打理的环节。

他来到大门口，坐上车，问俞东杰去哪里。

俞东杰说："到地方就知道了。"

老沈说："几天不见，怎么神神道道的。"

俞东杰不吱声。

老沈说："你不会还在跟弟妹生气吧。"

俞东杰依然没反应。

老沈自说自话，觉着无趣，便闭上了嘴巴。

他们走了二十几分钟，在未来大道与西塘路交叉口左拐，上了西塘路。西塘路就是西塘埂原来那条村街，马路两边店铺林立，多是商场、影楼和培训机构。店铺后面是瓦灰色的高层居民区，楼体边框镶着中式风格的镂花木饰。新建的西塘埂社区居民委员会也在这条路上。他们把车停在居委会综合服务大厅门前。老沈下车，看见李瞎子拿着他的盲杖坐在走廊下的台阶上。

"还好吗老李同志？"老沈问道。

"嗯，嗯，你是，是沈警官吧，"李瞎子侧仰起脸，"好长时间不见你了。"

"你看,东杰,这人别看眼睛不好,记性好得很。"老沈说。

"这说明沈警官深受群众爱戴。"俞东杰说。

"你小子,又骂人嘞不是。"老沈说。

"你好,老大哥。"俞东杰跟李瞎子打招呼。

"你不是本村人。"李瞎子说道。

"这里还有村子吗?"俞东杰四下看看,"你现在也是一名光荣市民了。"

"这儿一直有座村子。"李瞎子说。

"也是,你抽支烟。"俞东杰给李瞎子发烟,"听说你会算卦?"

"会一点儿,好久没算过了。"李瞎子说。

"您还挺谦虚的,好,有空找您算算。"俞东杰说。

他们一前一后走在马路右侧的便道上,沿街西行。

"这些石楠树长得挺快,我亲眼看着它们栽上去的。"老沈说,"这品种很贵,当时多少钱一棵来着,一千左右吧我记得。这条路一直通到大河湾,树一路栽过去,算算得多少钱吧。"

"你眼里都是钱。"俞东杰说。

"你说话咋就恁伤人嘞,别火气那么大行不行。"老沈说。

"你这是要找邓光吗?"老沈说,"他家的店铺就在附近。"

"他最近不在家。"俞东杰说。

"你是不是查到什么证据了?"老沈说。

"差不多吧。"俞东杰说。

"真查到啦?"

"你不高兴?"

"那怎么会,当然高兴。"

他们走进一家叫重山堂的茶社。

"环境不错。"俞东杰说。

"你真会选,"老沈笑道,"你是不是知道这家茶社是我妻弟开

087

的,说了半天你就想喝免费茶啦。好吧,难得俞队有雅兴,今天就让我小舅子请客。"俞东杰已经坐在一个卡座里。"小月呢,给我们来一壶正山小种,再来一包中华烟……"老沈跟吧台说完,来到卡座,在俞东杰对面坐下。

"正山小种你应该喝过,不过今天请你品尝的是顶级产品,限量版,来自武夷山自然保护区,真正的桐木红茶。"老沈说。

"喝什么茶都一个味,我这个人俗不可耐。"俞东杰显得有些疲倦。

"别谦虚了。"老沈说,"你看起来好像没睡好,谁又惹你了吗?"

"说说那件案子吧。"俞东杰道。

"哪件案子?"

"宋玉香被伤害致死案。"

"什么致死案?"老沈一愣。

俞东杰用拳头顶住下巴颏,闭上眼睛,看那意思不想说第二遍。

"宋玉香?让我想想,这是什么年代的事来着,我都忘了,让我想想哈——你怎么突然对这件案子产生兴趣了,一个星期不见,你就是琢磨这个去啦。"老沈说。

"别啰唆了。"俞东杰说。

"其实没什么好说的,那件案子已经是定案了呀。"老沈说,"你这人怎么就恁喜欢'热剩饭'嘞,真理解不了你俞大神探。"

俞东杰看着老沈,不再说话。这时候叫小月的茶道师端着个托盘过来了。"先喝杯茶行吧,你一边喝,我一边给你慢慢道来。"老沈说完,对小月道,"小月你去吧,我来服务就行了,我们这位领导讲究。"小月把茶具、香烟规规矩矩放置好,然后礼貌地说,"你们慢用,有事叫我。"

一股融融的陈年茶香弥漫在二人中间,老沈贪婪地呼吸着,并小心翼翼地捕捉那茶香中丝丝松烟香的味道。

"好吧,"老沈说,"我差不多想起来了。"

俞东杰端起青瓷小杯,看了看澄清的茶汤,呷了一小口。

"这事儿说来话长。"老沈说,"当年西塘埂拆迁时,有几个钉子户,宋玉香是其中之一,其实她丈夫那个人还是挺老实的,她那个人太钻牛角尖,认死理儿,一个农村妇女实在拿她没办法。你也在基层干过,工作有多难搞,你清楚。"

"我不清楚。"俞东杰说。

"好吧,你不清楚,"老沈说,"这个宋玉香呢,她不知道听谁说的,她家宅基地后面规划的是一条路——就是现在的西塘路了——将来可以盖门面房,她想自己留着开发,你说这不是异想天开吗?后来觉着行不通了又狮子大开口,提的条件人家开发商接受不了,开发商接受不了,项目一再推迟,上头急,就给拆迁办施压,拆迁办就给村委施压,别说程前进,换成谁也不好办,这事儿一碗水端平很难。"

"你该当辩护律师,当警察屈才了。"俞东杰说。

"我说的是事实嘛——她自己不签字,还串联其他几家一块跟上头对抗,举报程前进非法出租自留地、贪污公款,揭发谁谁不是本村实有人口,举报某某在村里违章建楼没人管——她自己的楼比谁建的都高,往上接了两层半——关键是她举报的那些事没一个查实的。"老沈说。

"我要听那件案子,别跑题。"俞东杰说。

"后来,她串联的那几家,经过做工作,也都签字了,就剩她不签,还在房子上插了一面国旗。于是呢,拆迁办想了个土办法,宋玉香的妹妹宋玉娟在西塘小学当教师,就把宋玉娟的工资停发了,让她去做她姐宋玉香的工作。宋玉香知道这事儿以后,一口咬定是程前进搞的鬼,她跟她丈夫就去程前进家闹腾,她丈夫虽然老实，但不会说话，常言道'打人不打脸揭人不揭短'，她丈夫骂程前进的娘'豁子嘴'，你说这不是哪壶不开提哪壶嘛——"老沈喝了口水，对俞东杰说，"喝茶呀，别浪费。"

"继续。"俞东杰说。

"有个情况你可能不了解，"老沈小声说，"程前进他爷解放前当过土匪，解放后成分高，程前进他爹程大腊，老大不小了还娶不上媳妇，最后好不容易娶了个，嘴上有个大疤瘌，据说是小时候磕碰的，就是现在程前进他老娘。"

老沈自己续了一杯茶，接着说，"你想啊，他那么骂，骂了人家祖宗三代，人家能不生气吗，结果双方就打起来，程凯那孩子脾气暴，年轻人手上没个轻重，一棍子夯着宋玉香的头了，到医院没抢救过来，主要是没有及时往医院送，当时她还想着讹人家呢，躺在那儿，我叫120救护车来，她还不大情愿。"

"那一棍子，是程凯打的还是程前进？"俞东杰问。

"当然是程凯啦。"老沈给俞东杰把茶续满。

"打架时程凯在场吗？"俞东杰问。

"当然，要不怎么……"

"还是后来被程前进叫过来的？"俞东杰问。

"要不怎么把他抓起来呢，"老沈说，"我记得，我到现场的时候程凯手里还拿着棍呢。"

"你是什么时候到的现场？"俞东杰问。

"我十来分钟就到现场了，当然，我到现场的时候宋玉香在地上躺着，他们已经打完了。"

"那你怎么那么肯定是程凯打的？"俞东杰问。

"有证人证言。"

"谁的证人证言？"俞东杰问。

"谁的来着，应该都是邻居的，我记得有个叫翟小伟的，还有个谁,我记不起来了……"

"还有林卫民。"俞东杰说。

"哦,对对对,"老沈的笑变得干巴,"你是不是调阅了卷宗,那你还让我讲这些,判决书写得清清楚楚的……"

"是啊,写得倒是十分清楚。"俞东杰在桌面上抟弄着那盒未拆封的中华烟。

"农村打架的案子,尤其是出了人命,取证难哪,大家都是一个村的,低头不见抬头见,谁也不愿意得罪人,看见了也说没看见……"

"没看见的却说看见了。"俞东杰说。

"那倒没有。"老沈说。

"翟小伟跟程前进什么关系?"

"没什么关系。"

"林卫民跟程前进什么关系?"

"也没什么关系。"

"你放屁。"

俞东杰拿起那盒中华烟呱嗒一声摔到老沈面前。老沈的脸红了百分之六十,憋了半天才说道,"老弟,你今儿什么意思?审我哪?"

"翟小伟是程前进的外甥,林卫民是程前进手下的工人,你不会不知道吧?"

"我不知道。"

"打架的时候他们根本不在现场。"

"你俞大队长在现场?!"老沈冷冷地火了。

"你明知道他们在作伪证。"

"我明知道什么?我不知道,到现在我都不知道,只有你俞大神探无所不知。"

"你明知道他们的证言带有倾向性,你质证了吗,你会不会质证?"

"我不会质证,全蚌城的公安就你俞大神探懂业务?"老沈鼻腔里冲出"吭"的一声,镇定地说,"就凭你俞老弟看看卷宗,就说这个作伪证那个作伪证,这个没质证那个没质证,你以为整个案子的侦查员、检察官、法官还有受害人家属、律师,难道他们都瞎了吗,难道他们都没长脑子吗,难道他们都看不出作没作伪证?只有你俞东杰,我的俞老弟眼睛雪亮……你为什么不直接说程前进把我买通了,把我们都买通了?"老沈的唾沫星像焊条的火花一样迸射到俞东杰脸上。

"我不知道程前进有没有买通谁,但我知道,有人在西塘埭拆迁前,跟村民合伙违规建房套取拆迁补偿;我知道有人没有花钱在建业花园弄了一套一百四十九平方米的电梯房;我知道有人以明显低于市场价的价格在西塘路买了五百平方米的门面房,然后以他小舅子的名义开了一家叫重山堂的茶社。我知道这些房产都出自一个叫程前进的开发商。"俞东杰一动不动,看着老沈被厚眼皮包裹的眼睛,冷冷地说道。

有四个客人走进茶社,看样子是熟客,服务员引导着他们直接上二楼去了。

老沈耷拉着眼皮,半晌没有说话。他拿起那盒中华烟,揪住易撕带,拆开烟盒,抽出一支,用火柴点上。

"我好久不抽烟了。"老沈说话的气温骤然下降。

"准确地说,应该是好久不抽低于一百块钱一盒的烟了。"

"行啊俞东杰,连自己人都开始查了。"老沈吐出一口烟气,"既然这样,我必须给你说明,茶社是我妻弟的,电梯房是我用公积金按揭的。我不否认跟程前进很熟,买房时他的确给我优惠了一点。但是——"老沈用食指点了点俞东杰,"请不要诽谤哥。"

"那是利益输送。"

"好吧，随你怎么认为，今天几个意思，你说？"

"从一开始你就知道，这件案子和那件案子的关联。"俞东杰说。

"只能说我这么猜测过。"

"邓光知道谁才是打死他母亲的凶手，知道有人作了伪证，知道有办案人员做了手脚，他杀害林卫民的动机就是报复，这一点你比谁都清楚。"俞东杰说。

"我的确这么想过，但是没有证据。"老沈说。

"你隐瞒了这一点，贻误了破案的最佳时机，导致一些关键证据无法追取。"俞东杰说。

"这也只是你的主观推测而已，东杰老弟，我们做事要有证据，这还用我教你吗。"

"你这是犯罪。"俞东杰说。

"你说犯罪就犯罪啊？那你抓我啊？你觉得你是谁，你破了那么多案子抓了那么多人，为什么连个中层领导都不是？为什么那些死案、冷案都是你的？为什么那些吃力不讨好的连个肉星儿都没有的'硬骨头'派给你？你考虑过吗？别整天光想着抓这个逮那个的。"

"你以为所有人都像你一样满嘴流油，吃相难看。"

"你不为别人想，也可以不为自己想，可你不为家人想想吗？想想你老婆，骑一辆电瓶车，风里来雨里去，开一辆体面的小汽车不好吗？想想你女儿果果，她需要上最好的中学，你让她在起点上就输给同学吗？"

"你究竟拿了多少钱？"

"你以为我有那么大能耐吗，你也太看得起我了。"老沈抽出第二支烟，点燃，抽了一口，语重心长地说，"东杰，别追究这件事了,会牵涉许多人。我也只不过为自己攒了一点点养老费,微不足道。你知道咱们的工资太低了。"

老沈又说,"况且,这两件案子,一件是定案,你改变不了,连受害人家属都不上诉。另一件是死案,怎么查,世界上未解之谜多了去了。东杰,你是个好警察,非常优秀,前途无量,别摸着一条道走到黑,我说这话不光为我好,也为你好。"

"为你好,也为我好,好,真他妈的好。"俞东杰冷笑一声,望向窗外的街市。

老沈往茶壶里加一道热水,他没注意这是第几泡,倒在茶杯里,香味已经微薄了。他感到口干,一连咽了几口。他在等俞东杰表态,他已经从惊恐和恼怒的情绪里出来了。他知道俞东杰也就这么点能耐,他不可能将他怎么样,天时地利都没有给他那样的机会。他不过是粒炒一百年都炒不熟的铜豌豆,光脚沿玻璃碴儿也不喊疼,盲目地爱惜自己的羽毛,好名不好利,光荣的警察,失败的人生,如此而已。

"想什么呢俞老弟?"老沈说。

"我在想世界上那些未解之谜。"俞东杰转过脸对他说道。

15

林晶晶的手机无人接听。这个钟点她应该在建元国际酒店上班。走到建业花园大门口附近,路边站了很多观众,像是出了什么事故,一辆黄色的带有警用标志的拖车,正把一辆印第安红色的老式桑塔纳汽车吊装,旁边一个固定垃圾箱被撞瘪了,地上有一摊血。俞东杰小心翼翼地开车绕过事故现场,经过建业花园保利物业服务中心门口,他看见两个交警正在询问一名环卫工。其中一个交警他认识,原来在刑警队干过。

他把车停在建元国际酒店大门口旁边，然后步行进入。先见见程前进那个王八蛋，他想。乘电梯的时候，因为没有房卡无法选择楼层，只能随一位房客到了十九层，然后走楼梯到二十二层。他敲了敲 V6 号总统套房的门，无人应答。这时一名服务员快步走过来，慌慌张张地问俞东杰是干吗的，怎么上来的。俞东杰亮出警官证。

"哦，对不起，请问您找谁呢？"服务员问。

"找你们程总。"俞东杰说。

"您有预约吗？"

"你听说过执行公务还要预约的吗？"

"是是，对不起，那您到九楼办公室吧，他在那儿办公。"

"这不是他的办公室吗？"

"这个不是，他的办公室在九楼，请您随我来吧。"

这时候有两个戴口罩的男子，一高一低，从 V6 号房间的隔壁走出来，径直朝电梯去了。俞东杰走过去，发现隔壁的门牌上写的是"布草间"，他想推门查看查看，那个服务员又说，"请随我来吧。"东杰犹疑着随服务员去电梯那边，刚才那两个人已经不见了。电梯对开，短廊里锃亮的电梯门，交相辉映，闪闪发光。他们正等电梯，背后的电梯门开了。有个低沉的声音说道，"俞大队，你来怎么也不跟我说一声。"东杰回头观看，是程前进。服务员连忙点头问程总好。

"你忙去吧。"程前进说。

"东杰，走，进屋说话。"程前进说。

他们进了 V6 号总统套房，屋内跟上次来看到的没什么分别。俞东杰想，那个东西会装在什么地方。

"喝什么茶，还喝陈皮？"程前进亲切地说道。

"不用了。"俞东杰说。

"好吧，听你的。"程前进微笑道，"这么快杀回来，一定有什么事儿吧？"

"林卫民怎么死的？"俞东杰问。

"其实我也想知道答案，真的，骗你是这个——"程前进伸出小拇指给俞东杰看。

"是谁杀了林卫民？"

"我真的不知道，知道的上回都给你讲过了。"程前进把老板椅转过来，坐下。

"好吧，我来告诉你，"俞东杰双手拄在程前进办公桌的一端，盯着程前进，说道，"林卫民帮你作了伪证，然后你把他杀人灭口。"

"什么帮我作伪证，你说哪儿去了，东杰，这种玩笑开不得。"程前进说。

"八年前，宋玉香怎么死的，你不会忘了吧。"

"那件事是意外，当时我三弟还小，有些冲动，不应该发生的悲剧。"程前进说，"不过，那件事跟林卫民的案子七不连八不挨呀，你想象力也太丰富了吧。"

"丰富？论想象力我可没法跟你比，你这座金碧辉煌的大厦里藏着多少乌七八糟的'想象力'，你比谁都清楚。"

"不懂。"程前进说。

"你会懂的，你，还有你背后的那些败类，有一天会把'悔罪'这两个字每天写一万遍，连续写一千天。"

"哈哈……东杰，你今天是来跟我耍嘴皮子的嘛，你不像那种人啊。"

"邪不压正，因果不空。"

"好像有这么个说法。"

"林晶晶呢，我需要向她了解点情况。"

"这个恐怕不好办。"程前进说。

"怎么？"

"晶晶她未婚夫出车祸了，在医院抢救，她现在在医院，你可以去那儿找她。"

"哦，这么巧。"俞东杰说，"她是从什么时候开始吸毒的，你该知道吧？"

"不知道，第一次听说。"程前进说。

"她是林卫民的女儿，听说你很照顾她？"

"应该的。"程前进说。

"我要你把她给我叫过来，我要当着你的面跟她聊聊。"

"你说叫谁就叫谁呀，"程凯从外面走进来，后面跟着三个随从，走到俞东杰跟前，程凯说道，"在公安局，你算老几，局长老大，你不会是'老二'吧？哈哈……"程凯笑道。

"小凯，不要讲狂话。"程前进说。

"你就是那个替你大哥坐牢的倒霉蛋吗？"俞东杰说。

"好臭，你放的屁好臭。"程凯捂着鼻子，癫狂地表演着说。

"你很孝敬你大哥啊，牺牲了自己的大好青春，拯救了他人的狗命。"俞东杰说，"不过，我得告诉你，很不值，你知道你在坐牢的时候他在外面干了多少缺德的事？你这是为虎作伥害人害己，而且过不了几天他也会进去的，小子，你的牢白坐了。"

"他妈的，口气好大，你什么本事啊？"程凯想跟俞东杰动手。

"不要胡闹小凯，尊重客人。"程前进说道。

"那好吧。"程凯左右看看，说道，"龅奎，你左边这个龅牙该换了，仰起脸来。"龅奎说，"爹妈给的，没办法啊七少，你别开玩笑。"程凯道，"妈的，我让你仰脸。"龅奎只得照办。程凯猛出一拳，将龅奎左边的虎牙打掉，鲜血淌到下巴上，又流到脖里。龅奎捂住嘴痛苦呻吟。

"你干什么小凯？"程前进怪道。

"大家都看见了，这个警察在建元国际酒店，在程总的办公室，"程凯看了看手机，接着说，"十一点零一分，将我们这位可爱的员工打伤了。"在场的几个人还在吃惊之中，未及表态。程凯又道，"你们瞎了还是聋了？"众人反应过来，都说不错，就是这个警察把人打伤了。

"我们都看见了，你打伤我们的员工，我们要告你，让检察院把你抓起来。"程凯说。

"程总，这里曾经是一个大型养猪场吧。"俞东杰说。

"没错。"程前进说。

"我说怎么有股畜生味呢。"俞东杰说。

"妈的，你今天别想出去。"程凯说道。

"我要是不打算出去了呢？"俞东杰说着话，从腰间掏出一把崭新的黑色手枪，用大拇指扳下保险，嘎嗒一声上膛，动作流畅，没有半点失调。

他单臂举起那把手枪，慢慢瞄准程凯的头。

众人屏住呼吸。

"妈的，你吓唬谁啊。"

"嘭"或者"啪"地一声巨响！

程凯一哆嗦，众人一哆嗦，耳朵被震得唧唧叫。

枪响过后，房间里响起叮铃铃的声音，一枚铜弹壳在地板上蹦蹦跳跳地吹着口哨。

程凯感到背上有两道汗水顺着脊梁沟往下流，又痒又凉。

他闻到一股火药的味道，他们都闻到了那种味道。

程凯背后的隔音窗户上出现一个圆圆的小拇指粗细的毛边弹孔。子弹有可能是从他的头顶飞过去的。

俞东杰仍举枪瞄着程凯，说道，"你知道我看到了什么吗，你刚才的样子真的很傻，像极了缩头乌龟。"程凯咬了咬牙，两边腮帮子上各鼓起三道肌肉。俞东杰走到他跟前，用枪口抵住他的额头，"你不是有种吗小子，你不是从澳门买了一把奥地利格洛克手枪吗，拿出来跟老子的九毫米转轮比试比试，你知不知道自己才断奶几天？"

"你打伤了我们的人，还拿枪恐吓我，我要告你。"程凯说。

"你以为我会被你们证死吗？"俞东杰说着，一脚踢翻了茶几，茶几下面没发现什么，俞东杰又掀翻两个沙发，其中一个沙发底部粘着一个黑色的带有细孔的电子器件。俞东杰把它抠了下来，然后拿到程前进面前，"程前进，告诉我这是什么，王八蛋？"

"小凯，带上你的人出去吧。"程前进脸上乌云密布。

"大哥……"程凯说。

"够了。"程前进厉声喝道。

"好啊，正好我的牛排也该煎好了。走，鲍奎，我给你找颗金牙安上。"程凯搭着鲍奎的肩，他们出去了。

"窃听器，你也会用这玩意儿啊程前进？"俞东杰问道。

"这东西我真不知道俞队长，这可能是那几个年轻人搞的，你别介意，我会严肃处理。"程前进赔笑道。

"要是让你背后那些人知道你录了他们的音，不知道他们会怎么想。"

"这是个误会，我会查清楚到底怎么回事的。"程前进说。

"再找个替罪羊，是吗……"俞东杰说，这时候他的手机响了。

"我猜是严局长打来的。"程前进说。

俞东杰掏出手机，是固定电话，他接通电话，果然是严局长打来的，严局长说，"怎么回事东杰，动静闹这么大。"

"严局长果然是顺风耳、千里眼。"

"有人投诉，我只好过问一下。"

"严局长客气。"

"东杰,好歹在我的辖区,给我个面子,你先撤,回来我详细给你讲,我在办公室等你。"

"没问题。"挂断电话,俞东杰沉默了片刻。

"喝杯水再走?"程前进说。

"如果你是这个社会的肿瘤,总有一天我会给你化疗。"俞东杰收起枪,转身往外走。

"俞队长,我听中医说,化疗副作用很大,而且治标不治本,所以,我即使不幸得了癌症,也不打算化疗,我准备自然死亡。"程前进说。

"有些人连自然死亡都不配。"俞东杰回头说道。

16

英子家的新铺子也在西塘路上,左边是国美电器城,右边是水果行,对面是一家大药房,离重山堂茶社不远,离邓光家的"邓老三五金电料"也不远。英子家的新铺子专卖小鸟牌电动车,原修理部的大部分业务都被她爸爸抛弃了,现在只对保修期出毛病的电动车进行免费维修。英子的哥哥依然游手好闲,现在还学会了吹牛,整天开一辆本田雅阁,早出晚归,嚷嚷着要做大生意,要搞房地产开发。英子的嫂子在新铺子里当大掌柜,经常在生意低迷的时候责怪英子的爸爸售后服务做得不好。大掌柜每天按时上下班,除了五一节、国庆节带孩子去全国各地逛,还享受着公司总部每年送给经销商的两款海滨旅游产品。而作为售后服务员的英子的爸爸要一年四季、一天二十四小时坚守在铺子里。

英子工作之余,会去店铺帮爸爸看一会儿店。俞东杰跟老沈在重山堂喝茶那天,她恰巧在店里值班,她以为他们是来找邓光的,后来她看见他们吵起来,然后不欢而散。这之后爸爸回来了,他走路时膝盖还是有些僵硬。她问爸爸滑膜炎片是不是吃完了，爸爸说没事了。她劝爸爸再吃一个疗程。她穿过马路，到对面的大药房买药。

那个电话是在她走进大药房、药品推销员脸上刚刚生成喜盈盈的笑容的时候打来的，"133"开头的手机号码。她以为是邱莎莎打来的，大概又要她替她上晚辅导课，她是个大大咧咧的女孩，同事都叫她"喀秋莎"。

"喂。"她说。

推销员的笑容"暂停"在脸上。

她一边接电话，一边打量着摆满立柜的各类药品。

"……"对方没有回音。

"喂，能听见吗？"她问。

"……"电话那端一片静默。

她看了看手机屏，计时器正一秒一秒地记录通话时长。她再次把手机听筒贴近耳边。打电话其实是另一种"面谈"，电波在两部手机之间、在两个特定的人之间会形成某种特有的信号氛围。对方是坐着、站着还是躺着，是什么心情、什么表情，旁边有人还是没人，这些情景你都能"看"得见，那是一种遥感的内在的视觉。

英子察觉电话另一端的那个人听得见她说话，她（他）有意保持沉默。她不知道她（他）出于什么意图，但她确定他（她）在听。她下意识地转过身，望了望外面的大街，看有没有正在打电话的什么人。

没什么发现。也许什么地方弄错了，或者是电信诈骗，或者是谁不小心碰到了。英子这么想着就挂断了电话。

在英子收起手机的第一时间，那个推销员说道，"您好，要滑膜炎片吗？"推销员喜盈盈的笑容没有因为在脸上搁置了将近一分钟而发生丝毫的退转。

"是的。"英子多少有点惊讶。

"你这是第二次给你爸买滑膜炎片了。"推销员说。

"哦,我都忘了,您记性真好。"英子说。

"你真是个好姑娘,我一看见你心里就感到欢喜。"推销员说。

"谢谢。"

"我们刚上了一款新牌子的滑膜炎片,效果比你上次拿的那种还好,你可以试试。"推销员说。

"那好吧,我让我爸试试。"

"最好吃三个疗程,中药你知道的,需要按疗程服用效果才明显。"

"好吧,那就三个疗程吧。"

"你真是个好闺女呀……"推销员一边打开药箱,一边赞叹。

英子买完药,回到店里,爸爸说那家的药卖得比别家贵。英子让爸爸先试试效果,然后说她还要去学校一趟。

英子离开西塘街的时候有意经过邓光家的五金日杂店。生意大部分是他父亲在经营。她从来没有见过邓光在店里,他跟他父亲的关系从八年前到现在一直不怎么好。

英子知道她不可能主动跟邓光打招呼,她也从不曾准备再次跟他成为朋友。然而她的确抱着"也许他在店里"的想法经过那里。那个时间点接近下午五点,他家的店铺在路南,背阳,她离门口有五六米的距离,但由于明暗对比,她看见的屋内的情景已是入夜的颜色。对开玻璃门上贴的"生意兴隆"的字样已经褪色,没有亮灯,光线昏暗,门口左侧是一个简陋的小柜台,两边靠墙的货架上塞满五金日杂。有一个背影面对后墙的货物架站着,右手举着一把U形锁,似乎刚从货物架上取下来。店里没有顾客,他拿那把U形锁应该是准备关门。

只是片刻的工夫英子就走过去了,她没有看清他穿什么上衣,是夹克、西装还是运动服。但那个举着U形锁的背影不像是一个中老年人。也许是他。也许不是。如果他在下一刻转过身，他也会刚好看见她的背影。他是否清楚警察在调查他，他是否在躲避，或者只身在外过着漂泊不定的生活。英子作如是想，然而除了匆匆一瞥她没有任何理由去了解他曾经历过什么了。

　　第二天是星期五，晚上她下班回到家，九点多，妈妈已经睡了，爸爸大部分时候睡在店铺里。上了一整天课，她觉得很累，准备洗洗脚睡下。那个"133"的号码再次打过来。她怕吵到妈妈，她来到阳台上，关上推拉门。也许她应该置之不理，说不定是个恶作剧，但她已经点击了绿键，电话接通了。

　　"喂。"她小声说。

　　"……"对方没有吱声。

　　英子将手机从耳畔拿开，她看见窗外的夜色，望见小区花园里的树影。她想挂断，但她忽然觉着那个人离她并不遥远。前面是3号楼，3号楼前面东侧是10号楼，邓光家在那幢楼。她现在的位置能看见那幢楼的一角。也许他回来了。可她并不能帮他什么忙。她胡思乱想着。她看看手机屏，计时器有条不紊。

　　她当然不知道他的确在小花园里，坐在木条椅上，戴着无檐防风帽；她不知道他渴望她在电话里说话而他只需保持沉默。她体察到对方的呼吸与心跳，她确定他和昨天是同一个机主，她能感觉到他是一个人，她能感觉到他的不安。但她想象不出他的模样，假设那就是他她也想不出他的模样。她只是在内视角中"看见"他的背影。她把手机再次放在耳边。她打开窗，寒凉的夜风飘进来，她说："如果不讲话，我就挂断了。"

　　"……"对方继续沉默。

　　她听见呼呼的声音，是风，或者是抽烟。她感到对方的情绪在波动，在变化。她再次"看见"那个背影，苍凉、阴暗而遥远。站

103

在八年以后的点上,如果用一幅画来表达她对他的印象,那个背影再恰当不过。"我只能告诉你,他们还在调查你。"她试着说道,"如果你是他,那么我们可以像左邻右舍一样交谈,所有的事情都过去了。""……"对方依然沉默,但她已经听见他呼出的气流正飕飕地擦过听筒。她"看见"他仰起头望着冬夜的星空,吐出长长的白色雾气。"我知道……"对方终于打破了沉默。她确定是他。她确定事实上她一直在等这个电话。

一瞬间她感到眼睛酸胀,她反而不知道说什么了。她又想起五金日杂店里那个背影,想起他拿着的那把 U 形锁。只是现在那把锁在打开而不是要锁上。那个背影高度浓缩了她的回忆,那个背影是八年以来他给她的全部印象。

一瞬间英子想起许多往事,想起十一中命运多舛的那一年,想起上河公园的那个夜晚。他们被彭乐乐、鲍奎一伙人欺负,邓光受了伤,他躺在长椅上哭泣,她俯下身,用嘴唇亲吻他的伤口,她希望能安慰他,能给他止痛。她告诉他,不管发什么他们都会在一起。

她曾经把自己比作一只爬拉猴,一只盲目而勇敢的爬拉猴。现在她觉着这只爬拉猴终于穿过地表,破壳而出,在风雨中迅猛生长,她的身体将变得像盔甲一样坚硬。

"你现在在哪里?"英子望着窗外的黑夜,小声问道。

隔天是星期日,农历十月初一,寒衣节,在蚌城也叫鬼节。下午妈妈买了纸钱和纸衣,要去外婆家给外公做烧献。外公去世后的三年里,妈妈每年至少给外公做两次烧献,一次是清明,另一次便是十月初一。外婆管这天叫"鬼头日"。

英子和妈妈在安置小区等哥哥开车过来。这当口,俞队长打来电话,说邓光不在家也不在店里,问她最近有没有见过他。昨天她刚刚见过邓光，俞队长这么快就来问她，他的消息也太灵通了吧。英子有点紧张。

"没有见过。"她在犹豫片刻之后撒了谎。

"我听说他回来了。"俞队长说。

"哦，这个我不清楚。"

"按理说他不该躲着我，因为他清楚我们没有证据抓他。"

"也许他认为这次不一样吧。"

"有什么不一样呢？"

"我只是随便猜猜。"

"你在家里？"

"是的。"

"能否见面谈谈？"

"我有事情呢。"

"不会超过二十分钟。"

"我要陪妈妈去外婆家，马上就出发了。"她知道只要一见面俞队长就会看穿她在撒谎。

"很急吗？"

"是的，妈妈要给外公做烧献，已经收拾好了。妈妈——"她打开免提，故意喊了一声，"看我的围巾干了没有，乡下的风大。"妈妈说，"干了，已经取下来了。""好的。"她说，"不好意思俞队长，我们真的要出发了，我哥在楼下等着呢。"

"你哥开车？"

"是的。"

"你在说瞎话。"

"我们真的要走了。"

"我就在你哥的店里，而且坐在你哥的车上，你怎么走？"俞队长说。

"我哥怎么……"她没法再嘴硬了。

"你是个不会撒谎的人,我说得对吗小李老师?"

"我意思是……"她开始语塞。

"你最好给我说实话,这对他有好处。"

"有什么好处?"

"我见过彭乐乐了,有重大进展,你不想听听?"

"我真的有事。"

"我们最好见个面。"

"我知道的都跟您说了。"

"我发现他在准备什么行动,也许他会陷得更深。"

"你凭什么这样讲,你掌握了什么证据吗?"

"前天他取出了他所有的积蓄;昨天他去学校给他妹妹五千块钱现金,然后就消失不见了。"

"你在监视他?"

"我只是在关注他。"

"这些能说明什么问题?"

"这当然能说明问题。"俞队长说,"我在查他,你告诉他了是不是?"

"你这是让我承认我见过他。"

"至少联系过,对不对?"

"那又怎样?"

"我知道你会告诉他,有情有义,我很欣赏你这一点。"

"谢谢。"她说,"不过,即使我不说他也知道,他知道警察还在调查他。"

"但是,要是找对象,他真的不是很理想。"

"我不知道你在说什么。"

"他都跟你说过什么?"

"他提到他妈妈那件事,他说有人作了伪证。"

"他果然知道林卫民的事。他还说了什么?"

"他说他犯了一个严重的错误,那个错误一直折磨着他。"

"什么错误?"

"我不知道。"

"你没问?"

"别人不愿说的事我不会问,不像俞队长。"

"你是说我向你逼供了嘛,你愿意奉告,那是因为你比我更关注他。"

"还有什么吗?"

"他有没有透露下一步打算?"

"我问他为什么公安还在查他,他说没什么事,明天就结束了。"

"你相信他的话吗?"

"我相信。"

"他说没事就没事啊,我说没事才能没事。"

"那是俞队长的事。"

"明天结束?他什么时候跟你说的?"

"昨天。"

"那他所说的'明天'不就是今天吗。"

"我得挂了。"

"最后一个问题,这个钟点,你觉着他会在哪儿?"

"这不正是您的强项吗?"

"多谢夸奖,你要是局长就好了。"

"再见。"她挂断了电话。

哥哥到的时候,妈妈问哥哥怎么这么晚。哥哥说他跟人谈生意呢。她问哥哥都和俞队长说了什么。哥哥说跟他谈生意的是刘经理,他压根儿没见过什么俞队长。

英子再次确信,她真的很笨。

去外婆家的路上,她一直在想邓光会去哪里。他知道晶晶父亲的事,那又意味着什么,他会不会陷得更深。他给她讲了八年前的一些人和事,隐隐流露出他的失望与孤愤。有几次他欲言又止,也许他想跟她说更多。她能感觉到他内心的热烈,虽然他表面上冷峻。英子依然怀着接近浪漫的希望,她不承想那已是他们最后的告别。

到了外婆家,外婆看了一遍祭品,分别把纸钱和水果放在两个提篮里。外公的坟茔在村北的原野上,离村子挺远的。天气不大好,初冬的北风板着脸刮得毫不客气,到处都是落叶。外婆穿上大棉袄,从门后找出她的拐棍。妈妈让她在家等着。外婆说,"在家待着闷。"妈妈说,"你要是听话,上次就不会感冒。"他们出了院子往村北走。妈妈和外婆在前,英子和哥哥跟在后面。

"有好长时间不见强子了,小时候动不动就跑过来。"外婆说。

"我现在很忙的。"哥哥一边玩手机一边抽烟。

"我听说你又惹你爸生气了。"外婆说。

"哪有啊。"哥哥说。

"你走好路吧娘,这不是你操的心。"妈妈说。

"英子的事儿还没定好?"外婆说。

"吹了,一点不听大人的话。"妈妈说。

"老大不小了英子。"外婆说。

"我现在一点事业都没有,让我拿什么去考虑婚姻呢。"英子说。

"男方家的条件很好吗不是?"外婆说。

"不管怎么样,起码我是不会依靠别人过活的。"英子说。

"你有志气啊,你跟你哥哥对换对换咱们家就有希望了。"妈妈说。

他们出了村子,走进马肠河边的杨树林里,踩着厚厚的落叶,发出嚓嚓的声响。

"春锄今天又没回家。"外婆说。

"它去哪儿了?"英子问。

"看见没,"外婆指着柏枫家具厂那边,"这几天它老爬消防梯,那些木匠抓住它会把它卤了。"

"小心,你差点绊到树根了。"妈妈拉住外婆的衣襟。

"它爬得很高,强子你去把它赶回来吧。"外婆说。

"外婆,你连自己都快顾不了啦,还管那只破鸟干吗?"哥哥说。

"那是你外公留下的独一活物。"外婆说。

"待会儿我去吧。"英子说。

"那你慢着点儿。"外婆说。

他们过了马肠河小桥,沿着枯草连绵的小路向外公的坟茔走。在他们前面、后面都有赶往坟茔的人。有的已经烧献完往回走。暮色渐浓,田野里四下可见烧献的明火,那明火照亮着生者与死者再次谋面的仪式。

17

跟小李老师通完电话,俞东杰看看手机,离女儿英语补习班下课还有一段时间。他跳上警车,出了支队,直奔大湾新区。

女儿上英语补习班完全是阿梅的主张,他真的很反对,他对阿梅说,百分之八十的学生学英语仅仅是用来考试的,在他们走出校园以后的漫长的人生中再也用不着一个单词。阿梅大学毕业时英语过六级,现在几乎忘完了,俞东杰的话显然在讽刺她。阿梅反驳说,你怎么知道女儿不在那百分之二十当中?俞东杰说,我当然希望。阿梅给他两种选择，要么让女儿参加英语补习班，要么他去北京请教育部部长把英语课砍掉。好吧。俞东杰同意了。除了教育部部长不听他的原因，他也想照顾一下阿梅的情绪。

接近六点，街道上车流量增多，行至洪河第一大桥，天已擦黑。

"到邓光家的店铺看看，"俞东杰心想，"那个补习班不太远，实在来不及，阿梅可以接她。"他把车开到西塘路，停在西塘埂社区居委会门前，然后步行到邓老三五金日杂店。

邓老三刚进了一批电插排和水暖用料，正往货物架上摆放。他看了一眼俞东杰，没有说话，继续干活。

"他今天来过吗？"俞东杰问。

"谁？"邓老三身材瘦削，黄褐色的脸上，毛孔粗大，皱纹层叠。

"当然是你儿子。"俞东杰说。

"我没儿子。"邓老三说话时，眼睛看着自己的右下方。

俞东杰觉着他这个动作带有抵触和心虚的双重意味。

"他昨天从银行取了九万二千三百五十五块六毛钱。"俞东杰说。

"不知道。"邓老三把几捆红色的电线摆到货物架最上面。

"你认为他准备炒股吗？"俞东杰问。

"不知道。"他说。

"还是准备远走高飞？"俞东杰问。

"爱去哪儿去哪儿。"

"你闺女在家吗？"俞东杰问。

"不在。"

"你儿子昨天去你闺女的学校，给了她五千块钱。她有没有给你说这件事。"

"没有。"邓老三发现最上面的货物架上还放着一盒生料带，他把它拿起来。

"八年前，你为什么不上诉？"俞东杰问。

他拿着那盒生料带暂停在那儿，仿佛突然被点了穴，定住了。

"我不想上诉。"他说。

"你心里清楚，案子判得有问题。"俞东杰进一步试探道。

"我上诉不上诉是我的事情，你管得太宽了。"他依然背对着俞东杰。

"你以为钱可以补偿一切吗？"俞东杰问。

"那你认为我该怎么做？你要是做得了主，当年跑哪去了。"他的声音开始颤抖，有点激动。

"没了妈妈和没了老婆，哪个伤痛更大，老兄？"俞东杰说。

他不说话了。他感到委屈，又感到懊悔。他想起往事，想起整整八年他跟儿子的关系从来没有好过。

"我错了吗，我有什么办法，我还能怎么办……"他一手扶着货架，一手掩面，那盒生料带哗啦一声掉在地上。

"老婆出事了，你考虑更多的是孩子的未来，作为父亲，换成别人可能也会这么做，可是你有没有想过，你以为这样为他好，而他却停留在过去。"俞东杰说。

邓老三并不清楚一个人为什么可以停留在过去。他不知道为什么儿子不能理解他的苦心。他也从来不知道儿子心里到底在想什么，大部分时候一个人在外面，大部分时候不说一句话。

"我不想提这些了……"他的情绪有点失控，他用双手掩面。

"他在哪儿？"俞东杰问。

"我不知道，我真不知道。"

"你觉着他会去干什么？"俞东杰问。

"他可能，可能找他报仇，他心里一直仇恨……"他哽咽着说，仇恨，儿子怀着仇恨，那是他唯一能理解他的地方。

"你是说程前进？"俞东杰问。

111

"我知道他早晚会去找他,你们千万别让他干傻事……"

"林卫民的事呢?"俞东杰问。

"不是他,不是他,那跟他没关系,你们别再怀疑他了……"他哭出了声。等他稍稍平静些,俞东杰问,"他现在在哪儿?"

"应该给他妈烧纸去了。"

"坟在哪儿?"俞东杰问。

"六里岗公墓。"

"今天是什么日子?"俞东杰问。

"十月初一。"邓老三说。

"十月初一,鬼节……"俞东杰自忖道,"他想在鬼节动手,献祭母亲……"他很快就明白了。

他掏出手机,找到林晶晶的号码,拨通了林晶晶的电话。

"我是俞东杰。"

"什么事?"林晶晶的声音有些紧张。

"你在哪儿?"

"你要抓我是吗。"

"我现在没心情抓你。"俞东杰说,"你在酒店吗?"

"我在酒店。"

"你有没有看见邓光?"

"没有。"

"看到他立刻跟我联系。"

"我们前天见过面。"

"你们见面干什么?"

"他找到我的。"

"他找你什么事儿?"

"没什么,好像只是叙叙旧。"

"你知不知道他现在在什么地方?"

"这会儿应该在六里岗公墓,给他妈烧纸。"林晶晶说,"每年都去,有时候我们会遇着。"

"我知道了,"俞东杰说,"另外你最好去看看你们程总,看他是不是安然无恙。"

"出了什么事?"

"你自己也注意点。"

"谢谢,"林晶晶说,"另外,我已经自己戒毒了,放我一马好吗俞警官……"

"前提是你必须告诉我那东西的来源。"

"我未婚夫,他还昏迷着……"林晶晶声带哭腔。

"不用装可怜,我从来不同情涉毒人员,他们在被抓到时,口径惊人的一致,不是家有八十老母就是配偶卧病在床。"俞东杰挂了电话。

18

李瞎子快到六里岗公墓的时候,俞东杰还在赶来的路上。

李瞎子拿着他的盲杖。他的盲杖明光光的,划拉着地面,发出刺啦刺啦的声响。这是他的第六根盲杖。第五根是竹竿做的,被过路车碾劈。他还记得破竹的声音,他当时感到了疼痛。那是他身体的一部分,是他的眼睛。有时候他抚摸着他的盲杖,猜想眼睛也许就是一条细长细长的东西。

李瞎子很想看看万物的样子。西塘埂的人给他描述过玉米的样子、水流的样子、天空的样子以及女人的样子。他听得懵懂。他们说女人像花,问题是花又像什么呢?

李瞎子每年这个时候都来六里岗公墓。每次来都捡些祭品回去,有水果,有酒,有猪肉。敬老院的老仝说他不该要死人的东西。李瞎子说,"他们"给,他才要。李瞎子说他能看见那些死去的人,他能跟他们说话。

李瞎子裹紧他那件好心人捐的军绿色大衣,一手划拉着盲杖,一手背着旧布袋。

李瞎子迎着呼呼的北风走在那条熟悉而又陌生的水泥路上。

李道贤,眼观六路耳听八方——李瞎子一边走,一边有一句没一句地唱。李瞎子清唱的声音很高亢。

李瞎子本名叫李道贤,知道他这个名字的人大部分都死了。

早清明,晚十一,阴曹地府走一趟——李瞎子一边走,一边有一句没一句地唱。

李瞎子不仅会唱,还会算。李瞎子凭他的好记性学过不少东西。西塘埂的老年人都说李瞎子要不是眼瞎,肯定是个能人。

上疆场,眼见个英雄不还乡——李瞎子一边走,一边有一句没一句地唱。李瞎子清唱的声音很悲怆。

李瞎子三十年前跟西塘埂最后一个说书人学过唱《罗通扫北》。那时候他还年轻。那时候瞎子讨生活,得学艺。只可惜《罗通扫北》学了一半,师傅就死了。

世上人,谁没个念想——李瞎子一边走,一边有一句没一句地唱。李瞎子清唱的声音很沧桑。

师傅死前告诉他,有这半部《罗通扫北》,你就饿不死了。他师傅也是个瞎子。

李瞎子还学过算卦。有一年,他要饭到一个地方,遇着一个"半瞎",告诉他现在有电影了,说书这行已经不行了,何况说不全。于是他就跟了半瞎师傅学五行,给人测生辰八字。

金银元宝带不去,一抔黄土作衣裳——李瞎子一边走,一边有一句没一句地唱。

算卦也没学全,半瞎师傅就死了。半瞎师傅死前告诉他,有了这金木水火土，你以后就不愁吃的了。有段时间，李瞎子靠算卦还攒了一些积蓄。生意好了几年。渐渐又不行了。

坟茔上，绿了又黄——李瞎子一边走，一边有一句没一句地唱。

打西塘埂拆迁至今，没人再找李瞎子算过卦。有人问过李瞎子，能不能算算股票。李瞎子说没学过。生意做不下去了，多亏村长程前进好心，给他办了个"五保户"。他这几年在敬老院过活。

叫一声爹，叫一声娘，两眼热泪转凄凉——李瞎子一边走，一边有一句没一句地唱。

李瞎子听见一辆汽车赶上来，慢慢跟在他后面。他知道他挡了道。他知道这条水泥路很窄。他听见对面有人走过来，他知道那是刚烧完纸的人。他知道这会儿夜幕已经降临了。事实上黑夜和白天没什么分别。

李瞎子加快脚步向前走。

李瞎子听见墓园里传来哭声，听见活人与死人的说话声。他已经走到大门口了。他摸到门口一侧的墙根上，把盲杖搠立在墙上，把旧布袋挨着盲杖放下，然后挨着旧布袋慢慢蹲下来。他嗅到墓园里祭品的香味，嗅到火纸燃烧的焦味。他看见他们——过去西塘埂的那些人——一个个像气泡、像炊烟一样袅袅地出来了，大的，小的，男的，女的，火光映着他们轻飘飘的身影。他听见汽车停在了另一边。他听见嘭的一声响。他听见有人从车上下来了。那人推开墓园的小角门，大跨步进去了。

风飕飕地吹过墓园，吹过黑压压的树林。

过了一阵儿，风小些了。前来烧献的人该来的都来了，烧献完离开了。墓园里安静下来。墓园里残留一股焚烧的温暖。李瞎子起身，按顺序拿起布袋和盲杖，小心翼翼地走进墓园。

"你好老大哥。"俞东杰打招呼道。

俞东杰站在一棵树下抽烟,不远的两座墓碑前,纸钱还在燃烧,火焰在风中摇摆,火光在他脸上忽明忽暗。

"你是来找人的。"李瞎子说。

"这你也能知道。"

"我见过你。"

"你记性真好。"

"你找的人已经走了。"

"哦,你知道我找的是谁吗?"

"他已经走了。"李瞎子说,夜色中李瞎子桂圆肉一样的白眼珠不停滚动着。

"多谢啦,老大哥。"俞东杰抽出一支烟发到李瞎子手里。

"我知道他娘,就埋在这儿。"李瞎子说。

"哦,你知道得真不少啊。"俞东杰扔了烟头。

"我得先走一步了。"俞东杰迈步往外走。

"我知道他们的生辰八字。"李瞎子说。

李瞎子把旧布袋搭在肩上,把盲杖夹在腋下,掰着手指头对空说道,宋玉香,辛丑年生,土命,木克土,忌木,阳寿四十四岁,乙酉鸡年十月十二,木阴盛,忌出行,死于木器。

俞东杰掏出手机看看时间,女儿的英语补课班已经下课半个多小时了,他赶紧给阿梅打电话。

李瞎子继续说,我还知道林卫民的生辰八字,甲辰龙年生,火命,水克火,忌水,阳寿四十二岁,丙戌狗年三月十四,水阴盛,忌出行,死在水里。

手机听筒里嘟嘟响了半天,阿梅的电话才接通。"手上有个急活儿,我忘告诉你让你去接果果了。"俞东杰道。"你跟果果说吧。"阿梅说道。听筒里传来窸窸窣窣的杂音,过了沉闷的十几秒,电话里响起果果的声音,"我自己走回来的,崴着脚了。"女儿的声音有

116

点沙哑。

"我回去给你抹点儿特警专用红花油就没事了,果果坚强。"

"已经抹过了,你忙吧。"

"对不起,好孩子,都是我的错。"俞东杰走到公墓门口,风呼呼地刮擦着耳鬓。"帮我跟妈妈说声对不起,再原谅我这一次好吗?"电话那端没有回音。他把手机从左耳换到右耳上,又"喂"了一下,依然没有回音。他确信这不是听力造成的。他确信果果已经把手机交给妈妈,而阿梅不会再接听这个电话。他觉着她已经在忙别的了。

李瞎子还在说,我还知道程前进的生辰八字。程前进阳寿五十一岁,木命,金克木,癸巳蛇年,十月初一,金阴盛,忌入宅,死于铁器。他已经来了。

俞东杰的手机还晾在耳朵上。他知道她们对他很失望,他知道这回完全是他的错。只不过在他走出墓园的那一刻,他仍然认为这只是暂时的问题,他觉着他完全可以弥补,他觉着她们终将理解他所做的事。他还未能明白这跟他所做的事并无关系。

李瞎子还在说,那时候西塘埂拆得七零八落,所有的人都搬走了,只有那些狗还在村子里暂摸,主人不允许它们住到安置楼里。我是最后一个西塘埂人,我成了所有狗的主人。

俞东杰走出墓园,叹了口气,把电话塞进口袋,开门上车。刚上车电话响了,是林晶晶打来的。

"喂?"俞东杰接通电话。

"俞,俞警官……"林晶晶哆嗦着。

"怎么啦?"俞东杰有点烦。

"程总他,出事了……"林晶晶牙齿在打架。

"出了什么事?多大的事?出了人命吗?"俞东杰气不打一处来。

"我不知道，有很多血，很多……"

"你不能好好说话吗，"俞东杰说，"你确定是程前进吗？"如果是程前进死了，至少在此时此刻他会感到解气。

"是，是他……"林晶晶牙齿在打架。

"他在什么地方？"

"在沙发上，躺着。"

"在办公室还是在客厅里？"

"在办公室里。"

"几楼？"

"二十二楼。"

"是他那套摆满狗屁茅台的房间吗？"

"是，是的。"林晶晶牙齿在打架。

"是不是你干的？"俞东杰问。

"当然不是。"

"那你紧张个什么！"俞东杰说，"听着，务必保持冷静，看好现场，懂吗？"

"嗯嗯，我懂了。"林晶晶牙齿在打架。她感到嘴里的牙齿都变成了跳跳糖。

"我马上过去。"俞东杰说完，立刻联系警情指挥中心。

俞东杰发动汽车，打开行车大灯，紧急倒车、掉头，粗糙的混凝土路面撕拽着车轮胎发出尖厉的吱嘎嘎的声响。车灯的光柱扫过墓园门口的瞬间，俞东杰看见墓园里那些烧过的纸灰，为风吹动，打着旋儿，密密麻麻，像幽灵一样弥漫在夜空中。

李瞎子还在说，那时的西塘埂静得像一座坟。

四

审讯

19

　　鬼节那天晚上，将近八点，他来到大湾新区公安分局，值班室里三个警员在打扑克牌。其中一个嘲笑另一个牌技差劲，拿着"王炸"、四个"2"居然打输了。他走进值班室的时候三个警员一愣，因为最近经常有便衣督察冷不丁查岗，值班期间禁止看电视、禁止警容不整说说笑笑，更不能玩扑克牌。他们一边把扑克牌收起来一边问，你好，有什么事吗？

　　我是来自首的，他说。

　　三个警员互相看了看，那个嘲笑别人牌技差劲的警员说，什么案子，你是哪里人。他告诉他们是八年前的一桩杀人案。八年前他们仨还没有上班，还在警校穿着作训服，每天早晨在教官的监督下要做二百个引体向上。简单问询之后，两个警员把他"请进"审讯室里，另一个警员向带班领导报告。

　　大概过了一个小时，俞队长过来了。俞队长是从建元国际酒店赶过来的，他没想到他会那么快。俞队长解开他的手铐，然后给他一支烟。俞队长给他的印象一点不像他之前所认识的警察，他觉着俞队长更符合他儿童时期对警察的想象。

一桩一桩地说吧，俞队长道。

你们需要知道哪些，他抽了一口烟说。

很多，时间、地点、天气情况，作案全过程，所有跟案子有关的。

好吧，我想一想。

就算自首成立，你恐怕也要在狱中蹲上十几年哦。

无所谓了，他说。不管是十年还是二十年，他都做好了准备。事实上他倒希望他们直截了当把他送进监狱，诉讼对他来说漫长而煎熬。

俞队长从审讯桌的抽屉里拿出一沓稿纸和一支中性墨水笔，对他说，先说林卫民的案子吧。另一名警员把一个带有白色警徽标志的仪器接上电源，摁下开关，对他说道，现在你可以开始了。

好的，让我想想。

他抽完那支烟，把烟头丢进烟灰缸。他说，我的事可以从西塘埂小学说起。你们可能不知道，大湾新区公安分局是在西塘埂小学原址上建起来的。那时候我和英子、林晶晶同班，和程凯同校。后来到了蚌城十一中，程凯成了我们的老大。有很长一段时间，我们形影不离，一起坐公交车，一起看电影，一起吃饭——

他看了看俞队长，他不知道说这些是不是合适。

说下去，俞队长道。

好吧，直到一天下午，我们相约看电影，我们在一座危桥上集合，但是那天我们没有等到我们的老大，我们的老大，他杀了我妈妈，是的，那时我是那么认为的。现在看来那座桥成了某种预兆，成了我们四个渐行渐远彻底散伙的预兆。

妈妈不在以后，家里有点乱。首先是洗衣服，我父亲和我妹妹都不清楚多长时间换洗一次衣服，以前是妈妈让我们换才换。我只知道换，不知道洗。那阵子家里到处是脏衣服，像个破烂场。我责问父亲，为什么家里到处是乱七八糟的衣服。父亲说，都是你和你妹妹换的衣服，没有一件是旁人的。我对父亲说，你怎么不洗洗叠起来，我连一件干净的衣服都没有了。父亲说，等搬到安置房就买台洗衣机。我对父亲说，那我们这几个月是不是就不用洗衣服了。父亲说，这两天工地催得紧，明天我一块把它洗完，你再对付几天。

　　我也只好再对付几天。又到了星期天，我从学校回来，院子里挂满了衣服，每件衣服上都能看到明显的白渍，大概是洗衣粉没有漂洗彻底的缘故。我有点火。我对父亲说，你把衣服洗成了什么样。父亲说，涤了两三遍呢。我说你还不如不洗。父亲说，你妹妹小，你大了，你嫌我洗不净，下回自己洗。我把我的衣服收收，摔进洗衣盆里，对父亲说，以后别碰我的衣服。父亲说，你妈妈给你洗得干净，也没见你说她一声好，一次不如你的意就翻脸了。我对父亲说，我什么时候翻脸了，你知道什么叫翻脸。事实上我被父亲说中了。我恼羞成怒。父亲也火了。父亲说，供你吃供你穿，三天两头伸手要钱，你一个人的花销比我们俩都多，合着我们家养了个白眼狼。我气急败坏地把所有书本扔到院子里，把空书包扔到父亲面前。我对父亲说，我就是白眼狼。妹妹吓哭了，妹妹抱着我的腿，告诉我，父亲是昨天夜里把那些衣服洗完的。我告诉妹妹我不稀罕。我理亏，但我无法接受那个白眼狼的称号，虽然在很大程度上它是对的。它戳穿了我内心最脆弱的部分，戳穿了我意识到却不敢面对的部分。我的愧疚和悲伤化作无理取闹的愤怒撒在父亲身上，撒在妹妹身上。我甩开妹妹，回到卧室，躺在床上。父亲在外面继续骂，还要上工，还要做饭，还要送你妹妹上学，怕老子死得慢是吧。我听着父亲余怒未歇,看着墙壁上的照片——父亲抱着妹妹,妈妈挽着我的手。看着看着,我泪流满面。为父亲的口舌无情,为妈妈的溘然长逝,为那个无法面对的曾经的自己。那是妈妈去世之后,我和父亲之间的第一次冲突。

不仅洗衣服出了问题,吃饭的问题也很突出。

在就餐问题上我和妹妹一致反对父亲。父亲对吃饭极不讲究,妈妈曾说,只要给你爸做熟,牛角他也吃得下。父亲熬粥,要么太稀,要么稠得像糨糊。父亲炒菜,永远不吝惜盐。有一天,妹妹说,爸爸,你要把我们腌起来吗。父亲说,这回没放多少盐。妹妹说,菜咸得发苦。父亲说,我看你是不饿。我建议父亲炒菜时,先少放点盐,尝尝。父亲说下次你炒。在这件事上父亲绝对是个老顽固。每次周末回家再返校之后,我都觉着学校的食堂饭菜不咸,寡淡无味,过两天才又适应过来。

妈妈做的葱花饼、肉丝面、黄豆酱,再也不见了。以前我从不觉得那是幸福,从未去想妈妈对我们来说有多重要。

妈妈是个节俭到吝啬的人,妈妈手里从不超过一百块钱,一有收入她随即存上。妈妈说一百块钱存到银行是一百块钱,装兜里第二天就会变成九十九,第三天就打散光了。在我的印象当中,除了我跟她要"补课费",她从不轻易取钱。父亲想换一辆电瓶车,每次她都说等下个月发工资。每次等工资发下来她又存上。

时光流逝,一转眼两个月过去了,悲伤似乎在一点点减少,我们家在大部分事情上渐渐可以凑合着生活,唯独每次吃饭我们都不欢而散,我们会从各自的角度想起妈妈。我们都没有准备好没有妈妈的生活,它来得太突然,像一场地震,打乱了我们习以为常的吃喝拉撒的秩序,我们需要用挺长一段时间慢慢调整,慢慢磨合,慢慢修复,慢慢去适应没有妈妈的日子,一点一点去确认妈妈亡故的事实。

父亲不讲究吃穿，对讲究吃穿的我们有种发自灵魂的蔑视。父亲以及母亲从不苛求物质生活，这种性格要到多年以后我才能理解他们可贵的一面。

五个月后，我们开始搬家。安置小区在西塘埂北面的一片空地上。十六层的楼房，一梯三户，住房面积在一百平方米左右。有嫌房子质量差的，低价转卖给其他人，自己去中心城区买房；有常年在外地务工的，把房子租了出去。

为了搬家，父亲辞了工作，每天除了收拾杂七杂八的东西，就是抽烟发呆。饭菜做得更糟糕了，有时我会自己去烧饭，去洗衣服。妹妹做完家庭作业，不再看动画片，开始帮父亲收拾东西。

整个西塘埂都在行动，搬迁或者即将搬迁。村里人极少有人找搬家公司，小东西各搬各的，大点的家具几家联合搬，今天搬你家的立柜，明天搬我家的沙发。每天都有大大小小的车辆，满载七零八碎、箱箱包包的东西，叮叮当当地进进出出，大有战时转移的阵势。

我家有一张实木大床，重得出奇，父亲说是爷爷传下来的，床腿上有磨光的雕花凹痕。评不上文物，也算得上古董。什么木材不清楚，有可能是枣树，也可能是银杏树。我和父亲根本抬不动，请三叔二大爷来帮忙，也只是勉强弄到院子里。三叔说，这个得请专业搬家公司，他们有小型塔吊，要不然根本弄不到楼上，电梯进不去，楼梯横不下。二伯说，劈劈烧锅算了。父亲说，实在不行就卖了。二伯说，卖也没人要。父亲只好找搬家公司，从窗户吊装到他的卧室里。还有一个长条桌子，我们叫条几，你们可以理解为又高又长的茶几，或者又高又长的供桌，也费了九牛二虎之力才搬进来，父亲把它摆在客厅的背景墙前面，上面放着妈妈的遗像、电视机以及过年用的香炉和烛台。这两件旧家具使我们新家的面貌一下子回到了解放前。

我们老灶台上那口庞大的地锅对父亲来说也是个不小的难题。那口黑亮黑亮的锅，忒大忒结实，安置楼上的厨房根本匹配不了那么大的锅，也不可能在楼上烧柴火。我建议砸锅卖铁，父亲舍不得。父亲说那是一口顶好的锅，底厚，耐烧，还不生锈。妹妹建议送给乡下的舅舅。父亲坚持先放着，等等再说。父亲舍不下、先放着等等再说的东西还有蛇皮袋子，就是收获季节装粮食用的塑料编织袋，扔了可惜，卖了不值钱，放着又实在没用。他把那些袋子叠得整整齐齐，摞在一块，用尼龙绳捆好，收到储藏室里。

我家搬完之后的一天晚上，我们都睡了，父亲忽然起床，出去了一阵儿，我不清楚他是什么时候回来的。第二天问他干吗，他说有半瓶除草剂落在老宅里了。他把半瓶除草剂也收进储藏室里。储藏室里盛满了钉耙、铁锹、陶缸、坛子、箩筐等物件。父亲把一间普通的储藏室搞成了西塘埂博物馆。

我妈妈的遗物很少，却是我们家搬迁时最沉重的部分。她的照片、穿过的衣服、用过的梳子，我们都带到了楼上，只有两双旧鞋子扔了。其中有一个罐头瓶子，是那种普通的广口玻璃瓶，内壁有焦黄的痕迹，那是父亲给妈妈拔火罐用的瓶子。父亲把它拿起来，端详了一会儿，塞进包袱里。

父亲再也没有用上过他留着的农具、蛇皮袋、罐头瓶以及除草剂。但他就那么一直留着。也许他担心弄丢那份他生于斯长于斯的记忆。那些东西见证了他的前半生，见证了他和妈妈一起走过的农村岁月。

在那段搬迁的日子里，有的踌躇满志欢天喜地；有的患得患失迷茫不安；有的在自家老房子里看了又看抹起眼泪。西塘埂无法决定自己的命运，就像大河转弯处的激流，欣喜若狂或者躁动不安，被某种不容置疑的力量牵引着、推动着，朝另一个方向急拐。

我们搬走了，西塘埂搬走了。在新的环境里更容易忘掉悲伤的事，我的情绪渐渐好转，几个月以来在我内心深处翻涌的暗流消失了。日子需要继续过，学需要继续上；至于妈妈的官司，毕竟赔偿了，人抓了，还能怎么样。我试着在这个世界里重新开始。然而我很快得知了真相。我心中那股暗流又回来了，它翻涌得更强烈了。我知道那是什么了。不仅仅是仇恨，我确定不全是仇恨，或者说仇恨只是表层的东西。那时的我不可能跟他们握手言和，不可能跟这个世界握手言和。我无法控制自己，那天夜里，暗流成了火山。

20

你是怎么知道真相的？

最先是乐乐告诉我的，就是开钱柜夜店的彭乐乐，你见过他。乐乐家和程凯家有矛盾，有段时间蚌城南环一带的建筑工地有一半是乐乐家在供应材料，另一半是程凯家供应。当年两家旗鼓相当。

我最好的兄弟程凯杀害了我妈妈，乐乐和鲍奎一碰面就拿这件事取笑我、刺激我。有一天，乐乐对我炫耀说，他知道我妈妈的案子有内幕。我问什么内幕。他说，程凯不是凶手，凶手是他大哥，程凯是替他大哥坐牢。我认为他不怀好意，并不相信。过了两天，乐乐又告诉我，程前进用钱买通了办案警察，让程凯认罪，因为程凯不满十八岁，可以不判死刑。我问他怎么知道。他说听他老爸说的。我怀疑他的话，但他的话提醒了我。我一直不清楚那天妈妈和父亲去上工之后发生了什么，为什么从工地上提前回村，又如何跟程家起了冲突。我需要了解真相，我应该知情。我想到了父亲，谁才是袭击妈妈的人，父亲应该最清楚不过。

你问你父亲了吗？

问了。

他怎么说?

那是妈妈不在之后第一个清明节,我请了假回家,晚上吃饭时,我问父亲他和妈妈是怎么跟程前进打起来的。父亲说,你突然问这个干吗。我说我想知道。父亲说,你忘了,还不是因为拆迁的事。我对父亲说,我知道因为拆迁。父亲叹了口气说,不提那一页了,你们俩好好上学就算对得起你妈了。父亲收拾收拾碗筷,刷锅去了。我躺在床上,想起妈妈,想起她头上的伤痕,想起那场事的前前后后。父亲为什么不愿多说呢。我理解我们都不会轻易去谈妈妈,我们内心的疼痛是一致的。但是父亲,他究竟是不愿提伤心事,还是有什么事瞒着我和妹妹?

第二天早上,我们去给妈妈上坟。父亲提着祭品,我扛着铁锹。我们起得很早,天刚蒙蒙亮,路灯还没有熄,穿着橙色马甲的清洁工在扫马路。

穿过几处正在苏醒的工地,我们默默向六里岗走。空气中夹杂着湿凉的雾气和工地上石灰的混浊味道。大部分村庄已经变成废墟。

西塘埂在消失。

远处,夜色与黎明交织成一片清灰色的混沌。墓地越来越近,妹妹紧跟在我后面。我仍然在想那个问题,究竟是谁杀害了妈妈。到了妈妈的坟前,父亲张罗烧纸,我和妹妹跪下,祭拜,祈祷。妹妹哭起来。父亲拿起铁锹开始圆坟。我们站在一边,看着父亲一铲一铲往妈妈坟上添土。

夜幕退下,天已经完全亮了。

我问父亲,是谁袭击了妈妈。父亲停下了,看了看我。父亲不言语,把他的外套脱下来,挂在一棵小树的树杈上,继续干活,一边干活一边说,你们现在还小,有些事还不懂,等你们长大以后就明白了。我明确无误地问父亲,是程凯还程前进。父亲说,你听到了什么，不要胡思乱想。我对父亲说，我什么也没听说，我只是想知道是谁杀害了妈妈。父亲说，等你们长大了我会告诉你们的，难道爸爸会害你们不成。我对父亲说，妹妹还小，我已经十六岁了。父亲说，十六岁也是小孩。父亲虽然没有给我答案，但他这么说相当于间接承认妈妈的案子是有问题的，只是还不宜让我和妹妹知道。

父亲越是捂着、盖着，我越想知道，越发怀疑。我必须强调，是谁袭击了或者说杀害了妈妈，这对我来说非常重要。

回到学校，为了了解更多关于案子的情况，我跟乐乐、鲍奎他们混在了一起。只是乐乐并没掌握更多的细节。我让他问他父亲详细情况，他父亲不愿多说，告诫他小孩知道那些事没什么好处。大人们永远都在考虑好处。

那个星期，有一天，小姨打电话让我去她家吃午饭，认认门。她刚结婚，刚在市内买了房子。上午放学，我出了校园，坐公交车到她家。吃过午饭，我们谈到了妈妈。我问小姨，出事那天她是不是也在现场。小姨说，是啊，那天你爸妈去找程前进理论，我也去了。小姨眼圈红了，小姨告诉我，那天她正在学校上课，校长把她喊到办公室，通知她她的工资暂时停发。小姨问为什么。校长说因为你姐不配合拆迁办的工作，无理取闹，对抗政府。小姨说，那跟我有什么关系。校长说，怎么没关系，你姐家拆不掉西塘埂就拆不掉，西塘埂拆不掉西塘埂小学也拆不掉，西塘埂小学拆不掉你的编制就弄不到市里，看起来是一个人的事儿，影响的是方方面面。小姨被他们唬住了，小姨问怎么办。校长说，你姐糊涂，你不能糊涂，你要有觉悟，你去做你姐的工作，钉子户人家可以当，咱们不可以当。于是小姨就去做妈妈的工作。小姨说，我信了校长的话，我怪你妈糊涂，让她趁早把字签了，她听了很恼火，就和你爸去找他们……要不是我怪她，她也不会去找程前进理论，也就不会出事。小姨感到对不起妈妈。但我关心的不在这。我对小姨说，有人说妈妈不是程凯打的。小姨问听谁说的。我没有说话。小姨擦擦眼泪说，是程前进打的，他托人跟你爸谈，让他弟弟认罪，愿意多补偿点钱。我问小姨爸爸答应了吗。小姨说，事已至此无法挽回，反正是他们家的人认，是谁无所谓，后来你爸就同意了，我听你爸说赔偿还行，具体多少你爸没说，我听说连你二伯和姑妈都沾了光。我问小姨程凯当时在不在场。小姨说，程凯是后来去的，那时你妈妈已经昏倒了。小姨给我讲了事情发生的大致经过。临走小姨劝我，专心学习，不要有思想包袱，骂人没好口打架没好手，妈妈出事也是个意外，程前进那一棒子本来是打父亲的，妈妈情急之下用身体护父亲，结果棒子落在她头上。现在我说不清当时是什么心情，但有一点可以确定，那天中午我从小姨家离开的时候我对这个世界的现有认知崩溃了。

你很失望？

是的，不仅是失望，我对这个世界充满了质疑。

然后你就有了报复杀人的念头？

我不确定，也许在那个时候已经有了。回到学校，我对学习完全失去了兴趣。白天趴在课桌上睡大觉；晚上跟乐乐哥去夜场混，跟鲍奎喝酒，跟鸡血党那帮无所事事的天才喝酒。我会想起程凯，想起父亲，想起妈妈，想起警察，想象一系列的事情。

我决定回家问问父亲。那天很冷，阳春三月突然换了一张阴沉的脸。回到家，钥匙忘在寝室里了。父亲在老河道干活，那片沼泽正在被改造。我来到老河道，站在大堤上观望。堤坡上有人种树、浇水，有人修建石阶；有几辆挖掘机在离洪河最近的地方开挖，那里将建成一道闸门；一群民工穿着雨靴，踩着黑乎乎的泥浆，正架设一处栈桥。有两辆满载石头的大卡车停在大堤边上。我围着沼泽地转了一圈，我看见二伯，看见英子的父亲，都是附近的村民，但没有找到父亲。我站在一辆小型吊机旁边看操作员把一块大石头从卡车上慢慢卸下来。

这时候父亲从卡车的另一面走过来,身上溅满泥点,肩膀上搭着一条擦汗毛巾。父亲没好气地说,还没到星期天,怎么跑回来了。我没有搭理他。他捡起一段干树枝,刮掉雨靴上的泥巴,问我有什么事吗。我说没有。他问在大堤上溜达什么。我说钥匙忘在学校了。父亲把钥匙递给我。我问,他们给你拿了多少钱。父亲说,一天一百块钱,还没发。父亲一时没弄明白我指的是什么。我说,妈妈的案子我都知道了。父亲一愣,父亲说,这是你该操的心吗。我说我为什么不该操心。父亲说,你知道自己该干什么。我说我什么都知道。父亲看看两旁的工人,命令道,你先回去。我倔强地站在那儿。料峭的风吹过黏湿的沼泽地,带来腥腐的气息。父亲再次说道,有话回家说。我不屑地转过身,大步离去。

我回到家不久,父亲回来了。他洗了把脸,对我说,不要听信外面的谣言。我说,难道小姨会骗我吗。父亲说,这个小娟,她怎么哪壶不开提哪壶。父亲有点不满。我冷冷地看着父亲。父亲从那张大条几的抽屉里拿出一包烟,父亲不抽烟,那包烟是平时待客用的。父亲在餐桌前坐下,好吧,父亲说,你先听我说。那是父亲第一次跟我讲赔偿的事。

他告诉我,我家并不是钉子户,一开始,我们临街靠路的几户人家商量好了,按普通宅基地赔偿,我们决不答应。可没过几天,一个个变卦了,不声不响地签了字,一打听,程前进许给他们每家一间生产房。我和你妈去找程前进,程前进说不光生产房不可能,你们家违建部分也不会赔偿。他选村长时我们没有投他的票,他记在心里了,故意刁难我们。邻居不说公道话,都看笑话。你妈的脾气你知道,于是就杠上了,坚决不拆。

我听不懂父亲所说,怎么拆,怎么建,怎么赔,什么前因对我来说一点意义都没有。父亲点上烟，叹了口气，接着说，后来你妈出事了，我那么做也是不得已，人心不平啊。我问父亲有什么不得已。我不能接受他的不得已。父亲说，你妈出事后，程前进找了几个人来管事，我承认我是想多得些赔偿，咱们家穷，你妈活着时辛辛苦苦为你们挣钱，她不在了，能多赔点钱，也符合她的心愿，我们提的条件程前进都答应了，程前进只有一个条件，就是让程凯替他坐牢。我对父亲说，你放过了杀害妈妈的凶手，你对得起她吗。父亲说，人死不能复生，赔偿对我们家很重要，对你的将来更重要，你妈也会同意我这么做的。我对父亲说，你把钱看得比妈妈的命还重。父亲说，我承认，我的确把钱看得很重。我对父亲说，妈妈不会瞑目的。父亲说，把你们兄妹俩抚养好，我才能对得起你妈。我对父亲说，我不需要你的抚养，也不会花你一分钱，我只要程前进去死。父亲说，你姑妈找律师咨询过，就算判程前进，也判不了死刑。

我和父亲吵起来，我们都说服不了对方。我被情绪左右，父亲为理性主导。我们越吵越水火不容。

二伯过来了，他和我们住在一幢楼上。二伯说事情都过去了还吵个什么，这样的结局没什么不好，常言道冤家宜解不宜结。我对二伯说，这对妈妈不公平。二伯说，有钱就是公平，难道你妈愿意看见你连学费都交不起。我对二伯说，你们都是金钱的奴隶。二伯说，你现在小，还不知道钱中用，有些事情等你长大就懂了。父亲说，程前进有钱有势，即使我们不同意他的条件，也奈何不了他，你妈出事后，派出所来调查，现场看热闹的人那么多，没有一个愿意给我们作证。二伯说，英子他爸，认识吧，明明从头到尾都看见了，派出所问他，他说他啥都不知道，只字不提，你跟英子还同学呢。二伯拿英子讽刺我，他们知道我喜欢英子。我又羞又恨，我一把抓起遥控器摔到地板上，电池跳了出来。我对父亲说，我不信没有一个人愿意作证,如果你去求他们,求求他们的话,你什么都不做,只想着你的钱。父亲说,没有人给我们作证,有人给他们作假证,人都被程前进买通了。二伯对我说,芦湾的林卫民你知道吧,他说他看见程凯打的,还说你妈打程凯的脸,问问你爸,他当时压根儿就不在场。我对父亲说,你知道作假证为什么不上诉。父亲说,我怎么上诉,上上下下都是人家的人。我对父亲说,你当然不上诉,你拿了人家的钱你怎么上诉。父亲说,我拿钱还不是为了你。我对父亲说,你是见钱眼开,无耻。二伯说,别不懂事小光,我们都是为你好。我说,你们都无耻。二伯说,这孩子怎么不识好歹呢。我说我就是不识好歹。二伯激怒了我,我骂他老浑蛋,多管闲事。二伯对父亲说,老三,看见了没,咱们邓家出了个逆子。我对二伯说,你以为你是什么好东西,你以为我不知道你得了什么好处。二伯说,不管了,我不管了。二伯不再跟我理论。二伯走了,姑妈进来了。

　　父亲拿烟盒指着我,你怎么能骂你伯父,你到底怎么了。我从沙发上强硬地站起来,直视着父亲。姑妈对父亲说,好啦你别说了,你就不能跟孩子好好交流,他正是青春期。父亲说,看看他那架势,他要打老子啊。姑妈拉我坐下,姑妈说,你跟你妈感情深,心里一时想不开,我知道。姑妈暂时缓和了我的情绪,我再次坐在沙发上。姑妈说,你是个好孩子,认直理,这一点最像你妈。姑妈说着眼泪下来了,姑妈说,一想起你妈我心里就会难过一阵子,可惜了,勤快,心眼又好。可是小光,当时的情况你也知道,你妈妈走了,人不能一直搁着不殡,亲戚朋友也不可能天天在那等着,所以主要考虑着让你妈入土为安。

　　姑妈的话勾起我的悲伤,这悲伤也加剧了我内心的鄙视与失望。

　　姑妈说,事实上咱们不怕程前进,他算什么东西,只是政府领导也出面了，能照顾的人家都照顾了，咱们不能把人都得罪了呀。

我不明白，要求一件事公平处理，为什么会得罪那么多人。

姑妈说，程前进他再怎么横，不也给咱低头了吗。

那不是低头，那是交易，跟父亲跟二伯跟姑妈他们这些财迷心窍的人做的交易。

姑妈说，再说，把程凯抓起来，判刑几年，这也是对他们的惩罚，民事赔偿我们也争取到了最多，这还不包括拆迁办给的门面房。姑妈试着给我描绘我将拥有的生活。而我想的是，程凯无论如何不该替他大哥顶罪；父亲无论如何不该接受那个交易；我们得到的越多对妈妈越不公平。我站起来，对父亲、对姑妈说道，你们是一群浑蛋。父亲哆嗦着，手里的烟盒掉在地上。姑妈对父亲说，你去一边歇着吧。

我开始摔东西，我要毁掉赔偿所得的一切。父亲骂道，给我住手你这个畜生。我指着父亲说，你害死了妈妈，你让她替你挨那一棒子，你自己怎么不去死。我举起板凳砸向新买的电视机，姑妈拉我，我把她揉倒在地。父亲扯住我的胳膊，我迎面给了他一拳。我对世界的质疑变成对世界的愤怒。

我穿上鞋，猛地推开门，跨出去。我听见父亲哭起来，哭声充满无能与可悲。

你跟家人决裂了？

是的。

你既然知道了真相，为什么没有去有关部门反映？

我的心被愤怒与失望占据，我要用自己的方式解决。

为什么杀的是林卫民，而不是程前进？

杀林卫民既是意外又不是意外。那个星期天下午，我一个人躺在寝室里，回想事情的前前后后，我觉得所有人都是自私鬼，西塘埂没有一个好东西。我想了一百遍，只有一个结论，程前进必须死。

我跟英子约了最后一次，顺便羞辱了她。

随后，我带上匕首，趁夜色出了校园。那时候应该是八点多，八点四十几分。我知道程前进开了个饭店，就是建元酒家。也许他在那里，也许不在，我并没有考虑这个问题就出发了。

我在街边叫了一辆出租车——

案发当年，在讯问你的笔录里，你说坐的是摩的，到底是出租车还是摩的？

是出租车。

你故意误导警方的？

是的。

好吧，你把作案的经过说一遍，尽可能详细，懂吗？

我明白。

21

我坐上出租车，告诉司机到杨埠镇大桥。建元酒家离大桥还有一段距离。直接到建元酒家宰了他，我觉着不妥。司机看看我，问是到那座大桥上还是附近。我说到大桥上，我家在那边，离大桥不远。我说话有些打战。司机的眼神带着警觉，那是经常跑夜路的出租车司机特有的眼神。我担心他看穿我的心思，我跟他解释道，从大桥到我家那段距离，路不太好，车过不去。司机说，是桥南那个王堂村吧，那段路确实不好走。我说，对，就是那地方。司机说，不过你要是需要，我还是可以把你送到家的。如果他把我送到家我就露馅了。也许他经常去建元酒家接送客人，也许他认识程前进。我紧张起来。我对司机说，不需要了，我走回去就行了。司机说，大半夜里，你一个学生走夜路，不大安全，你叫什么名字。司机越啰唆，我的心跳得越厉害。我有点火，我对司机说，你是不是想让我多给你付点车费。司机说，怎么会呢，你要是这么想的话，那就算了，你愿意到哪就到哪。然后我们都不说话了，我渐渐放松了一些。

车出了蚌城市区，路灯越来越少，穿过三环，上了杨埠镇公路，路灯全没了，车行驶在浓重的黑夜里，时而平稳时而颠簸。

我设想可能遭遇的情景，程前进在客厅跟人说话，在房间里吃喝，在外面打手机，或者去卫生间，最好在卫生间里，从他身后下手，突然袭击，一刀割喉，他叫不出声，他连喊的机会都没有，血从他的颈动脉里像尿急一样飙出来，他会死得很难看很难看。我想见程前进捂着脖子，血液溢出指缝，难以置信地瞪大眼睛看着我。这种想象让我亢奋，也让我害怕。我开始冒汗，内衣贴在身上，头上的汗水流到鬓角，流到眉毛里。我紧紧地攥着那把匕首。我又想到，如果第一刀只是割破他的皮而没有割破他的喉咙呢，他会转过身死死地抓住我的，然后叫警察过来。我开始担心起来。

司机打开车窗朝外啐了口槟榔，我确定是槟榔，因为车内有股嚼烂的槟榔味道，然后他打了个哈欠，说干完这趟活就回去睡觉。

杨埠镇公路两边，有很多厂房，有的厂房大门口亮着灯。

又走了一会儿，不远处，路边立着一个霓虹灯广告牌，上面写着"建元酒家欢迎您"。司机又道，这家饭店二十四小时营业，吃饭的人十有八九是来嫖的，那些"小姐"跟回头客"下楼"，我没少接送她们。司机显然对这一带很熟悉。司机又说，程老板这几年发财了，准备转行搞房地产，人总是越有钱越有钱。他真的认识程前进，认识我要杀的人，我有点慌乱。

我想，如果程前进死了，这个司机会怀疑我，他会向警察指认我，我会被抓，会坐牢或者被枪毙。枪毙会疼吗，会一枪毙命吗，我会在监狱里蹲多长时间，英子怎么办。我居然打起退堂鼓，这和那些自私鬼有什么分别。我必须杀了他。现在就去。就在我要告诉司机在饭店门前停下的时候，停在建元酒家对面的一辆后八轮大卡车像一头潜在黑暗处的巨兽突然发动，大灯像两只巨眼刺破了我们眼前的夜空，出租车内被照亮了，我的全部行动仿佛一下子被照亮了。我连忙抬起胳膊挡住光线。司机骂了一句开远光灯什么的，车速忽然降下来，我差点撞到前面的靠背上。司机说这是程老板预制厂拉建材的大货车。等大货车过去，我们已经过了建元酒家。我侥幸没有在那下车，否则他们会把我看得一清二楚，我就彻底暴露了。

我按计划在大桥上下车，付了车费，从桥南头西拐，假装朝王堂村方向走。司机说你应该往东拐才对啊。我心里一惊，我对司机说，不好意思，天太黑了，有点迷方向。我往东走了一段，看见司机掉转车头回去。我确定他走远了。我折回杨埠镇大桥。路上黑压压的。我向北朝建元酒家前进。我担心车辆经过，我尽量走在路边的树荫下。我走得很慢，我想那个出租车司机会不会去建元酒家吃饭，或者在那里逗留一阵儿等生意。

建元酒家斜对面有一片露天沙场，沙丘堆积如山。我走到那里时晚上十点左右。店门口灯光明亮。店里的酒席大部分散场了，但仍有车辆进出，有人唱着歌从楼上下来，有人大声吹着牛皮上楼。没有发现那辆出租车。停在大厅门口的黑色奥迪一直没动。那是程前进的车，我认识那辆车。我在一个沙丘旁边观察饭店的动静，不敢贸然冲进去。有车辆出入时，我立刻躲到沙丘后面去。每次车辆过去，周围再次陷入一片漆黑。我站在寒冷的夜风中，望着天空为数不多的星斗，我想我究竟在干什么，曾经发生了什么，明天又将发生什么。我心中那股炙热的杀机有那么一会儿冷静下来。

这时候我看见程前进出来了，和一群客人。也许他是送客人的。也许他要走了。去吧，宰了他，以血还血以牙还牙。然而我再次躲到沙丘后面。我靠在沙丘上听着对面的动静。我听见他们说今晚很开心、请慢走。我听见有人笑起来。我听见关车门的声音。我听见汽车发动、听见有人说明天见。我听见程前进说他得撒泡尿。我听见自己的心剧烈地碰撞着沙丘。冷汗从鬓角流下来。我强迫自己站起来，我瞥见一个人站在路边的阴影里撒尿，只有他自己，他的西装褂被风吹起来。现在是最好的时机，快去宰了他，你不是来杀他的吗，那个人就在眼前，你却躲在黑暗里。你这么婆婆妈妈，就像你父亲，懦弱，可悲。杀了他，杀了他你也不会判死刑，你也未满十八岁。还愣着干吗。可是他站在阴影里，只能看见朦胧的背影，我从后面割断他的喉咙轻而易举，可那个背影不是他怎么办，杀错人怎么办。是他，那一定是他。不，也许不是，我需要再等一下。他依然站在那片阴影里，时间一秒一秒像铁石沉重，那个王八蛋站在那里足足尿了三分钟。

　　他转过身，系着腰带，走到明处，走到大厅门口的灯光下。是他。然而有三个人从大厅里出来了，他们开始说话。个头最矮的那个人上了那辆奥迪轿车，汽车发动了，大灯的光芒横扫过来。接着程前进上了车，第三个人摇摇晃晃也上了车。我用拳头击打着自己的脑袋。你错过了最好的机会，你是个胆小鬼，程凯一定笑得前仰后合。你的生猛，你的聪明，你的冷酷，都是狗屎。你跟他们一个熊样，你想证明什么，你能证明什么，你什么也不能证明。我恨我自己。为什么你那么惧怕暴露自己，难道你做的是一桩见不得人的事吗。我必须杀了他。立刻，马上。

　　那辆奥迪轿车已经开过去了，它像剑鱼一样奔驰在夜海茫茫的公路上，向南。我徒劳却不顾一切地追了上去。就在那辆车在我的视线里变成一个小亮点的时候，就在我感到一败涂地的时候，我远远地看见那辆车好像停下了。我加快脚步去追。那辆车只停了片刻再次向前驶去。我追至通往楼岗村的那条水泥路口，那辆车已经消失在黑夜里。这时我发现林卫民,一边走一边说着不知所云的醉话。压抑在我体内的愤怒、恐惧和罪恶终于爆发了。

我尾随在他后面,伸手摸那把匕首,匕首不见了。是的,那把匕首掉在沙堆里了,我是第二天把它捡回来的。我一时不知怎么动手。我走在他身后,挨得很近,他嘴里嘟囔着明天再也不喝他娘的二锅头了。他的脚步大一下,小一下,快一下,慢一下,左一下,右一下,像长了三条腿,他的鞋跟横七竖八地蹭着路面。我几乎挨着他的衣服了,醉酒的他毫无察觉。我能闻到他身上散发出来的浓浓的温热的酒气。我反复搜索衣兜,那把匕首怎么也找不到了。我又急又恨。到底是怎么搞的,难道再次错过时机吗,难道他不该死吗,难道我真的要搞砸了吗。也许不该杀他,至少现在时机不对。不,他必须死,他们都必须死。最好再考虑考虑,他是林晶晶的爸爸,是程前进指使他的。他拿了钱,他作伪证,他该死,程前进是下一个。你真的需要杀他吗,你要杀的是他吗,你想清楚了吗。我不能再想了,我不能再考虑了,只要再多想一秒我就再也做不成了。可是,你怎么杀他,你连匕首都弄丢了。他走到桥上,他趴在桥的栏杆上,他在呕吐。我不会再浪费机会了。

我在他后心处连打两拳头。他丝毫没有动,他皮糙肉厚的程度完全超出了我的想象,我有一拳打在大象屁股上的感觉。

他没有任何警觉与防范,一边呕吐,一边说,是谁啊,帮我捶捶,哆——从来没喝出酒过,哆——

他居然以为是谁在给他捶背。他进一步激怒了我。我开始打他的后脑勺。哎哟,他终于感到了疼。他问谁啊谁啊,他想抬头起来。我摁住他的头,往桥下摁,他像牛头一样往上顶。我撑不住。这时我抓住了他的腰带,这是我在学校打架学到的本领,对付比你体格大的人,一定要想办法控制他的腰带,那是让他失去重心的最佳着力点,四两拨千斤的着力点。我抓住他的腰带使劲一提,他双脚离地，身躯支在桥栏上，我顺势抱住他的腿，把他掀翻过桥栏。他在失去重心的瞬间本能地抓住了桥栏。但优势已经在我这边了，他被我悬挂起来了。他说，哎呀救命，你谁呀，你干什么。他的酒意已经醒了一半。我说，送你上西天。我使劲掰开他抓在石栏上的手指。他说，你要干什么，你要干什么。他的声音在发抖。他说，你是不是小光，你忘了，我跟你爸是同学，一起干过活。我说那你就更得死了。他说，你要害我吗。我说，是你自己作死。他说，不要，不要杀我，你跟晶晶是同学，我听晶晶说过你。我说去你妈的。我掰开了他的手指，他死死地抓住我的一只胳膊。他说，小光，别别，千万别，这可不是闹着玩的。我看见他那张求饶的脸、卑微的脸、扭曲的脸、丑陋的脸。他庞大的身躯简直要把我的胳膊拽折了。我对准他的太阳穴连打几拳头。他的鼻子流血了。他说，别别，小光，让我上去，我不能死。我说不，你活够了，你在那份证言上签下名字的时候你就活够了。我又给了他两拳头，我把他打晕了。他终于松了手，他惊叫着怒吼着坠落下去。

　　他壮实的身躯扑通一声落进水里，我听见河面上水浪咕隆咕隆地翻滚。救命，咳咳，救命，咳咳，他一边挣扎一边呛水。银色水花在幽黑的水面上绽开一片。我的心要跳出来了，胸口疼痛难忍，我捂着胸口，看着河面，欣喜若狂又心惊肉跳地看着河面，他像一条狗挣扎着，企图朝岸边游，我准备下到河边，给他一脚，我绝不能让他上来。但是他又退回河中心去了，也许他根本分不清河岸在哪里，也许水流的力量已经牢牢拖住了他。翻滚的浪花越来越少，咳咳的声音越来越小，越来越远，渐渐消失了，河面归于死一般的寂静。

　　我听见不远处的村庄里有狗叫声，叫声激烈，也许有什么人来了，也许已经被发现了，我刚才只顾注视河面，忘了周围的动静。我已经成功了，我必须马上离开。我心中充满了狂喜。我朝西塘埂方向奔跑，沿着洪河大堤，然后上了未来大道，幸好还没通车，一个人影也没有。我感到特别累，我放慢脚步，稍稍喘了口气。我的衣服被汗水湿透，我感到口干舌燥，从鼻孔呼出的气息发烫，胸口越发疼痛。我刚才都干了什么。想想刚刚发生的事情，有点不可思议，我居然把他干掉了。楼岗村那边狗还在叫，会不会有人刚好看见。我太粗心大意了，也许已经报警了，警察正赶过来。也许他还没死，应该去亲眼看看他的尸体。但是怎么可能呢，他已经沉到水里了。我已经把他干掉了，把他杀死了。可要万一没有死呢，这种事不是没有，新闻里说过，有人停止心跳又活过来。他要是爬上了岸，事情就彻底败露了。我得回去看看。不，也许警察在那，那边有狗叫。我非常懊恼，为什么不亲眼看看他的尸体呢。这个错误太致命了，我再次狂奔，我以为逃得越远越好。我想起妈妈。妈妈，我把他杀了，你知道吗，我把他杀了。妈妈你在哪里，妈妈我爱你。我跑着，哭起来。我不知道为什么会哭。你害怕了吗，你后悔了吗，你无处可逃了吗。你哭个什么，做了就做了，你必须像个男子汉。他死了，他确定死了，没有人看见，明天就像什么事都没发生。然而我又看见他那张卑微的脸，求饶的脸。我又听见他的惊叫，他的怒吼。即使他死了，也会纠缠着我，永远纠缠着我。那又怎样，难道他不该死吗，难道他不是咎由自取吗，你没有做错什么，他是罪有应得。可是我觉得有人看见了，一定有人看见了，那边狗还在叫。只有夜幕让我感到安全，我希望夜幕黑些，再黑些。我希望永远不要有黎明。

我跑到西塘埂。西塘埂已变成废墟。我家的院子还剩一面断墙，所有的树都不见了。迎接我的是那条老狗，我们家搬进安置房，它成了丧家犬。它用头蹭我的腿，用舌头舔我的手。我听见有人喊我的名字，是李瞎子，我吓了一跳。我没有吱声，多亏他是个瞎子。周围的动静消失了，我内心依然惴惴不安。你已经杀了他，你成功了，你做得很好，你有什么好怕的。我的肩膀疼起来，胳膊疼起来，被抓破皮的手疼起来，身体要散架了。我扶着那面断墙，站在废墟的中央。这里究竟是什么地方，我为什么来这里，我从哪里来，又要到哪里去。这是西塘埂吗。一切都不见了，仿佛一夜之间西塘埂的一切都不见了。我所有关于妈妈的记忆都被埋在破碎的砖瓦下面。我抬起头，再次看见星光。我想起妈妈。妈妈，你知道吗，我杀了他，我做到了。为什么我的心忐忑不安。我干了什么，这里发生过什么，明天将发生什么。过些日子，风头会过去，就像什么事都没有发生，你究竟害怕什么。你该快意，你该欣慰。想想你妈妈，想想他们怎么对她的，想想那些肮脏的交易，想想她怎么死的。我不会忘记，妈妈的死，我永远不会忘记。我不能想象那一棒子打在她头上的感觉，那种穿透皮肉的感觉，那种击裂骨骼的感觉，血管破裂的感觉。我不能想象那种伤害曾经让她如何痛苦。

我又想起那个急诊室，妈妈躺在手术台上，到处是血。她竭力抬着手，睁大眼，等着见我最后一面。她张着嘴巴，想告诉我什么。我没有哭，只是有些惊慌。我蹲下来，把手给她，等着她说话。医护们默默无言，神情沮丧。他们在放下。放下氧气管，放下托盘、酒精棉，放下输液瓶，放下血浆袋，放下手术刀，放下手套与口罩。白昼一样的灯光在我眼里变得昏黄，冷漠，荒凉，恍如隔世的冥界。所有人都放下了，只有妈妈一个人放不下，永远放不下。她想抓住我的手，事实上她抓不住。我准备握住她的手时，她的手在空中滑落了，引来一丝微凉的风。宁静而绝望。

22

你当时心理斗争很激烈？

是的。

那天夜里,李瞎子跟你说什么了吗?

他只是喊我的名字。

第二天案发,你就在围观的人群中?

是的,我看着你们检查尸体,看着林晶晶晕倒,当时我心里很满足,或者说很平衡。

你说的那个出租车司机有多大年纪?

三四十岁吧。

长相还记得吗?

不记得了。

好吧,俞队长半调侃地说,接下来我们要从蚌城数百名出租车司机中,寻找那个爱吃槟榔的司机;要挨家挨户去走访楼岗桥旁边那个村的原住民,询问他们八年前的一天夜里是否听见狗叫……

有劳。

你会失去自由,很长时间。

我觉着我不是在失去,而是正获得某种自由。

为什么自首?

他淡然一笑。

是负罪感,是良心发现,还是受够了担惊受怕的日子?

这些因素或多或少都有一点,但主要原因不是这些。

好吧,总之弃暗投明就对咯。

有很长一段时间,我并没有负罪感,我告诉自己,我不是犯罪者,我只是惩罚者。

一直心安理得?

可以这么说。

嗯,说说,你投案自首的主因又是什么。

那天晚上我回到家,父亲看见我的样子,意识到发生了什么。

他问我为什么这么晚回来，是不是又跟人打架了。我不屑于回答他。到了第二天下午案发，父亲明白了一切。父亲说，万不得已我向公安局承认，事情是我干的。父亲在保护我的时候不在乎受到多少年的刑罚，一如妈妈在保护他的时候不会考虑那一棒子有多重。然而我并不领情。我对父亲说，你承认什么，你能做什么。父亲说，看在你妈的分儿上，这件事听我的。我对父亲说，听你什么，你以为我做了什么。父亲说，对，你什么都没做，不管他们怎么查，你什么都没做。林卫民的事让我和父亲之间多了一重禁忌，我们之间的隔阂反倒越来越深。从那以后，我们很少说话，他再也没有怪过我，他生怕我说出口。虽然各种猜测过去，风头过去，但他内心的担忧一刻也没有停止过。我也从不拿他的苦心当回事。随着时间的推移，他长年累月的忧虑会不经意地变成怨恨，他骂我无所事事，骂我不争气，骂我不孝，他不提那件事，但我知道他确有所指。后来我去当了兵，服役期满回来，我和父亲更是形同陌路。他跟我商量婚姻的事，我拒绝谈。

大湾新区只是一片陌生的高楼大厦，故园已了无痕迹，除了六里岗那座小小的坟，妈妈已了无痕迹。我没有任何眷恋。大部分时候我在外面漂着。然而每当我被公安局再次调查的时候，父亲的头发都会再白一圈。跟我同龄的年轻人或上大学，或成家立业，而我家支离破碎。

有一天妹妹打电话告诉我，父亲做了阑尾切除手术。我没有回家照顾他，我知道他死不了。那次手术之后，我发现他的背驼了，我发现他老了。我忽然意识到我做的事给整个家庭蒙上的阴影以及我内心的阴影从未消散，只是我不愿承认。对许多西塘埂人来说他们已经开启新的生活，西塘埂已成为过去，我却和过去的西塘埂之间连着一条哗啦哗啦的锁链。

我曾经痛恨那些不顾事实瞪眼说瞎话的人，我亲手杀了作伪证的人。如今，为了逃避罪行我也在向世人瞪眼说瞎话，父亲察觉了真相，却讳莫如深。如果林晶晶知道真相是不是也该把父亲杀了。寻求他人对等地失去，罪与罚永远没有尽头。我做了却不敢承认，我的懦弱一点不比父亲少。或者说父亲一点都不曾懦弱。这么多年，我们家我从来不管不问，只有父亲一个人撑着。我从不曾去体会他内心的沉重——对妈妈抱憾终生，儿子老死不相往来，无尽的隐忍，看不到希望。

我认罪的念头始于对父亲的重新审视。父亲爱妈妈是真的，父亲爱我也是真的，跟程前进妥协也是真的，对妈妈不公平也是真的。只是这一切对父亲同样不公平。对林晶晶也不公平。我心疼妈妈，也渐渐理解父亲。

多少个梦里，我回到那个急救室，握紧妈妈的手，我想知道妈妈要说什么，会告诉我什么。有时候我猜，也许她会告诉我听爸爸的话，告诉我孝敬你的父亲。因为她爱父亲，她爱我们，而父亲同样如此。那天你来小区找我，那是你第一次跟我父亲见面，父亲正从仓库里把货物搬出来，我站在阁楼上望着父亲劳碌的身影，望着你们交谈，我知道他一定在对你撒谎。我决定自首，我决定结束这一切。

但在这之前，我还要做一件事。

去杀程前进？

不是去杀他，我要跟他算一笔账，跟他做个了结。

把事情的经过陈述一下。

行动之前，我见了林晶晶，见了英子，见了程凯——虽然我并没有原谅他——我想看看他们过得怎么样，我要跟他们和解，跟他们告别。程凯并不欢迎我。最让我感到罪过的当然是林晶晶，她在失去父亲以后，跟她妈闹僵了，在程前进的魔掌里无法自拔。

最让我为难的是见英子。

她刚大学毕业，善良，年轻，貌美，我和她早已不在一个档次上。她应该有男朋友，起码会有很多男孩子追她。八年了，她曾是我对西塘埂失望的一部分，是我对西塘埂人仇恨的一部分。她是跟我从玩伴到同桌、从同桌到恋爱的那个人，也是最无辜的那个人。现在我还能见见她吗，她会单独跟我见面吗。我又为什么要见她呢，我们的事早在我杀人的那天晚上就结束了。好多次，我拿起手机，输入她的手机号码，却摁不下拨号键。越是踌躇，渴望越是强烈。我没有什么非分之想，我只想见见她，如果她不同意见，手机里说说话也好。

以后，再也没有以后。

我终于摁下了拨号键。手机接通了，我却不敢开口，我不知道该怎么说，我不知道该说什么。我只好把手机挂断了。当然事情并没有我想象的那么糟糕，事实上英子从未淡忘我们之间那种友情、亲情和恋情高度混合的情愫。鬼节之前的那天晚上，我们约会了，在她们学校旁边的体育场。晚自习放学，她出来了，依然是短发，依然那么帅。英子说，你现在看起来很成熟。她比以前瘦了一点，个头高了一截。我说，我比较显老。

我们之间似乎没什么隔阂，她问我几点到的，我问她这么晚累不累。篮球场上几个打篮球的男生正穿上外套准备走人。体育场里空荡荡的。英子说，有个问题想问你。我说，什么问题。她的少女气质没多少改变，从她身上我看不出成熟女孩的样子。我看着英子，目不转睛。英子说，十一中那个小餐厅，你还记得。我说记得。我看着她蹙动的眉毛。英子说，我想知道你那天究竟怎么了。我说哪天。她说，你别装迷糊，你知道是哪天，到底发生了什么事。我看着她用她的小白牙咬住下唇。我说，是不是那天我对你很凶。她说，凶透了，我不会原谅你的。英子用她的小拳头捶了捶我的肩。我说，那天我心情不大好，有人把我得罪了。英子说，发生了什么事。我告诉她,有关我妈妈案子的一些情况。英子说她能理解我的感受。我说,还有你父亲,他在场却不肯作证。英子说,我承认我爸是个谨小慎微的人,他怕得罪人,我向你道歉。我说,至少他没有拿程前进的钱。英子问谁拿了钱。我说,我父亲拿了钱,我二伯、我姑妈都拿了钱。英子有点吃惊。她说,你们家拿的是经济补偿,是合理合法的。我说不,他们拿的都是封口费。英子说,也许你想得过头了。我说这不重要了。

我们沿着体育场的环形跑道,一边散步一边聊天,冬夜的那个钟点,路上就我们俩,我问英子怕不怕冷,她说不怕。我告诉英子,总之,那天晚上我犯下了一个严重的错误。英子想了想说,好吧,你知道错就好。我说,对不起。她说,警察还在找你。为了不破坏美好的气氛,我告诉她,没事的,事情明天就结束了。她说没事我就放心了。

她对我说,你现在跟我说对不起,你不觉得晚了吗。我含糊地说,总比不认罪好吧。走到路灯下,我再次停下来,看着她,生怕错过一秒。她有点不好意思,她说,你是不是不认识我了。我点着自己的胸口对她说,我要把你刻录到这里。她说,你好像急于向我示好。我说我可不是在巴结你。她说,你还记得那笔账吗。我问什么账。她说,青春损失费,那天在小餐厅,你对我说的。我在想,还有比眼前这个姑娘更好的人吗,还有比眼前这个姑娘更傻帽儿的人吗。我点点头说,记得,你准备怎么算。英子说,现在我要给你开个价。好吧,我坏笑着看着她。英子说,用你的一生赔偿我,这个价是不是很高。这个傻瓜,她真的还打算跟我谈恋爱。我在想,西塘埂变了,我们都变了,而英子没有变。我心里一阵难过,也充满无限甜蜜。我多想用一生来赔她,只是现在我已经赔不起了。我说,我得考虑一下是不是划算。英子说,你还是那么坏。

我们谈了过往,谈到童年。她讲了她的大学时代,讲了她现在在学校的实习生活。临走,她提醒我,明天可以刮一下胡子。我说,你不是喜欢成熟点儿吗。她粲然一笑。我朝她轻轻挥挥手,寒冷的夜风中,英子转过身去。我望着她的背影,我的思绪从儿时的西塘埂穿过岁月的一道道坎,落到英子的背影上,我知道那就是我们的终点。我们占有时间,也被时间占有。生命一经开始便不断失去。时间是赐予者,也是掠夺者。我们长大了,而我的人生得不偿失。我在心里对英子说,我爱你,我不能够让你因为我的人生得不偿失,我不能够让你分担我的牢狱之灾。再见,英子。我在狱中不会孤独。我收藏着关于你的最美好的回忆。我久久地站在那个美好又伤感的夜晚,那个久别重逢又匆匆别离的夜晚,望着英子消失的地方,思量着,喜悦着,悲伤着,默默跟英子道别。

第二天是鬼节,我早早地去六里岗给妈妈烧献。

在鬼节动手,你是计划好的?

是的,多少做了点功课,毕竟他手下有那么多人。

你是几点去六里岗的?

下午三点多。

几点到建元国际酒店的?

四点多。

你知道吗,俞队长说,你杀了程前进,断了我好不容易挖掘的线索。

不,我没有杀他。

你没杀他?俞队长一脸意外。

难道他死了。他同样感到意外。

你不知道?俞队长脸上的意外蔓延到审讯室所有人的脸上。

他不知道程前进已经死了,他也不知道警方在现场收集到的所有证据都指向他。

你没有杀他,那你去找他都干了什么?俞队长疑惑地看着他。

23

那天下午,我到建元国际酒店,在程前进的办公室门口观察了一阵儿,没有动静,我试着敲了敲门,没有反应,他不在九层。然后我上二十二层。二十二层也没找到他。我到停车场转了一圈,没有发现他的车,他还没回来,我就在一楼大厅守着。

两个小时左右,程前进回来了,和一帮人边走边说,我悄悄跟在他们后面,上了九楼。他们在办公室说了一会儿话,那帮人出来了,程前进说他有点事情,等会儿再过去陪。那帮客人被一名服务员引着去了餐饮部。程前进让两个手下去楼下拿茅台酒,送到客人房间里。然后他走进电梯,上了二十二层,我认为那是惩罚他的最好机会,他在二十二层通常是单独会见客人,那像是他的私密场所。我从消防楼梯步行上到二十二楼。那个钟点走廊里很安静,V6号房间门开着一条缝,我没有受到任何干扰。我轻轻推开门,迅速进去,随手把门反锁上。

程前进听见动静,对外面说,我刚买了一块地,手里没那么多现金啊。他在卫生间里,我听见冲马桶的声音。我不知道他在说什么。随后他出来了。他看见我,我当时戴着口罩,他骂道,你是谁,不懂规矩啊,滚出去。他的脸凶巴巴的,是那种蛮横无理的凶相,是那种撕去伪善的流露。我想那才是他的真面目,被横财扭曲的面目。我摘下口罩。他皱起眉,打量着我。你是——他认出了我,你是邓老三家的小光。他马上换了一副和蔼的面孔,像长辈一样说道,这孩子,长得我都认不出来了,你不当兵去了吗,什么时候回来的。他的笑横在他那张宽脸膛上,褐黑的肌肤掩饰着他的贪欲与阴险。我说,程总,我不是来要钱的。他说,我知道,我知道，我以为你是那个谁呢。他让我坐下。我说不用。他说，每天都有人找我要钱，好像欠他们什么似的，不过，但凡来，我都不会让他们空着手回去。我说我今天也没打算两手空空地回去。程前进说，可以，想要什么，说说看。我说，想要点你的血。他的脸色变了。他看着我。我们对视着。他的嘴唇跳动了几下，他在害怕。他说，跟叔叔开玩笑啊。他说着抓起办公桌上的电话。我飞起一脚，踢在他耳门上。他滑倒在地。他一边爬起来，一边骂，小杂种，你想造反还是怎么了。他已经不是我的对手了。他嗅到了危险，冲向门口，我再次将他放倒。我踩着他的喉管，从腰里拔出那把匕首，我说，不用怕，我们很快就结束。他说，我跟你家的账早就清了，你还想怎么样。我说，你当年为什么跟我家过不去。他说，我承认我当年有私心，你爸妈举报我，反对我当村长，可停发你姨妈工资的事儿，真的跟我无关。我说，是你打死了她。他说，不，你误会了，是小凯打的，你知道小凯的脾气。直到那一刻他还在狡辩。我用刀尖指着他的眼睛，对他说，你还有一次机会，到底是你，还是程凯。他说，好吧，是我，就算是我，但是该赔偿的，我都赔偿了，我已经做到仁至义尽了。在他那里，所谓仁至义尽就是付了钱，付了足够的钱，他以为我们该感到因祸得福，他以为事情钱到就可以停止。他不知道这些年我的世界发生了什么，我们家又是怎么走过来的。我对他说，你以为钱可以摆平一切是不是。他说，你妈妈出事，是个意外，真的是个意外，我去打你爸，你妈挡住了，小光你要冷静，我没想到会打在她头上。我说，不管是不是个意外，你从没有为此承担过任何责任。他说，我已经付过钱了，而且你爸同意。我说，你以为我妈妈的命就值那么多钱吗。他说，如果你认为不够，我还可以再给你点，那时候你还小。这个王八蛋已经没有能力用钱以外的标准去衡量这个世界。我说，我需要的是你，是你他妈的来承担你该承担的责任。我提住他的衣领，把他拖到沙发旁边,他的上半身靠在沙发的扶手上。他说,小光你要干什么,有话好好说,我抽屉里有两根金条,保险柜里还有六根,你现在就可以拿去,我当什么都没发生。我说,你为什么指使他作伪证。他说,你杀了他,我当年就知道是你,你是条好汉。我说,那天晚上死的本该是你,如果不是你,我也不会杀他,如果你没有那么做,很多事就不会发生。他说,我错了,我不该那么做。我问他,林晶晶呢,你收买了林卫民,他帮了你,为什么你还要霸占他女儿。程前进说,是她愿意,她愿意跟着我的,她跟你不一样,她太爱钱。我说,她拿了你的钱是吗,你以为所有人都像你一样在乎钱吗。他笑起来,他说,小光你还年轻,你还不懂这个世道,古往今来,人人都说钱不重要,可人人都见钱眼开,说句不好听的,你爸、你伯父、你姑妈、林卫民还有晶晶都拿了钱,你以为他们不在乎钱吗。我忍无可忍,我举起匕首捅了他一刀。我告诉他,这一刀是我替妈妈还给他的。

那一刀刺在什么地方?

就在这个位置。他拍拍自己的左肩膀。

刺了几刀?

一刀,对我来说,一刀就够了。

但是,在程前进的尸体上我们发现了十二处刀口。俞队长凝视着他。

我不知道另外十一刀从何而来,我没想到他会死,也不知道他怎么死的。

你难道没有想过要杀他吗?

我想过杀他,可是我没打算杀他,我知道这有点矛盾。

你当时是不是很冲动?

是的,我的确很冲动。

有没有这种可能,你以为你只刺了一刀,事实上在潜意识的支配下，在感情用事的支配下，你刺的不止一刀？

也许有，也许没有，我不知道，我的确想一刀杀了他，但是我记得当时我的头脑还是清醒的，我已经不是八年前的那个少年了。

在你内心深处，不是一直想要他死吗？

在我心里他早就死了，在我刺出那一刀之前他就是个死人了。

你没有撒谎？

我没有。

你只捅了一刀？

是的。

但是监控录像、凶器、指纹、脚印，所有证据证明，是你杀了程前进。

我只能说，我没有杀他。

你承认自己杀害了林卫民，因为那时你还不满十八岁；你不承认杀害程前进，因为你现在已经超过十八岁。自首是障眼法，避重就轻才是真相？

在我想杀他的时候却杀死了另一个人；在我不打算杀他的时候，他却被杀死了。或许是命运不愿放过我吧。

如果你不打算杀程前进，你刺他那一刀为了什么？

我只是感到这么多年程前进欠妈妈一个道歉。他应该向妈妈道歉，向林晶晶、向所有人道歉。我用八年前的那把匕首狠狠地刺向他，要他道歉。我听着他的道歉，在我面前，仿佛正打开一本关于西塘埭的账本。我想起八年前的那个少年在妈妈的坟前起誓，想起林卫民被推下桥的情景，想起林晶晶的遭遇，想起父亲，想起妹妹，想起英子。想起八年来我走过的路。那账本密密麻麻，历历可数。我不仅给程前进算了总账，也给我自己的命运算了总账。

你认为那个道歉很重要？

是的，很重要。我可以原谅所有人，我可以不杀他。但是有一道槛我始终过不去。那就是妈妈遭到了不公平的对待,那样的对待是一种羞辱。他欠妈妈的不是命,更不是钱。他欠妈妈的是一个道歉。没有那个道歉我的心永远无法抚平,没有那个道歉妈妈永远不会安息。

五

鬼节

24

老爸家在槐树街那条狭窄的胡同里,两层楼房,四十多平方米的"L"形小院。俞东杰到老爸家时,已过六点,夜幕降临。生锈的铁大门半开着,堂屋里亮着灯,老妈正收拾碗碟。他没有赶上饭点,老爸老妈的晚餐通常在六点之前就结束了。俞东杰推门进院,老妈听见了动静,一边继续收拾碗筷一边说道,"对不起,没饭了。"老妈显然不高兴。弟弟在省城工作,一年也就回来那么两三趟,而他有十几天没有来过了。

"你不是说刚蒸的酸菜包子吗,我都闻到香气了。"俞东杰说着,把一提酥饼放在餐桌上。

"你不早点来。"老妈说。

"你忘了,我们抓了一个杀人犯,这些天一直忙着呢。"俞东杰说。

"忙得很。"老妈端着碗碟到厨房,打开煤气灶,热包子。

"爸爸呢？"俞东杰坐在那把旧摇椅上，伸了个懒腰。

"遛狗去了，他还能有什么事儿。"老妈在厨房说道。

"遛狗有什么不好嘞，你就是不喜欢他遛狗。"

"我不想养那条狗，它比他还能吃。"老妈在厨房说道。

"按理说是的，"俞东杰说。老妈来到堂屋，又说："它去年还给我惹了场大祸，你忘啦。"俞东杰说："记得，你还让我跟派出所那个警察打招呼。"

"打招呼他也没帮什么忙，最后还是赔了九百块钱。"

"人家是依法调解的。"

"狗违法，人又没犯法。"

"狗违法归根结底是人的事儿，我们有管理责任。"

"你还说你跟他很熟。"

"包子热好了没。"

"再等五分钟，热不透不好吃。"

"我肚子咕噜响了。"

"听说被杀的是个大老板？"老妈问。

"什么大老板，就是一黑社会老大。"

"听说凶手是给他娘报仇的？"老妈问。

"有这方面的因素。"

"真是个孝子啊。"老妈说着叹了口气。

"你什么意思呀妈妈。"

"没什么意思。"老妈说。

"你还不知道，那小子并不承认杀了大老板。"

"都投案了咋还不承认？"老妈问。

"事情很复杂，一句话两句话讲不清楚。"

"不是那孩子杀的？"老妈问。

"目前，我也说不准。"

"那凶手又是谁？"老妈问。

"包子好了没？"

"差不多了，我看看。"老妈站起来，去厨房，过了两分钟，端着一盘冒着热气的包子折回来。那包子有一个旋状的凸面，圆圆的，白白的，嫩嫩的，一尘不染，像一朵朵白莲花。

"妈妈蒸的包子永远年轻。"俞东杰说。

他不是恭维老妈，也不是开玩笑。他拿起包子的时候心情五味杂陈。妈妈把盘子放在餐桌上，坐在他对面，她的满头白发在灯光下泛出银亮的光泽来。他一边吃包子一边说，"至于凶手呢，我怀疑另有其人，只是怀疑，我还没有找到线索。等我发现了，再编成故事给老妈听。"

"果果怎么样，把奶奶忘了吧。"老妈说。

老妈终于还是谈到了她每次必谈的正题，他不愿意面对的正题。

"怎么会呢老妈，果果比我还忙，现在的孩子啊，学习负担忒重。"

"这丫头越大越不跟奶奶亲近了。"老妈说着去了厨房。

"早读晚课不说，星期天比平时还紧张，家庭作业一大堆，还要没完没了地赶三个补习班。"俞东杰吃完了第一个包子。

"上回做了一堆好吃的，结果放了她奶奶的鸽子。"老妈盛了一碗金黄色的小米粥过来。

"也不知道教育局是怎么搞的，天天喊着减轻学生负担，结果越减负担越重。"俞东杰呷一口粥，拿起第二个包子。

"谁生的跟谁亲啊。"老妈说。

"是啊，好比我，在我心里老妈是最重要的。"俞东杰说。

"算了吧，在你心里，除了你媳妇就是你女儿，除了你女儿就是你的案子，老妈算老几呀，我还不了解你呀。"

"你要是了解我就好了。"

"我不了解你，我让你受委屈了吗，从小到大，我让你和东明受委屈了吗？"

"是啊，我知道，老妈把我们哥俩养活大，受了一辈子苦，向伟大的老妈敬礼。"俞东杰举起左手给老妈打了个敬礼。

"你以为你两句好话就能把我哄住啊。"老妈说完，叹了口气，他们沉默了一小会儿。左邻右舍传来儿童嬉戏的声音，胡同里有大人怪孩子的声音。在这一分多钟里，俞东杰吃完了第二个包子。老妈说："你究竟饿了几天？"俞东杰说："不饿也能吃上三个，老妈手艺好嘛。"

"你爸白天出去钓鱼，一出去就是一天。"老妈说。

"退休和钓鱼是一个意思。"

"白天钓鱼，晚上遛狗。"老妈说，"果果这孩子，她妈妈一句话就再也不想奶奶了。"

"这跟她妈无关，果果已经进入青春期，开始叛逆了，她已经不是小孩儿了。"

"你也不用维护她，早知道我也生俩闺女了，闺女知道跟娘亲。"

"难道我不知道和您老人家亲吗？"

"有时候，我觉着我和无儿无女的'五保户'差不多。"

"要不咱们还搬一块儿住吧。"俞东杰吃着第三个包子说。

"别跟我提住一块儿的事儿了，你以为你当家呀。"

"我当然当家。"

"你要是当家就好了。"

"我一直说了算，在您眼里，我怎么就不当家了呢妈。"

"谁不知道我儿子怕老婆，当然人家不说你怕老婆，人家说你是个模范丈夫。我儿子的确是个模范丈夫。"

"要是你愿意和我们住一起的话,我们一大家子,你也不会觉得孤零零的。"俞东杰使劲咽下第三个包子的最后一口,然后拿起第四个包子。

"不可能,她是怎么待我的,你比谁都清楚。"

"但是当初是你不同意。"俞东杰一口咬掉半个包子。

"我不同意,我当然不同意,就算我同意她也不同意,我就不明白,你一个堂堂警察,为什么那么怕老婆。"

"你为什么总是扯到怕老婆上来呢,我什么时候怕老婆了,我只是不想把事情闹得太糟糕。"

"好吧,你不怕老婆,你一点都不。"

"我只是不想让人家看笑话。"

"好吧,你不怕老婆,你是模范丈夫。"

"我什么时候说我是模范丈夫了。"俞东杰拿起第五个包子,他打小就吃惯了妈妈蒸的手工包子,然而此刻,他明显在拿包子撒气。

"如果不是吃包子,我看你连老妈都忘了。"

"是的,我就是喜欢老妈做的包子。"老俞又吞下一个。

"喝点粥吧,要凉了。"老妈说,"一说你就生气。"

"不说老妈生气,"俞东杰喝了几口粥,又说,"我哪儿生气了呢,我是心疼您老人家。"

"放心吧,妈妈不会让你为难的。"老妈说,"不来也好,我省事儿了。我只是想不通,大家都那么来的,为什么到了她那儿就不行了。"

"我会好好劝阿梅的,我觉着她现在快想通了。"

"想通了?"老妈笑了笑。

"你不相信?"俞东杰把粥喝完了。

这时候邻居周大婶领着她的孙子来串门,她孙子只有五岁,闹着要买什么东西。周大婶说，"你看见没，这个叔叔是警察，再闹他就把你抓起来。"俞东杰说，"小朋友要听话，不许闹人，知道吗。"那孩子果然就安分起来。爸爸遛狗回来的时候，周大婶牵着宝贝孙子回去了。俞东杰跟父亲聊了一会儿，父亲也打听杀人案的事儿。他跟父亲讲了一些。他知道父亲明天会一边钓鱼一边向他的老伙计们添油加醋地披露从儿子那里得到的一手消息。俞东杰走时，老妈用袋子装了几个包子，让他给果果捎回去。老妈走到门口，屋内的灯光将她的身影长长地投射到院子里的地坪上。胡同里再次传来儿童嬉戏的声音。老妈一动不动，似乎在倾听着什么。俞东杰跟老妈说等两天带果果一起过来。老妈朝他挥挥手，继续静静地站在那一小片有着蒙蒙光晕的夜色中，头上散发出毛茸茸的灰白的光芒。

第二天，俞东杰带着郑志到大湾新区公安分局，准备办一份搜查证，去建元国际酒店再次搜查现场。在二楼碰见法制室主任老陈，俞东杰说："陈老师好。"他刚入警那会儿，跟着老陈在预审科学过业务，有师徒之情。

"上午好东杰，案子定没有？"老陈说。

"暂时没有，嫌疑人否认杀害了受害人。"俞东杰说。

"哦，看样子还要查一阵子。"老陈说。

"不说了，我办一份搜查证。"俞东杰准备上楼。

"嗯，不急的话，我给你说一件事儿。"老陈说。

"什么事儿？"俞东杰说。

"老沈的事儿你是不是还不知道。"老陈说。

"他怎么啦，东窗事发？"俞东杰问。

"什么东窗事发，脑出血住院了，差点过去，不过半身不遂是肯定的了。"老陈说。

"那家伙挺注意保养的啊,什么时候的事?"俞东杰说。

"就是鬼节那天晚上,给他老母亲烧献之后,回家时候,倒在楼道里了,幸亏抢救及时。"老陈说,"昨天我和老王去看望他,估计上不成班了,他私下跟我说起你,你要不要去看看他?"

"这几天忙案子,真的不知道他这个情况,看,肯定要看,他现在还是我搭档呢。"俞东杰说。

"那好吧,你先忙去吧。"老陈说完准备回屋,转身又问,"阿梅和老太太怎么样?"

"还行。"

"你的大男子主义要不得。"

"真的还行。"

"嗯,去忙吧。"

俞东杰办完搜查证,先去医院看望老沈,在人民医院附近买了些滋补品,让郑志在楼下等着,自己提着东西到了病房,妻子正喂老沈吃饭。

"沈大哥,瞧瞧你现在这待遇。"俞东杰说。

"东杰老弟,你怎么来了,坐坐。"老沈显得很激动。

"你好东杰,昨天你哥还说你呢,德才兼备。"嫂子说。

"谢谢嫂子夸奖。"俞东杰说。

"没事吧。"俞东杰把礼品放下,站在床边。

"差点让你给哥送花圈。"老沈显得很虚弱,眼泡更肿大了。

"权当减肥了呗。"俞东杰说。

"我以前跟你嫂子说,人老不可怕,死也不可怕,病而不死,最可怕。"老沈说。

"这点病不算什么,大风大浪都过来了。"俞东杰说。

"等会儿再吃吧。"老沈对妻子说,妻子把饭碗放在一边。

"你继续吃饭,别影响吃饭,你现在需要好好补呢。"俞东杰说。

"没事,吃饱了。"老沈说。

"好好养病,身体是革命的本钱嘛。"俞东杰坐在床沿说道。

"是啊,只可惜我这革命的老本快赔干净了。"

"得了,沈大哥福大命大。"俞东杰说。

"程前进的案子,听局里的同志们讲了。"老沈说。

"谈谈你的看法。"俞东杰说。

"那孩子既然投案自首,应该不会撒谎,就是说他没有杀害程前进,我感觉是真实情况。"老沈说。

"那么凶手又是谁呢。"

"假设凶手不是邓光呢。"

"目前还没办法证明他不是凶手。"

"有时候假设很重要,你小子贼精,在你面前我就不班门弄斧了。"

"你掌握的情况最多嘛。"

"凶手也许在他们中间。"老沈想了想说。

"他们?"

"就是那天所有进入建元国际酒店的人,只要在那个时段身处建元国际酒店的人都有嫌疑。这个范围说大也不大,说小也不小。"

"你为什么这么看?"

"你不是说了么,我知道的事情多呀,这些年来我对开发区的人和事还是有感觉的。"老沈顿了顿,苦笑了一下说道,"有时候无形的感觉比有形的证据更可靠,因为证据,证据这东西,你知道,是可以制造的。"

老沈说完闭目休息,一脸疲惫。俞东杰看着老沈,两人陷入沉默。

嫂子剥了一根香蕉给老俞,老俞说:"不用客气,给沈大哥吃,他更需要。"

嫂子说:"你哥血糖高,不能吃这东西呢。"

俞东杰说:"谢谢嫂子,也谢谢沈大哥对案情的分析。"

"得了东杰,我这算什么案情分析啊。"老沈说。

"沈大哥,你平安无事,我也放心了,我就不坐了。"俞东杰站起来。

"稍等一下东杰,"老沈伸出手,俞东杰握住老沈的手。老沈说,"我给你讲个故事。"

"讲吧。"俞东杰说。

"我刚上班时,你知道有个什么愿望吗,"老沈缓缓地说道,"我一九八三年参加工作,那时蚌城还没划市,最初分到刑警大队,大队里只有一间大办公室,大办公室里只有一张大桌子,长长的椭圆的那种,开会、办公、办案都在那张桌子上,那张桌子一共有八个抽屉,大队里三四十个同志,只有大队长、教导员、办公室主任、副大队长,他们每人拥有一个抽屉,钥匙从不外借。我那时做梦都在想,我什么时候能拥有一个抽屉呢。"老沈歇了片刻,继续说,"现在我有了很多很多的抽屉,很多把钥匙,可是想想,并不快乐,最美好的时光,感觉还是那段,连一个抽屉都没有的日子。"

"嗯,我听局里老同志讲过,那时候条件有限,大家都很艰苦。"俞东杰说。

"你去吧,很多事儿等着你呢。"老沈说。

"那我走了,嫂子。"俞东杰说。

"东杰,谢谢你来看我。"老沈几乎唏嘘着说道。

"不客气。"俞东杰说。

"慢走,我就不送你了哈。"嫂子说道。

"好的,再见。"俞东杰说。

他明白老沈给他讲的那个故事。老沈的病情已经稳定,性命无忧，但他从他的故事里领会到人之将死其言也善的意味。滚滚洪流一样的财富和不可一世的雄心都抵不过一个生老病死。也许，人生只有权力与荣耀、成功与梦想是不够的，没有生老病死我们难以悔悟。他觉着老沈正在悔悟。他觉着他可以原谅他，至少在情感上，他对老沈的憎恶已经一笔勾销。他说完再见，瞥了老沈一眼，转身走出了病室。

25

郑志发动汽车，他们朝建元国际酒店驶去。

"案情你知道吧。"俞东杰说。

"前期没参与侦办，不太了解。"郑志说。

"那正好，我把案情简单梳理一遍，你感到有疑点的地方，提出来，看看我们想的是否一致。"俞东杰说。

"好的，您说俞队。"郑志说。

"嫌疑人是下午四点二十一分到建元国际酒店的，六点二十七分进入程前进在二十二层的办公室，进去之后，程前进在卫生间里，说刚买了一块地皮，手里没有现金，这说明程前进当时可能在等什么人，他以为进来的是他等的那个人——然后嫌疑人和程前进发生了打斗，按照嫌疑人所说，程前进根本不是他的对手，三下两下就被他制服，然后嫌疑人让程前进给他母亲道歉，并在程前进左肩捅了一刀，然后于六点四十三分走出程前进的办公室。二十三分钟之后，林晶晶发现程前进倒在办公室里，有很多血，林晶晶随即给我打电话报警，报警时间是七点零六分，我立即向指挥中心反馈，离建元国际酒店最近的一组巡警十七分钟后赶到现场，发现程前进身边的工作人员试图抢救，但程前进身中数刀，已经停止了呼吸。现场存在轻度破坏，但基本不影响还原。这就是案件的基本经过。"俞东杰说。

"受害人死亡原因是什么？"郑志问。

"主要是心脏受损，心脏被利器刺破两处。"

"心脏被刺破，脏器内的血液外涌，心跳立刻停止。"

"你学过法医。"

"选修过解剖学。"郑志说，"心跳停止，大脑缺血，呼吸紧跟着就没了。"

"不错。"

"能确定第一现场吗？"

"是第一现场无疑。"俞东杰说，"虽然现场有其他人的脚印，但是嫌疑人的鞋上有牛奶，他投案后，技术警就采集了他的鞋印和鞋底物质，他在哪里不小心踩上了牛奶，这帮助我们从那些重叠的脚印里鉴定出他的脚印，并且他的脚印层次居下，这证明他是最先进入现场的。"

"那些脚印与他在现场的行为轨迹吻合吗？"

"现场采集到他的三种状态脚印，平踏状，侧滑状，旋转状，这和他本人供述的现场的活动情况基本相符。"

"刀伤有多处？"

"十二处。"

"这么多，凶器多大尺寸？"

"普通匕首，刀柄加刀把三十来厘米，刀柄上有铁锈，嫌疑人说，八年前他准备用那把匕首杀掉程前进，结果出了点意外，然后他就把它封存了起来。"

"钝刀杀人。"郑志说着，放慢车速，在红灯路口停下来。他从扶手箱拿出一张英文唱片，封面是一个老外的黑白头像，略显颓废，中文写着"鲍勃·迪伦"，郑志将唱片装进车载CD机里，叫鲍勃·迪伦的家伙不紧不慢地唱起来。

"虽然有些生锈，刀还是挺锋利的。"

"那把匕首一直插在受害人身体里吗？"

"巡警到达现场时，那把匕首掉在地上，沾满了血。"

"是受害人的血液吗？"

"DNA鉴定，是程前进的血液。"俞东杰说，"刀柄与刀把连接处，提取到一枚指纹，是嫌疑人的。"

"凶器上还有什么发现吗？"

"就这么多信息。"

"就是说，嫌疑人是凶器的唯一接触者。"

"至少目前是这样。"

"嫌疑人说他只捅了一刀？"

"是的。"

"这就奇了怪了，另外十一刀从何而来。"

"所有人都在问这个问题。"俞东杰说，"你喜欢听英文歌？"郑志说，"国语听多了听粤语，粤语听腻了，换换口味。"俞东杰问："能听懂吗？"郑志说："差不多。"俞东杰问："现在播放的是什么歌？"郑志说："《答案在风中飘》，英文就是 *Blowing in the Wind*。"俞东杰说："我一直挖苦你嫂子英语过六级没用，看来是我错了。"郑志说："艺不压身嘛，指不定啥时候就用到了。"绿灯亮起，他们穿过十字路口，继续行驶。

"不过，凶器上没有发现其他指纹信息，不代表没有其他人使用过。"郑志说。

"你怀疑其他人使用过那把匕首？"

"要不然怎么解释另外十一刀。"

"前提是邓光没有撒谎。"

"他不是通过了测谎吗？"

"是啊。"俞东杰说，"如果凶手另有其人，他是什么时间进入

163

现场的呢。"

"应该是那个二十三分钟——专案组将此案的时间范围锁定在鬼节那天下午四点到晚上八点，我认为这个时间段还可以进一步缩小，就是嫌疑人离开现场到林晶晶报警这段时间，这个不长不短的二十三分钟有没有人去过现场，有没有人在嫌疑人离开之后林晶晶发现之前去过现场。这个时间段是个空白。"

"建元国际酒店内部监控录像显示，那个二十三分钟里，没有人进过现场。"

"要是监控录像有问题呢，毕竟录像材料跟指纹和凶器不一样，并非铁证。"郑志说。

他们又行至一个十字路口，车快要轧到斑马线的时候，红灯亮了，郑志急刹车。俞东杰的身子猛地前倾，说道："注意开车。"

"不好意思，有点激动。"郑志说。

"瞎激动。"俞东杰说，"初步鉴定，监控录像的数据是完整的、原始的，没有删除、修改的痕迹，他们也没有时间修改，当天晚上我们的人就把录像材料固定了。"

"假如嫌疑人没有撒谎，监控录像也没问题，那个人又是如何进入现场的呢？"郑志说。

绿灯亮起，过了这个十字路口，前面就是建元国际酒店。

"这正是我们要再次查看现场的原因，顺便再看看监控室什么情况，在这个环节我总感觉忽略了什么。"

"如果凶手另有其人，又会是谁？"郑志放慢车速。

"你觉着是谁？"

"有一种可能——嫌疑人说他进入程前进的房间时，程前进在卫生间说了一句话，他在等一个人。"

"你是说他等的那个人杀了他？"

"是。"郑志把车开进便道，停在车位上。建元国际酒店在马路对面。

"他在等谁呢？"

俞东杰打开车门，朝建元国际酒店望了望，然后他们下了车。

程前进被杀的消息在蚌城像一颗重磅炸弹，爆炸形成的"蘑菇云"在大湾新区上空久久未能散去。

俞东杰和郑志一前一后走进建元国际酒店。酒店有些冷清，这不仅表现在客源锐减上，还表现在每一位员工的脸上。他们的笑容没有光彩，普遍流露出悲观的情绪。他们担心老板溘然离世的当月，工资会不会正常发放，下个月还能不能继续工作。他们担心树倒猢狲散的结局在所难免。

俞东杰和郑志走进大厅，程凯刚从殡仪馆跑回来，眼睛里充满血丝。老俞问监控室在哪儿，程凯说在顶楼。老俞说先看看监控室。程凯陪同，徐领班引着他们进了电梯。俞东杰问："什么时候下葬？"程凯没精打采地说，"我不知道，他们还在商量，麻烦着呢。"电梯里陷入沉默，一种无话可说的尴尬在此刻成为一种恰如其分的哀悼。一分钟左右，电梯提示铃响了一声，他们到了顶层。徐领班穿着高跟鞋，咯噔咯噔地走在前头，一边走一边提示着方向，左拐右拐，他们来到大厦最东头，磨砂玻璃门上写着"机房"的字样，一扇门开着。

"这里，请进。"徐领班站在门口说。

他们依次走进机房，空间很宽敞，有二百多平方米，地上铺着抗静电全钢地板，窗台旁边装有两台恒温空调，窗户对面是显示器墙，每一块显示器里实时录放着酒店内外的某个区域。整个机房布线合理、规整、严密，标准相当高，显然下了大本。机房中央是一排五座操作台，操作台上有一名年轻小伙在值班。

"监控能全覆盖吗？"俞东杰问道。

165

"应该可以吧。"小伙说。

"到底可以不可以？"俞东杰问。

"这个……"小伙挠着头发，答不上来。

"你傻呀，"程凯怒道。程凯问徐领班："谁招聘的他，你们是不是瞎啦。"徐领班从容得近乎傲慢，神秘地笑笑，说道："他是晶晶的弟弟呀，您说谁招聘的呢。"

俞东杰说："小伙子，别急，知道什么说什么，不知道就说不知道。"

小伙说："我真的不太清楚，我在这儿还不到一个月。"

俞东杰说："你们程总出事那天，是你值班吗？"

小伙说："不是。"

俞东杰问："是谁？"

小伙说："是奎哥。"

俞东杰问："奎哥呢？"

小伙说："去云南了。"

俞东杰问："去云南干什么？"

小伙说："我不知道。"

俞东杰问："什么时候去的？"

小伙说："前天。"

俞东杰问程凯："奎哥是谁？"

程凯说："就是龅奎，龅牙奎。"

俞东杰问："姓什么，叫什么。"

程凯说："叫什么来着，好像叫他妈的朱一奎。"

俞东杰问："朱一奎去云南跟谁请的假？"

程凯问徐领班："他跟谁请的假？"

徐领班笑说："跟你嘛不是，程副总。"

程凯说："妈的，什么时候的事，我怎么没印象了呢。"然后对俞东杰道:"可能是跟我请的假,我把这茬忘了。"

"电子监控系统是谁主持安装的?"俞东杰问。

"我哪儿知道啊俞大队长,我才出来几天啊,你又不是不知道。"程凯说。

"是程总主持安装的,"声音从机房外面传来,紧接着林晶晶走了进来,对俞东杰说道,"俞队长好,据我所知,建设这座大楼时监控系统就装了,去年升级改造过一次。"徐领班说,"小林经理消息这么灵通呀,您不是回去给薛大夫煲汤了吗?"林晶晶看着俞队长,没有理会徐领班。

"对了,你们问林经理,她比我清楚多了。"程凯一脸不屑。

"你能联系上安装人员吗?"俞东杰问林晶晶。

"不能。"林晶晶说。

"那你了解多少,每层楼都安装了吗?"俞东杰问。

"我听他们说,除了消防通道,都安装了,每一层,每个角落。"林晶晶说。

"就是说除了步行楼梯,全覆盖?"郑志问。

"我了解的是这样。"林晶晶道。

"你听'他们'说,他们是谁?"俞东杰问。

"那些安装人员。"林晶晶说。

"而那些安装人员一个都联系不上了?"俞东杰说。

"是的。"林晶晶说。

"小伙子,"俞东杰对林晶晶的弟弟说,"你能把前两天的监控录像给我们调出来看看吗?"

"我听奎哥说,之前的录像删除了,现在只能看当天的。"

"删除了?"俞东杰问。

"是的,奎哥说硬盘太小,放不下。"

俞东杰望着显示器墙,其中一块显示器屏监控的是酒店大门,实时画面显示，大门口的电子栏杆升起来，一辆黑色奔驰汽车正开进来。

"马上把朱一奎给我找回来。"俞东杰对程凯说。

"这个你放心，他肯定跑不了，只要他没有被车撞死。"程凯说。

"他死了我让你二进宫。"俞东杰说。

"跟你开玩笑的，俞大队，那家伙活得活蹦乱跳的怎么可能死呢。"程凯说，"不过，我得问问，监控录像你们都提取过了，还找他干吗，是不是多此一举呢。"

"他的联系方式是多少？"俞东杰问。

"你们想追踪他？"程凯说。

"少废话。"俞东杰道。

"好的，没问题，老徐，把鲍奎的联系方式给俞大队找找。"程凯说。

"郑志，我们去二十二层再查一遍。"俞东杰说。

"还不赶快带路。"程凯对徐领班说。

"好的，请这边走俞警官。"徐领班得意地说道。

"徐姐难道忘了二十二层已经关闭了吗？"林晶晶说道。

"是啊，我好像把这茬忘了。"徐领班故作无奈地看着程凯。

"关闭？"俞东杰说，"什么意思？"

"就是暂时不对外开放了。"林晶晶说。

"这好像跟我们搜查没有什么冲突吧，林经理？"俞东杰问。

"我们是打工的，领导让我们怎么做，我们只能怎么做，请不要为难，俞警官。"林晶晶说。

"我现在必须对二十二层再次搜查。"俞东杰说。

"要搜也行，除非有官方搜查证。"林晶晶说。

"我要是没有呢？"俞东杰说。

"那我就到有关部门控告。"林晶晶说，"有人专门管这些事儿。"

"林晶晶，别忘了，吸毒的事儿还没跟你算账哪，我随时可以传唤你。"俞东杰说。

"那你就公报私仇吧，悉听尊便。"林晶晶说。

"强词夺理。"郑志说。

"让俞警官查，随便查。"程凯发话了。

"你？"林晶晶看着程凯，"二哥说不再对外开放。"

"是二哥说的，还是你说的？我怎么不知道，在建元国际什么时候轮到你了，你把自己当什么啦？"程凯说。

"你……"林晶晶脸色苍白。

"我相信你俞警官，相信你不会因为对我大哥的偏见影响公正调查，希望警方查明真凶，还我们一个公道。"程凯说。

"嗯，这话还像回事。"俞东杰说，"把搜查证拿出来吧，我们依法执法。"郑志从公文包里拿出搜查证，说道，"林经理，这回你不用控告了。"

"请这边走吧。"徐领班斜了林晶晶一眼，走在侧前方引路。

到了二十二层，俞东杰并没有直接进入V6号房间，先来到V6号房间隔壁的"布草间"门口，俞东杰说，"打开。"程凯说，"你们不是要看我大哥的办公室吗？"俞东杰再次说，"打开。"

"你牛逼。"程凯对徐领班说，"还他妈的愣着干吗。"

徐领班马上打了个电话，很快一名工作人员拿着房卡过来了。俞东杰说，"你们回避吧。"这时候，俞东杰发现林晶晶已经不见了。程凯带着酒店工作人员退到一边，俞东杰和郑志走进布草间，郑志轻轻关上门。

房间内光线昏暗，窗帘拉着。

"先不要开灯。"俞东杰说。

"好的。"郑志说。

169

房间内空间并不小,但是非常拥挤,中间有条狭窄的通道,通道两边两排角钢储物架,各种床上用品、洗漱用品塞得满满的。

"这间房子有哪里不对吗俞队。"

"我只是怀疑,有一次,我见过两个奇奇怪怪的人从这里面出来,一点不像保洁员。"

"案发当天没有进行搜查吗?"

"搜查了,当时因为嫌疑人已经投案,重点查的是 V6 号房间,严局长坐镇指挥,我想把这里翻个底朝天,他们说没必要。"

储物架上各种物品摆放整齐,最上面用手一摸能摸到一层灰尘,说明这些物品有相当一段时间没动用过或者说没有换洗过。说不定从一开始它们就被摆放在这里,仅仅是摆放在这里。俞东杰有这种感觉,这个工作间并不"工作",它更像是摆设,它在掩盖什么。

"这些床单、浴巾、刮胡刀都是高档的呢,好像没有动过。"

"完全没有动过。"

"你发现什么了吗?"

"闭上眼睛,仔细闻。"

"闻?"郑志闭上眼睛,嗅了嗅。

"嗅嗅那些床上用品。"

"没嗅到什么味道。"

"问题就出在没有什么味道。"

"是啊,按说不应该。"

"你嗅到肥皂味了吗,应该有肥皂的味道,或者消毒水清洁剂什么的,总之就是那种酒店用品应该有的味道,可是它完全没有,你嗅不到它们任何应有的味道。你知道吗兄弟,有时候我的鼻子像警犬一样灵。"

"职业性很强的鼻子。"

"现在可以开灯了。"

"好的。"

灯打开了。俞东杰走到窗前,拉开窗帘。屋内亮起来,窗户旁边的角落里放着一台旧吸尘器,吸尘器旁边是一辆推车,推车里有几捆线织工用手套,其中一捆解开了,有几只手套散落在地上。

"地板倒是挺干净,好像刚擦过。"郑志说道。

"你看,这些储物架是可移动的,带脚轮。"俞东杰说。

靠V6号房间墙壁的那排储物架,其中一段稍稍斜出。俞东杰轻轻一拉,那储物架滑了出来。俞东杰看见它后面的墙壁,墙壁上贴着几何纹的浅褐色壁纸,那些壁纸静静地吸附在那里,仿佛在和老俞相望,然而与别处并无不同。老俞顺着壁纸自上而下查看。

这时候,有人咣当一声推开了布草间的门,是程凯,他说,"不用找了,这里有暗门。"俞东杰说,"哦,在哪?"程凯满头大汗,走进来,指了指那面墙说,"用力推一下。"郑志上前推了一把,那道暗门闪开了一道黑咕隆咚的缝隙,是一扇旋转门。

"这是干什么的?"俞东杰问。

"那是我大哥的,我怎么知道他干吗?"程凯说。

"你进去过?"俞东杰问。

"没有,从来没有。"程凯说。

"为什么不早说?"俞东杰问。

"这是我大哥的秘密,他不想让外人知道。"程凯说。

"你可以出去了。"俞东杰说。

"好吧。"程凯用手甩了一把头上的汗水,出去了。

"拿两双手套过来。"俞东杰说。

"好的。"郑志说。

他们戴上手套,把暗门完全推开,小心翼翼地走了进去。暗室里没有铺地板,还是毛坯房的状态,有很多横七竖八的管线。墙壁

171

一侧摆着一大一小两个保险柜。保险柜旁边放着两把椅子，扶手上搭着一条干直的毛巾，脏兮兮的，像是抹布。两椅中间夹着一张小圆桌。小圆桌上孤零零地屹立着一个玫瑰红色的笨重的大保温杯。四面墙壁，没有窗户，光线昏暗，有浓浓的泥尘的气味。借着布草间射进来的光线，他们找到通往 V6 号总统套房的暗门，过了这道暗门就是程前进的卧室和盥洗间，卧室外面是他的办公室，是他做梦都没有想到的横死之地。

俞东杰点上一支烟，看着那些摆满茅台酒的酒柜，吐了一口烟雾，说道："郑志，向专案组报告，调两个技术警过来。"

26

技术警在暗室里一根粗大的电缆线上发现一处血印，是手指触碰留下的，指纹不完整。血液可能是受害人的，指纹有可能是凶手留下的。

第二天，俞东杰到分局参加专案组会议。专案组组长是分局严局长，严局长说："同志们，案情出现了新情况，这桩案子可能比我们想象的复杂。"

"是啊，"分管刑侦的郭副局长说，"幸亏东杰多了个心眼儿，否则不知道贻误战机到什么时候。"

"鬼节那天晚上，嫌疑人投案自首，让我们降低了警觉，都以为案子即发即破了呢，导致掉以轻心，没有搜查彻底，我向专案组做检讨。"刑侦大队越大队长说。

"不过……"严局长端起茶杯，喝了口水，说道，"市局杨局长专门跟我交代，建元国际是我市优秀民营企业，该怎么查怎么查，但是尽量降低社会影响，别搞太大动静。"

"杨局长什么意思？"俞东杰道。

"出于大局考虑吧。"严局长说。

"是啊,顾大局,老杨非常顾大局……"俞东杰说。

"好吧,说说案子,东杰,你先说。"严局长道。

"血印的鉴定结果出来没?"俞东杰问。

"血液是受害人的,指纹鉴定结果还没出来。"严局长说。

"密室是被我们忽略的现场,在我们忽略的这几天,也许密室已经被处理过几次了,现在我们无法确定案发时,密室是不是已经有人,无法确定那枚血印为什么出现在密室里。但是知道密室存在的人不会很多,极有可能是跟程前进关系最亲密的人,比如他弟弟程凯就是一个,所以我建议,立即对建元国际酒店的核心人员展开调查。"

"我看有必要。"郭副局长说。

"我认为暂缓妥当一些,等指纹鉴定结果出来,反正就那几个人,也跑不了,更有针对性地行动。"越大队长说。

"我们需不需要对案件重新定性?这是我们接下来怎么采取行动的前提。我认为我们之前认定的仇杀已经站不住脚了。"俞东杰说。

"仇杀的定性,现在看肯定是有问题的,可如果不是仇杀那又是一起什么案子呢。"越大队长说。

"受害人弄那间密室干什么,这有必要搞清楚。"郭副局长说。

"这个程前进……"严局长有点困惑,"保险柜里怎么会什么也没有呢。"

"显然被处理过了。"郭副局长说道。

"还有什么情况吗?"严局长望着俞东杰。

"案发那天,在监控室值班的那个朱一奎不见了。"俞东杰说。

"监控录像提取过了吗不是。"越大队长说。

"我们当时提取的只是 V6 号房间那片区域的监控录像,昨天我本想看看更多的录像资料,但是找不到他们的技术员,朱一奎案发第三天就去了云南,打手机无法接通。"俞东杰说。

"如果确有需要,我们可以再派专人调取。"郭副局长说。

"我也是这么想的,问题是案发当天的监控录像已经被朱一奎删除了。"俞东杰说。

"案发当天的监控录像我们已经固定得相当完整了,就是不删除也没什么价值,这方面意义不大,我认为。"越大队长说。

"不过,东杰说的这个朱一奎的确有点可疑,不妨查一查。"郭副局长说。

"查查,不要遗漏任何疑点。"严局长说。

"可以,"越大队长对俞东杰说,"俞哥,您看需要怎么配合您,我全力以赴。"

"谢谢越大队长。"俞东杰说道。

会议进行了半个多小时,散会之后,俞东杰匆匆下了分局大楼。郑志在警车上等他。他上了警车,又下来。他让郑志去支队技术室瞅瞅,看看那帮技术控们什么时候才能搞定那枚不完整的指纹。他打算去找找鲍奎,他觉着鲍奎也许没有去云南,具体在哪他不知道,但是有一个人可能知道。他上了自己那辆二手高尔夫汽车,十五年的旧车,开起来依然很溜,唯一的毛病就是"咳喘",打第一把火发动机上气不接下气地"喘动",打第二把火才能启动,冬季需要打第三把。单位的专职司机说电瓶老化,俞东杰认为是启动机的问题。下回换个新的启动机,他已经提醒自己好几次了。

过了火车站,进入铁东区,很快来到金雀路。他把车停在离钱柜会所较远的地方,然后步行来到钱柜会所门前。门把手右上方那个推三阻四的"推"字不见了,也许被哪个醉汉蹭掉了,现在只剩门把手左上方那个东拉西扯的"拉"字。俞东杰正准备拉门进去的时候,门从里面被推开了,差点撞到他。几个眼圈乌黑的家伙从里面走出来，有的喜得合不拢嘴，有的骂昨天夜里手气臭得像屎。俞东杰撤到一边，取下墨镜跟他们说，"对不起，挡各位大哥的道了。"领头的家伙歪歪头，翻翻眼，看看老俞，分明地说道，"你谁啊。"然后他们朝一个早餐店走去了。

俞东杰走进会所，吧台的时钟指向这个上午的十点一刻。一个身材苗条的前厅经理正指挥两个员工打扫卫生。"把窗户全都打开，排气扇也打开，难闻死了。"前厅经理怒气冲冲地说。俞东杰闻到一股喷饭的味道。前厅经理继续发火，"下回是谁他娘的吐的，让他自己打包带走。"她的愤怒所展现的彪悍跟她娉婷的身段、甜美的脸庞极不相符。

"最好让他装自己裤兜里带走。"俞东杰说。

"对，就让他装裤兜里。"她抬头看看老俞，她觉着这个人帮她解了恨，火气消了些，问道，"你是哪位，有什么事吗？"

"我姓俞，叫我老俞就好，我是乐乐哥的小弟，我有件很重要的事情向他报告。"俞东杰把墨镜装进上衣袋里。

"一点都不像。"

"说明你很有眼光。"

"需要我打个电话吗。"

"我看很有必要。"

"到楼上吧，这儿气味不老好。"

"谢谢。"

前厅经理引着他到了四楼，四楼有一大间台球厅，楼梯口旁边是一间卧室，穿过台球大厅是一个露天大阳台，阳台上有雅座。

"您坐这稍等。"

"乐乐哥不在店里啊？"

"就在那间卧室里。"前厅经理指了指，开始打手机。

"敲门是不是更省事儿？"

"他不许任何人敲他的门,特别是卧室的门。"

"对,做亏心事的人都那样。"

前厅经理冲俞东杰一笑,然后走到台球厅的尽头去了,电话接通,她咕咕哝哝说了一会儿。卧室的门咯吱一声打开了,彭乐乐走出来,打哈欠时嘴巴张得几乎掀翻过去,伸着懒腰,头发睡得像一撮狗尾草。

"上午好,乐乐哥。"俞东杰说。

"俞队长,是您啊,怎么不提前说一声,你看我还没起床哩。"彭乐乐惭愧地笑着,揉着眼睛。

"开赌场了听说。"

"没没,几个哥们儿玩呢。"

"废话不说了,"俞东杰说,"找个人,鲍奎在哪儿?"

"我不知道啊,他早就不跟我了,跟七少混呢。"

"找找,给你个表现的机会。"

"俞队您找他干吗,他就一傻逼。"

"别废话,让你找你就找。"

"我试试吧,我倒是有鲍奎的手机号。"彭乐乐拿出手机,给鲍奎打手机,手机无法接通,彭乐乐说,"鲍奎是不是出什么事儿啦?"

"有他的微信吗?"

"微信没有。"

"想想其他办法。"

"我有个兄弟跟鲍奎不错,我让他试试。"

"那就赶快联系。"

"放心吧俞队,我尽最大努力。"彭乐乐拿出手机。

"你对程前进的死有什么看法?"

"邓光不是投案自首了吗?"彭乐乐开始打电话。

"假如不是他干的呢?"

"那还会有谁?"彭乐乐的电话还没打通。

"鲍奎是不是喜欢玩电脑什么的?"

"那家伙虽然笨,对电脑倒是很在行,自己会组装,会维修。"

"喂你妈的头!你没存我的手机号呀。"彭乐乐终于打通了电话,"赶快给我办一件事儿,找找鲍奎……"

"注意保密。"俞东杰一边说。

彭乐乐点点头。

这个钟点,冬日的阳光被会所前面的高层楼群遮挡了一部分,露天阳台上一半是光亮,一半是阴影。

"安排好了俞队。"彭乐乐挂了电话。

"一有消息立刻报告。"

"肯定的。"

"别再让我发现在你这里有聚众赌博的现象。"

"绝对不会了,我懂得,现在是法治社会。"

"你还知道法治社会,说明你不笨。"

"谢谢俞队鼓励。"

彭乐乐一下子打起了精神,俞东杰离开时睡意在他脸上已经完全消失了。

下午还没到上班的时间,郑志给俞东杰打手机,那枚不完整的指纹有了结果,百分之八十与林晶晶的指纹吻合。在所有被比对的样本当中,林晶晶的吻合度最高。

"我怀疑程前进等的那个人就是她,她才是凶手。"郑志说。

"她有作案时间吗?"俞东杰问。

"林晶晶报警后,我们的人十七分钟后赶到现场,在那十七分钟里,林晶晶是在现场的,她在现场都干了什么,十七分钟里,至少有五分钟是她自己一个人,而那五分钟可以完成不止十一刀。"

"她能干净利落地完成那十一刀吗?"

"别小看女人。"

"也许我真的小看她了。"

"接下来我们怎么办?"

"去抓她。"俞东杰说,"你在哪儿?"

"我在分局。"

"我马上到。"

郑志在分局门口等了一会儿,俞东杰开着他那辆二手高尔夫过来了。下了车,俞东杰说:"我们开警车过去。"郑志说:"要不要向严局长报告一下。"俞东杰指着自己的鼻子对郑志说:"你向我报告就够了。"二人跳上警车,一溜烟出了分局。

"我们去哪儿,建元国际酒店?"

"这个时候她应该在家。"

"上次在建元国际酒店机房,她的表现很不正常。"

"那时还没有证据指向她。"

"如果那枚指纹确定是她的,至少说明她跟死者发生过接触。"

"关键是那枚指纹为什么出现在密室里。"

"她和程前进之间是否存在利益关系?"

"有传言说林晶晶是程前进养的小老婆。"

"这种关系很容易发生反转,如果确实存在这种关系的话,动机就不难解释了。"

"我还是觉着时间太短了。"俞东杰说,"案发那天,刑警队询问她报警情况时,她说她看见程前进倒在血泊里,然后就喊人过来帮忙。监控显示,过了几分钟有几个员工匆匆赶来,进了现场。就是说她单独在现场的时间只有几分钟——杀人,去密室,处理现场,她做得到吗?"

"别忘了，那时程前进已经受了伤。"

他们到了建业花园小区门口，拐弯进了小区。

他们把车停在九号楼一单元门前，匆匆下车，上楼，敲门。房间里没有任何反应。郑志又敲了几下。俞东杰说，"别敲了，不在家。"郑志说，"不会真的逃之夭夭了吧？"俞东杰说："我打个电话试试。"他拨打了林晶晶的手机号，对方显示关机。郑志说："询问笔录里她留有一个固定电话，公文包在车上。"俞东杰说："打个试试。"他们匆匆下楼。郑志打开公文包，拿出卷宗。俞东杰端着手机，让郑志念电话号。电话拨通，对方说："您好，建元国际，请问有什么可以帮您？"俞东杰说："林晶晶在吗？"对方犹豫了一下说："这里是前台，您可以联系她本人。"俞东杰说："请问她在酒店吗？"对方说："不好意思，我不清楚。"俞东杰说："打扰了，谢谢。"然后挂了电话。

"怎么办？"郑志问。

"去建元国际看看。"俞东杰说。

他们驱车赶到建元国际酒店，接待他们的仍然是程凯。他的头发打了定型水，油光发亮，那股疯狂的傲慢铺满面孔。

"你好俞警官，欢迎大驾光临。"程凯伸出手。

"你好程副总。"俞东杰打量着程凯，双手插在裤兜里，没有握手的意思。

"到程副总的办公室谈吧。"徐领班说。

"不必了，谢谢。"郑志说。

"鲍奎有消息了没有？"俞东杰问。

"联系不上，我也在找他。再联系不上，我扣发他的工资。如果一直联系不上我就把他开除咯。"程凯说。

"林晶晶呢？"俞东杰问。

"你找她呀，你给她打电话呀，我也在找她呢，现在餐饮部乱

179

得像一窝蜂，没了林经理，建元国际酒店快关门啦。"程凯说。

"她去哪了？"俞东杰问。

"对啊，她去哪了？老徐，俞警官问你呢。"程凯说。

"她昨天跟二哥请假，说她未婚夫这几天没人照顾，她需要待在家里。"徐领班说。

"她未婚夫现在什么状况？"俞东杰问。

"刚抢救过来那会儿，医生说可能成为植物人，不过后来能说话了，但是一直躺着，情况还行，反正死不了。"徐领班说，"你们找她干吗，是不是她犯什么事儿了？"

"你好像很希望她犯事。"俞东杰问。

"对啊，老徐，你也太没良心了，林经理出事你好扶正是吧？"程凯说。

"我们走。"俞东杰对郑志说。

"老徐，送送俞警官，小心以后找你麻烦。"程凯说。

俞东杰和郑志转身离开。徐领班送他们到大厅门口，说道："俞警官，你们慢走，有什么需要随时给我打电话。"

他们出了大厅，上了车，郑志发动汽车。

"她会去哪儿呢？"

"她未婚夫家。"

"有可能。"

"徐领班说她未婚夫一直躺着，她应该没有走远。"

"希望是这样。"

"知道她未婚夫家在哪儿吗？"

"我问问老沈。"俞东杰掏出手机。

他们找到林晶晶的未婚夫薛医生家时，已经是下午五点多，薛医生的妈妈告诉他们，林晶晶昨天下午来过一次，她说带我儿子去深圳做康复性治疗，然后他们俩就走了。

俞东杰没想到林晶晶跑这么快。他们回到刑侦支队，顾不上吃饭，立刻申请对林晶晶的身份信息实施追踪。办完审批手续，快八点了，他们去一家叫"小龙坎"的四川火锅店吃加班饭。一楼二楼顾客满满，热气腾腾。他们在三楼一个四人台坐下，要了鸳鸯锅底，两份羊肉、一份鸭血以及鱼丸和土豆片。

　　锅底上来，电磁炉打开。很快，火锅滚了，他们开始涮羊肉，蒸腾的香气弥漫在二人中间。羊肉熟了，他们把羊肉捞到碟里，蘸了海鲜汁送进嘴里。俞东杰一边嚼一边赞不绝口。九点刚过，俞东杰的手机响了，老俞以为是阿梅打来的，通常这个时候阿梅会打电话问他何时回家。事实上这只是俞东杰的错觉，阿梅已经有一段时间不关心他晚上何时回家了。电话是支队打来的，值夜班的同事告诉他，林晶晶买了凌晨两点五十分蚌城至深圳的火车票。俞东杰立刻向分局严局长报告，严局长安排两组便衣巡警去蚌城火车站蹲守。他和郑志也很快抵达那里。

27

　　"我们什么时候回来？"老薛问。

　　他躺在床上像个大个头的孩子望着她。他不知道什么时候回来，也不知道为什么去。她走到窗前，看了一眼外面的夜色，把窗帘拉上。

　　"等治好你的伤……"她想了想说，"治好你的伤咱们就回来。"

　　"我是医生，我知道……"老薛说。

　　她看见门后晃动的防盗链，她走过去把它插进链扣里，顺手又摸摸房门锁，她确定反锁好了。

　　"我的伤除了慢慢养，没有什么康复性治疗的办法。"老薛说。

　　她打开行李箱，拿出一个橘子，然后再把行李箱锁好。

"晶晶，不管发生了什么事儿，我都愿意跟你在一起。如果我没有出事，你想去哪儿，我都会带你去，可我现在……"

"别说话，你今天累了。"她坐在他身边，开始剥橘子。

"可我现在这个样子……"

"你现在的样子让我很放心。"她笑了笑，把剥好的橘子送到他嘴里。

"晶晶，"他用双手捧住她的手，"如果你离开我，我不会有半句怨言的。"

"不许再提这件事，否则我要生气了。"她嗔怪道。

吃完橘子，她问他是否想小便一下。他说不想。她给他盖好被子。她说："我们睡一会儿，两点去火车站。"

她定好手机闹钟，和衣而卧，熄了灯。黑暗浸透了房间。没有睡眠灯，只有窗帘上洇着一层街灯的尘雾似的光芒。那层光芒昏暗，沉静，冷漠，没有一丝温情。这家宾馆很旧，是那种典型的车站宾馆，房间里有明显的异味，数不尽的匆匆过客留下的异味。现在她也成了这里的过客，蚌城的过客。

老薛说了句"我瞌睡了晶晶"，然后他就睡着了。他保住了命，但还很虚弱。他爱她，他不在乎她有过什么样的过去，他只在乎她本身。他是个体贴的男人，学历高，收入高，而且很"花痴"。他是个好男人，也是个好医生，是他治好了她。她也会把他治好，就算治不好，就算他一生只能坐在轮椅上，她也会陪他，跟他相依为命，跟他长相厮守。这是蚌城给她的唯一礼物，她要把他带走。从此她与蚌城再也没有关系。她听见他的鼻息，他彻底睡着了，留她一个人醒着。她感到孤独，她有点害怕。她要走了，再过三个多小时她就要走了，命运就这么着放她走了。也许她该说声谢谢。

她想起父亲，邓光已经自首，父亲可以安息了，终于可以安息了。

她想起母亲，她无法原谅父亲尸骨未寒她就改嫁，她无法面对继父那对不怀好意的眼睛。从她读高中开始，母女俩越来越疏远，直到不相往来。老薛一直想见见妈妈，她一直拖着。然而此刻她觉着这一切都不重要了。如果情况没那么紧急的话，也许她会给她打个电话，也许她会去看看她，跟她和解，告诉她她要结婚了。

她想起程前进，想起人们用那样的眼神看她。生命中仿佛有一对无形的双引号像夹具一样禁锢着她，标注着她，羞辱着她。从程前进第一次引诱她到她情愿被他占有，他只是玩弄她，他只是榨取她的身体。那时她太天真，她太想依赖他。那是他的罪恶，也是她的罪孽。现在他死了，她不会同情他，也不会恨他。

她想起徐姐，想起她的刻薄与恶毒。现在她可以上位了，她们之间的恩怨终于可以一笔勾销了吧。

她昏昏沉沉睡了那么一会儿，许多人和事涌现在她的脑海。她分不清是梦境还是回忆。随后闹钟惊醒了她。她站起身，拉开窗帘，蚌城宾馆与火车站隔着一条街，她能看见火车站的一角。

她叫醒老薛，然后打开灯，帮他穿好衣服，把他扶到轮椅上，弄了条热毛巾给他。薛大夫没有完全睡醒，还有点迷糊，慢吞吞地擦了把脸，问她几点了。她说快两点了。他说他想小便一下，她把便壶给他，等他方便完再拿到卫生间倒掉。她觉着像照料孩子，好比她在当妈妈。当然他比婴孩省心多了，如果需要蹲厕所，只要把他扶到马桶上就行了。虽然累点，但让她感到踏实。她到洗手间洗了把脸，简单梳梳头发，戴上口罩。

她又看了一遍房间，确定没有落下什么东西。

她打开门，一手推着薛大夫，一手拉着行李箱，进入空无一人的走廊。指示键显示，电梯静候在一楼，她摁了摁，很快电梯上来了，她推着他走进电梯。到了一楼，她没有办退房，也没有去吧台退押金，直接出了宾馆。大街上冷冷清清，灯火阑珊，偶尔有出租车呼啸而过。他们沿着人行道行至十字路口，夜风吹开了薛大夫的围巾，她给他再次围好。等绿灯亮起来，他们穿过斑马线，向四百米外的火车站走去。

老薛坐在轮椅上，那把轮椅是他的载体；她推着老薛，那把轮椅也成为她的寄托。每走一步她都能感受到轮椅把手的坚实，感受到老薛的重量。每走一步她都能感到她不是一个人在前进，是他们一起在前进。恍惚之间她觉着她不是在推着轮椅向前走，而是轮椅反过来给她一种拉力，带动她前进。

他们朝着候车大厅方向走。他们正在经过广场。她的担心与恐慌渐渐变成欣慰。她激动不已。下一分钟他们就将抵达安检门，她将向安检员出示她和老薛的身份证以及旅程的车票，她会将她的行李箱和挂在行李箱上的两个包裹放到安检仪的传送带上，她将推着薛大夫安全通过那里；再下一分钟她便离开蚌城，抛却曾经的一切，开启全新的生活。

她即将行至安检通道，她回头望了望身后的广场，夜色朦胧的蚌城，她内心的欣喜一瞬间转成怆伤，转成始料不及的眷恋。她想起她的童年，想起她在那个混凝土圆筒里爸爸伸头进来叫醒她，想起她的宠物狗——它在邻居家里，它一定守在门口等她回来。她想起与西塘埂有关的点点滴滴。蚌城，她即将避之千里的蚌城，有她的亲人，有她的妈妈，有她的兄弟姐妹。她忽然想给妈妈打个电话，给妹妹打也行。她想大声呼喊妈妈，呼喊父亲，呼喊妹妹。然而她知道她不能，她必须尽快通过那里。她趴在老薛肩上，在他耳边喃喃地说道，我们要走了，我们要走了……她的泪水流到老薛耳鬓，流到他的围巾上。就在这时候一群人围了上来，领头的是俞警官。她感到恐慌，感到一股强大的敌意宿命般地席卷上来。

"我们这个钟点在这儿碰面，林经理，你不会觉得是巧合吧？"俞警官说。

"什么意思?"她冷冰冰地说,她的颤抖和内心的恐惧一下子冻结了。

"别浪费时间,这里真的很冷。"俞东杰说。

"我需要出行,请让开。"她说。

"别让我们动手,乖乖跟我们回去。"俞警官看看薛医生,"你好薛医生。"

"你们干吗,我需要异地就医,你们这是,这是……"薛医生哆嗦着说。

"为什么要跟我过不去?"她感到不幸。

"我们只是干这行的,没有谁跟你们过不去。"俞警官说。

"欺软怕硬,你们凭什么抓我,我欠你们什么吗?"她说。

"我们在密室发现了指纹,我怀疑是你的。"俞警官说。

"那不是我的,那是别人的。"她以一种明显抵赖的语气说道。

"请你配合。"俞警官说。

"也许那是以前留下的,我承认我以前去过那间密室。"她想讨饶,如果他们放她一马,她会感恩一辈子。

"你必须跟我们走。"俞警官开始不客气了。

"我不会回去,我死也不会回去。"她心中那种不幸的感觉化作刻骨的恨。

"晶晶,你别害怕,他们不会不讲理的,他们要求回去,咱们先回去,事情总会弄清楚的,你别怕……"薛医生坐在轮椅上,紧紧握住她的手,努力着站起来,一连失败了几次。

"不,他们不会讲理的,他们是一帮无赖,欺软怕硬的无赖,他们跟他们沆瀣一气……"她哭着,大声跟老薛解释,她想让他明白她不能回去,她想用她的经历告诉他那个世界有多肮脏,她想让他坚定地支持她,跟她一起反抗,突出重围。

有两个女警上来从两边夹住她,架起她的双臂,想强行带她走。她抓住轮椅不放,老薛抓住她不放。老薛说:"你们不要吓她,不要,我跟你们走好吗,求求你们,放开她……"

她们终于把她和轮椅分开了,她们搜了她的身。他们打开了那个行李箱,除了衣服日用品,什么也没有。

"你们凭什么碰我的东西?"她说。

他们把薛医生扶到车上。一名老巡警拿起那把轮椅准备放到后备厢,但他发现了异常,他反复掂量那把轮椅,似乎不该那么重,轮椅座面垫了几层厚棉垫。

"你们不能碰我的东西。"她喊道。

老巡警揭掉棉垫,座椅里什么也没有。他敲了敲座面,有某种坚硬的东西硌到手指。他把轮椅翻过来。他发现八根金条。

"不,不要碰我的东西,你们不能碰它,那是我的,那是属于我的……"她难以置信地哭喊着,哭喊着她用她最美好的青春换来的那八根金条。

冬风裹挟着午夜两点的森寒,卷起她的大衣,卷着她的头发,也卷着她的哭喊。那歇斯底里的声音在蚌城的冬夜、在蚌城火车站空旷的广场上回荡出悲哀与绝望。

林晶晶被带到分局的时候,情绪失控,什么都不说。那两名女警怕她出什么意外,一眼不眨地守着她,直到第二天上午八点多,林晶晶平静下来,也许太困,趴在审讯桌上睡着了,将近一个小时才缓缓抬起头来。她们给她一份早餐,她一点没吃。俞东杰问她愿不愿意跟他谈谈。她问俞东杰薛医生在哪儿。郑志把薛医生推过来。薛医生说:"晶晶,我很好,他们对我很照顾,我听他们说你不吃饭,我都担心死了。"林晶晶说:"你会不会不再喜欢我?"

薛医生说,"我都这样了你都不嫌弃我,如果我嫌弃你我还是人吗,不管发生了什么,我永远喜欢你,永远要你好好的。"

林晶晶笑了笑，摸着薛医生的头说："不愧是老铁，你知道吗，老薛，有时候我觉着你就是我爸。"

俞东杰说："现在你放心了吧。"

薛医生说："如果你犯了错，就跟他们说，不用害怕，等我的伤养好了就去考研究生，我养你一辈子。"

林晶晶说："不许骗我。"

薛医生点点头。俞东杰说："薛医生，等你考上研究生，别忘了请客。"薛医生说一定。郑志推着薛医生出去了。俞东杰说："林晶晶，现在你可以说了。"

"我会不会坐牢。"林晶晶说。

"现在还不清楚。"俞东杰说。

"有什么好说的？"林晶晶淡淡地说道，"鬼节那天晚上，我去找程前进要钱，结果发现他死了，我就拿走了属于我的东西。"

"你那是盗窃。"

"不管是什么，就算是抢劫我也要拿，因为他死了，只有他知道他欠我多少，只有他知道我付出了多少，可是他死了，我要是不拿，永远都没机会了。"

"你为什么找程前进要钱？"

"因为我未婚夫出了事故，就医需要花很多钱，我跟他要了多次，每次只给一点点，我把他看透了，他根本不打算给我，他只想拴住我，利用我，继续压榨我，"林晶晶说，"我已经被他榨干了，我的人生已所剩无几，我不干了，他必须放我走，我在那个地方受够了，我想过自己的生活。"

"他让你去房间找他的？"

"那天我跟他把话说得很重，相当于最后通牒，我告诉他今晚是最后一晚，如果今晚我拿不到钱，就把他告上法庭。"

"你告发他什么？"

"他强奸我,他贩毒,他让我染上毒瘾,这还不够吗?"

"他怎么说?"

"他说他在外面办事,让我等他的电话,不要冲动。"林晶晶说,"你那天给我打电话,让我看看他有没有事,就在你打电话之后不久,他回酒店了,给我发了一条信息,让我七点左右去他办公室。我安排好餐饮部的事,七点钟多一点我到 V6 号房间,发现他已经完蛋了。"

"再描述一下你当时看到的场景。"

"我走到门口,门虚掩着,一股血腥味从门缝里逸出来,我感到有点不适,我推开门,看到满屋是血,他倒在沙发边上,我不知道他是死是活,我不知道发生了什么事,我感到天旋地转,我很害怕,我第一时间想到的是报警,然后就想起你,赶紧给你打电话。"

"在你报警时,有没有其他的酒店工作人员发现?"

"当时是晚餐时段,那会儿住宿部没几个人,特别是二十二层,是贵宾层,只有程总允许的人员才能在那里服务。"

"你报警之后,是怎么确认程前进已经死亡的?"

"我当时就想,如果他死了我的钱怎么办,找谁要去,我壮着胆子凑近看他,他身上很多血,一只眼睛被血浆粘住,一只眼睛半开着,全是白眼珠,一动不动。我心想,天哪,他真的死了,我并不震惊他被杀,我觉着他早晚有一天会被杀,但是那种场面真的很吓人。"

"你确定他死了?"

"是的,我确定他死了,除了恐惧,他的死让我意识到自己的危机,我告诉自己我必须拿到钱,我绕到办公桌,打开右下方那个抽屉,我找到了两根金条,可那远远不够。"

"于是你就去了密室?"

"是的。"

"你是怎么进入密室的？"

"我看见他那个黑色的钥匙包掉在地板上，沾了一点血，我知道保险柜的钥匙就在包里，我捡起来，走到卧室，进了密室。"

"你打开的是哪个保险柜？"

"是那个大的。"

"那个小一号的保险柜呢？"

"我没有动。"

"你拿了金条，把它们藏在了哪里？"

"插在我腰带里。"

"除了拿金条，有没有拿其他东西，比如现钞？"

"没有，我没有拿现金，我就拿了金条，那是他欠我的。"

"保险柜里的现金呢？"

"我没动，我一分也没动，我没有那么多时间，我当时很慌。"

"保险柜里除了金条和钞票，还有什么？"

"应该有'龙珠'，我记得有几盒龙珠。"

"龙珠是什么？"

"应该是海洛因什么的，总之是毒品，我以前接触过，就像佛珠那样的檀木珠，比乒乓球小，可以拧开两半，里面有个小袋，装有白色粉末，也有蓝色的。"

"龙珠从哪里来的，你清楚吗？"

"我不清楚，我只见过一回。"

"程前进给你的？"

"是的。"

"你走的时候那些东西都在？"

"是的。"

"你是否做了反侦查处理？"

"我记得我用袖子擦了我摸过的地方，我不确定是否有效，所以当你们发现密室的时候我就逃跑了。"

"拿了金条之后呢？"

"我把门关好，把钥匙放回原处，然后喊人过来帮忙。"

"你没有杀他？"

"我没有杀他，我怎么会杀他，我恨他不假，但我哪有那个胆子杀他。"

"再次确认一下，你看见他时他是否已经死亡？"

"已经死亡，我确定我看见的是一具尸体。"

"你认为是谁杀了他？"

"不是邓光吗，他不是都投案了吗，难道还有其他人吗？"

"好吧，你最好吃点东西，别让薛医生担心你。"俞东杰站起来，"我待会儿让他们来给你做笔录。"

28

彭乐乐联系上了鲍奎，他告诉鲍奎是俞队长找他。鲍奎说他认识俞警官，他相信俞警官是个好警察。他要了俞东杰的手机号码。彭乐乐挂了鲍奎的电话，第一时间向俞东杰报告情况。他还跟俞东杰开了个玩笑，他以为他的这件功劳可以让劣迹斑斑的他在一名警界老手面前多少放松一下。

那个陌生的手机号是在给林晶晶做完讯问笔录之后打进来的。俞东杰从审讯室出来，一边接通手机，一边走向自己那辆二手高尔夫汽车。

"您是，俞队长吗？"对方说话听起来充满顾虑。

"我是。"俞东杰说。

"您知道乐乐哥吗？"

"他刚给我通话不久。"

"您知道他在哪儿吗？"

"他在钱柜会所。"俞东杰打开高尔夫车门，坐进车里。

"您和他很熟吗？"

"一般。"

"好吧，俞队长，我是朱一奎。"

"你是不是被程凯打掉牙的那位？"

"是的俞队长，是我。"

"你在哪儿？"

"您确定是俞东杰队长吗？"

"是的。"

"你是不是从来没有收过程总的'信封'？"

"从没见过。"

"好吧，我相信你。"鲍奎说，"七少想杀我，他已经疯了。"

"他为什么要杀你？"

"程总出事第三天，七少让我把近几天的监控录像删除，我说删除可能会毁灭什么证据，要是警察再来查看怎么办，他把我骂一顿，我只好删除了。"

"全删除了？"

"我怀疑这里面有问题，我偷偷做了备份。"

"备份在哪？"

"就在酒店机房里，他们不懂，只有我知道。"

"为什么要告诉警方这些？"

"七少要杀我灭口，一开始他让我去云南的公司，不许回来，我没有去，就在蚌城躲着，昨天他要杀我，我逃跑了。"

"删除的监控录像里到底有什么东西？"

"信息量太大，我也不清楚。"

"云南的什么公司？"

"好像是建材进出口公司，跟缅甸人做生意。"

"与走私毒品有关？"

"我不知道。"

"程凯吸毒吗？"

"应该吸。"

"他是不是有什么病？"

"听说他精神有问题，程总不让乱说。"

"程前进贩毒的事你了解多少？"

"这些我真不知道，他们的机密不可能让我知道，您说是不是？"

"你在哪里？"

"俞队长，你要亲自来接我，其他人我不相信。"

"去哪儿？"

"你到老街口给我打电话。"

"好的，二十分钟后联系。"

俞东杰挂了电话，给严局长打手机汇报情况，请求派一组警力去建元国际酒店拘传程凯。严局长同意立即行动。

第一组抓捕程凯的警力扑了个空，程凯已经不知去向。下午三点多，俞东杰带着朱一奎再次去建元国际酒店搜查。他和郑志一辆车，朱一奎在另一辆车上，被两名警员保护着。出了分局，郑志说："林晶晶是不是可以排除了？"

"暂时还不能。"俞东杰说。

"怎么处理，刑拘？"郑志问。

"法制室建议先行政拘留，视案情发展，随时变更强制措施。"

"这样比较稳妥。"

郑志说着摁了一下车载 CD 机的播放键，还是那张英文唱片，一曲播罢，那首 *Blowing in the Wind* 又响起来。

"这首上回好像听过，比头一回听好多了。"俞东杰说。

"越听越有感觉，有人预言鲍勃·迪伦会得诺贝尔文学奖。"郑志说。

"才怪。"俞东杰说。

他们到了建元国际酒店，大门紧闭，LED 屏上打出"歇业装修，敬请期待"的字样。他们把车停在门口，下了车。大门岗亭里有一名保安，郑志敲了敲玻璃窗，亮出警官证，那名保安点点头，摁下遥控器，折叠大门吱吱吱开了一米多宽停下了。他们俩走进去，大门随即吱吱吱关闭。院子中央小桥流水的假山，假山依旧，流水不再；大厅门口的对节白蜡，树叶上染了一层灰尘。短短几天，酒店已不复往日的风光。

大厅里站着几排员工，衣装并不统一，像是新招聘来的。徐领班正在给她们上课，瞟见俞东杰进来，跟员工们说："你们先把册子上的东西熟悉熟悉，待会儿我过来提问。"然后便迎了上来。

"你们好，俞警官，欢迎再次光临。"徐领班说。

"现在该叫你徐经理咯。"俞东杰看着她的胸牌说。

"刚刚让我负责这块儿，公司这些天——唉，您不是不知道，出了一连串的事儿，我呀，也是强撑。"徐经理打扮得比前几日好看，妆化得相当协调，眉目之间多了几分自信和优雅。

"恭喜升职。"俞东杰说。

"谢谢，托您的福。"徐经理满面春风，建元国际酒店的危机成了她人生的机遇。

"程凯跑哪去了？"俞东杰问。

"这个问题您可难着我了，他是副总，他去哪儿怎么会跟我说呢。"徐经理说。

"也是。"俞东杰说，"好吧，我们想看看你们七少的房间，他平时在哪儿办公，住在哪儿？"

"七少到底哪儿得罪你们了呢？"

"七少在哪儿办公？"

"不管他怎么样，截止到现在他仍然是我的上司，程总刚刚出事，葬礼都还没办，现在你们又要追杀他亲弟弟，事儿是不是做得太绝了，起码等把程总的事情办完……"

"是让我一间一间挨个搜，还是你带路？"

"您别生气，听我把话说完……"

"我现在没空听你把话说完，"俞东杰道，"不管七少还是八少，现在他是嫌疑人，你有义务协助警方调查，懂吗——带路。"

"好吧好吧，俞警官，您真是脾气大，我带路还不行吗，我做错什么了随您处置还不行吗，消消气，消消气，事实上这件事一定有误会，总有人临死也要拉个陪葬的，这种人恩将仇报，吃里爬外，一点脸皮都不顾，当然我这么说，您可能又不爱听了……"

徐经理一边带路一边说，嘴唇丝毫没有懈怠的意思。那张嘴滔滔不绝，源源不断，有洪水一样的凶猛，有机枪一样的火力。那张嘴说话的效率绝不辜负从她口齿之间流走的一分一秒。有那么一会儿俞东杰感到头皮发麻。

程凯的办公室在八楼，房间里没有程前进的办公室装修豪华，但是很宽敞。对着门口的是休闲区，一张实木茶几，四面围着黑色真皮矮沙发，茶几上摆放着紫砂壶、青瓷茶盅等茶具；中间区域是一张长方形商务会议桌，会议桌两边座椅摆放整齐；最里面是领导单独办公区，一张豪华办公桌，一张咖啡色真皮旋转老板椅，背景墙上是一大幅八骏图国画。整个屋子干净整洁，有种一尘不染的冷清。三面落地窗对着大厦中心的天井，屋内常年不得阳光，显得十分阴暗。打开室内灯，有种入夜的感觉。

"这家伙屋里会不会也安装了窃听器。"俞东杰四下打量着办公室。

"他装那玩意儿干吗?"郑志走到会议桌前。

"不知道,反正没什么好事。我之前在程前进办公室当场找出一个窃听器,在沙发下面。"

"你怎么知道的?"郑志翻看会议桌上的文件夹。

"一个线人告诉我的。"俞东杰坐到茶几侧面的矮沙发上,打开茶几抽屉,里面装满高档香烟和茗茶,"搜查一下他的办公桌,看看都有什么好东西。"

"好的。"郑志一边搜查一边说,"你听,徐经理还在外面说呢,她会不会闯进来。"

"我把门锁上了,那个'超级话筒'一时半会儿进不来。"

"真是超级话筒。"郑志说,"抽屉里好像没什么,都是一些文件资料。"

"是些什么文件资料?"

"我看看,"郑志说,"这些资料都是空白的,一个字都没有。"

"看来都是摆设。"

"笔筒里有一盒药,"郑志随手拿起那个绿色药盒,"药盒也是空的。"

"是什么药?"

"好像都是英文。"

"你不是懂英语吗?"

"我的水平啊,太专业的看不懂。"

"你没有过六级吗?"

"我是普通四级。"郑志说,"边上有一行汉字。"

"什么字?"

"盐酸帕罗西汀。"

"什么?"俞东杰转过身,望着郑志。

195

"盐酸帕罗西汀。"郑志又说一遍。

"他们不会把毒品制成假药进行交易吧。"俞东杰走了过来。

"怎么回事？"郑志说。

"你知道盐酸帕罗西汀的主要成分吗，"俞东杰说，"它的主要成分是氯胺酮，就是我们常说的'K 粉'。"

"可这不像假药盒，应该是原装的。"

"咱们再搜搜看。"

在办公桌左侧，挨着落地窗有一扇门，他们推开门，里面是盥洗室和卧室，和程前进的卧房格局基本相同。俞东杰走进盥洗室，各种日用品摆放有序，洗漱台上放着牙缸、牙刷和刮胡刀。马桶旁边放着一个小手架，上面摆着一叠报纸。一个白色小瓶引起了他的注意，他拿起来，上面依然是英文，只有一行很小的汉字，俞东杰仔细观看，是"氯胺酮喷雾剂"。

"这小子毒瘾不小啊。"

"俞队快过来看。"郑志在卧室喊道。俞东杰走过去，卧室里整整齐齐地摆满了报纸，很难想象这些报纸是这家伙用来阅读的。郑志指着床头柜说："你看俞队，里面有一堆盐酸帕罗西汀。难道他一直在吸毒？"

"还有一种可能。"

"什么可能？"

"他可能患有重度抑郁症。"俞东杰说，"氯胺酮是一种速效抗抑郁药物，可在数小时内缓解抑郁。"

"这东西到底是药还是毒品？"

"用好了就是良药，用不好就是毒品。很多毒品都有双重属性，像氯胺酮，国家药监局将其纳入二类精神药品加以管理，而公安部则将其列入毒品范畴。"

"不过程凯他一点都不像抑郁症患者，抑郁症往往是悲观厌世、闷闷不乐的样子，而他看起来牛皮哄哄的。"

"'K粉'经常出现在娱乐场所，和'摇头丸'差不多，服用后人会随着快节奏音乐强烈扭动，这类药物如果患者服用量加大，会变得兴奋，会引起精神分裂。"俞东杰说，"另外这东西还容易让人产生性冲动，一些不法分子又叫它'迷奸粉'。"

"这种药物服用久了，会上瘾吧。"

"我估计程凯这小子肯定成瘾了。"俞东杰打开柜门，拿出两盒药端详着。

床上的被子叠放整齐，像豆腐块，边角笔直分明。

"被子叠得挺规范的。"郑志说。

"很显然是在监狱里养成的习惯。"俞东杰说。

卧室一侧有个古色古香的实木陈列架，上有中式插花摆件、沙漏摆件、绿萝等物，中间有一个精美相框，相框里没有相片，空空如也。陈列架下面有三个精巧的小抽屉，靠墙的抽屉开了一道缝，复古的铜环仿佛还在幽幽地晃动。郑志随手打开，里面有一个巴掌大小的金属盒。打开金属盒，盒内是塑料巢，四乘六二十四孔。郑志感到非常眼熟。

"俞队，好像是弹匣。"

"什么弹匣？"俞东杰上前观看。

"这小子果然私藏枪支。"俞东杰拿着弹匣说道，"他曾经跟人吹嘘，他从澳门买了一把手枪，有人看见他用那把枪打死一条狗。"

"不像国产手枪，能看出来什么手枪吗？"

"听说是奥地利警用手枪。"俞东杰看看弹匣侧面的子弹型号，"应该是格洛克23式手枪，小巧，便于隐蔽，可以装十三发子弹，适合近距离杀伤。"

"十三发子弹？"

"没错。"

"弹匣是空的。"

"就是说那把格洛克手枪已经满满地上膛了。"

"这小子疯了。"

"朱一奎说的没错,他已经疯了。"

"怎么办?"

"得尽快抓到他,把这个情况反馈到指挥部,通知所有警员。"

他们从程凯的办公室出来,徐经理正准备敲门,她一直在门口喋喋不休。

"发现什么了吗?"徐经理问。

"没发现什么。"郑志说。

"我就说嘛,七少不是你们想象的那种人,你们千万别听旁人瞎掰。"徐经理说。

"他的确不是我们想象的那种人,谢谢你的配合。"俞东杰说。

"不客气,这是我应该做的,今晚你俩别走了,我已经安排好了,请你们在这儿用餐,你们该怎么查怎么查,但是饭总要吃的嘛,永远有干不完的活儿呀……"徐经理说。

"下回吧,这回就免了吧。"俞东杰说。

"俞队呀,您就不要跟我见外了,以后还指望您照顾呢……"徐经理说。

"让他们把朱一奎带上来。"俞东杰说。

"好的。"郑志掏出手机。

"鲍奎回来啦,什么时候回来的,他不是去云南了吗?"徐经理说。

"机房开着门吧。"俞东杰说。

"开着呢,您随时就可以进去的,大门永远为俞警官敞开。"徐经理说。

"好吧,我们去机房看看。"俞东杰说,"你去准备饭吧。"

"好嘞，在这儿用餐就对了嘛，我现在就去安排，保你们满意。"徐经理去了。

不一会儿两个警员带着鲍奎上来了，他们来到机房，那个少不更事的小伙正在墙角查看线路，腰里别着工具钳，地上放着几盘光纤。

"小林？"鲍奎喊道。

"你回来了奎哥。"小林扭头说。

"你先出去吧小林。"

"好吧。"小林放下工具出去了。

"找找备份。"俞东杰说。

"好的，稍等。"鲍奎很快打开了一台服务器，说道，"备份还在。"

"你把那天下午二十二层的监控录像调出来。"

"好的，俞队。"

鲍奎说着开始操作，他的技术很熟练，显然是个老手。很快他把鬼节那天下午四点至八点的监控视频下载下来。俞东杰和郑志再次观看了视频，跟刑警队第一次固定的视频资料一模一样。

"能不能查查具体某个人的视频轨迹？"

"这个有点儿困难，技术上达不到。"

"什么意思？"

"系统不支持人脸识别，而且有几百个摄像头，存量太大，实在没法查。"

"对你来说小菜一碟，肯定有办法。"

"除非手工操作。"

"那你操作一下嘛，查查餐饮部，林晶晶的活动轨迹。"

"好吧。"鲍奎坐下来，开始操作，"查哪个时段的，越具体越好。"

"你们程总出事那天，下午，四点至八点。"

"四点至八点，时间太长了，真的不好弄俞队长。"

"那就先看看五点钟到七点钟的。"

"这也太长。"

"五点半到六点，赶紧查吧。"

"好吧，林经理在三楼餐饮部，餐饮部的摄像头应该是33号至50号，核心机头应该是36号……"鲍奎一边说一边操作。

过了十来分钟，36号机头的视频片段截取下来，用播放器打开，画面呈现出餐饮部的中心区域，有人要酒水，有人找房间，有人在吧台咨询着什么，林晶晶拿一部对讲机在前厅走来走去。鬼节那晚，上客的高峰似乎比往日来得早些，一个小时左右的片长，他们用快放也看了将近半个小时。看完36号视频，鲍奎已经做好了37号视频。一个画面接一个画面，一个场景接一个场景。郑志说，"这是那天的情景吗？"他们越来越感到时光的虚幻，那时、那事、那人、那物，于录影中历历在目，然而落地已不可寻。电子摄像将生活的分分秒秒转换成数据加以保存，再以实录的形式解码打开，就像时光重现，就像在现在的状态中嵌入过去，生生加长了时间似的。一个多小时过去，他们却经历了三个多小时的时间，郑志有些疲倦，老俞似乎看得津津有味。外面夜幕降临。

39号机的视频一打开就引起了老俞的注意。画面里并没有看见林晶晶，他们看见程凯一手拿着手机，一手端着一个高脚杯，从包厢出来，走到垃圾桶旁把酒杯里的酒水倒掉了，像是红酒。随后又把酒杯摔到地上，朝走廊尽头走去。一名服务员立刻上来打扫。程凯在画面里，走到一个黑洞口，拐进去消失了。鲍奎准备点快放，俞东杰说，"先别慌，他去哪儿了？"

"那是消防楼梯入口。"鲍奎说。

"查查他去那儿干吗。"俞东杰说。

"消防梯里没有装监控。"鲍奎说。

"回放一下,看看他进入消防楼梯是什么时间。"

"十八点零八分四十三秒。"鲍奎说。

"别快进,看看他什么时候出来的。"

他们盯着画面,盯着那个黑洞口,过了二十多分钟,仍然不见程凯从消防楼梯里出来。

"他不可能住里面吧。"俞东杰说,"查查那个时段,所有楼层、所有消防楼梯口的监控。"

鲍奎按照监控点示意图,将每层楼消防楼梯口的画面调取出来,又经过一个多小时的查找,他们发现程凯于十八点十六分零五秒,从二十二层消防楼梯口出来,一闪进入了楼梯口对面的洗消间。

"他到洗消间干什么?有电梯不乘,减肥呢还是吃饱了撑的?"郑志说。

"看他什么时间从洗消间出来的。"俞东杰说。

他们盯着那段视频,过了漫长的三十分钟,仍不见程凯从洗消间出来。郑志说,"是不是从其他出口走了。"又过了两分钟,程凯从洗消间出来了,一闪又进了消防楼梯。

"鬼鬼祟祟的。"俞东杰说。

"他出洗消间的时间是十八点五十七分二十九秒。"郑志说,"他在里面待了三十一分钟,搞什么鬼。"

"我们去看看就知道了。"俞东杰说。

鲍奎带路,他们进入消防楼梯,一阶一阶下到二十二层。出了消防楼梯,迎面就是洗消间。这里是走廊拐弯处,处于监控录像的模糊区,视频需要仔细辨认才能看出人脸来。洗消间门锁着,老俞对鲍奎说:"叫你们徐经理过来开门。"鲍奎打了个电话,徐经理上来了。

201

"俞队长，你们真是勤奋，我正说呢，怎么还在工作呢，饭菜都备好了，随时上桌。"徐经理说。

"麻烦你把门开一下。"郑志说。

"你们先下去等着。"俞东杰说。

两名警员带着鲍奎下楼去了。

"好的，没问题。"徐经理说着，用她的万能授权卡得意扬扬地打开门。进入洗消间，屋内空空如也，俞东杰问，"这个洗消间是干吗用的？"

"相当于中转站吧，专门为二十二层贵宾房服务的，二十四小时提供高档酒水、高档水果什么的。"徐经理说。

洗消间最里面有一扇防盗门，郑志推了推，压了压门把手，门锁得死死的。

"这里面怎么有道门，我还是第一次发现。"徐经理说。

"打开。"俞东杰说。

"这扇门是金属钥匙，我没有这门的钥匙，你们如果想进V12号房间，可以从正门的呀。"徐经理说。

"这道门是V12号房间的后门？"

"对呀，原来这些房间是做高档西餐厅用的，后来没弄成。"徐经理说。

他们从洗消间出来，走到V12号房间门口，徐经理再次用她的授权卡打开门，三人进入房间。房间里的大小家具都清理一空，地上散落着搬迁后留下的垃圾，有几处长方块灰尘印提示着那里曾经放有沙发和桌椅。

"这房间应该不经常住人吧。"郑志说。

"这是怎么回事？"俞东杰问。

"准备重新装修，董事会决定把二十二层这些贵宾房改成高级商务会议厅，毕竟程总在这儿出事了嘛，继续作为贵宾部不大合适。"徐经理说,"这些贵宾房原来都是相通的。"

"相通的?"

"是啊,您过来看看就知道了。"徐经理引着他们来到卧室,卧室也被清理一空,床位一侧,一道暗门打开着,徐经理说,"瞧,这里是暗门,他们准备把隔墙全部拆掉。"

他们穿过暗门,进入V10号房间,依然是清理一空,狼藉满地。接着他们进入V8号房间,格局以及搬迁的情景大致相同。他们感觉像老鼠钻十二洞,穿过V8号房间进入V6号房间,程前进的房间里也搬迁一空,一片破败的迹象。俞东杰想起前些日子在此地的情景,除了感慨,还有一种豁然开朗的感觉,仿佛刚刚打开的那些暗门是一道道谜墙,而现在他们已经直通谜底。

"为什么留暗门连通?"郑志问。

"没说吗,这里原来是打算做高档西餐厅的呢,后来改成了总统套房,那些门就留下来了,大概这样的情况,如果需要了解更多,那只有去问高层了。"徐经理说。

"知道了,谢谢。"俞东杰说。

"怎么样,可以开饭了吧我的俞大警官。"徐经理说。

"你们吃吧。"俞东杰说着开始往外走。

"开什么玩笑?"徐经理说。

"我们有点急事儿,骗你是小狗。"俞东杰说,他和郑志已经走到电梯门前。

"六六三十六道菜呀,让我怎么吃啊,你们怎么能这样呢。"徐经理怨声载道。他们俩走进电梯,俞东杰说:"实在对不起徐经理,改天我请你吃海鲜大餐。"俞东杰说完,电梯门合上了。

"你们这是,这是,这算什么事儿啊……"徐经理对着电梯不依不饶,如果有新来的服务生在她旁边,那个服务生一定会遭遇他(她)一生中最难忘的时刻。

他们俩出了建元国际酒店，俞东杰给严局长打电话简单汇报了情况，严局长说在局里等他们回来。二人上了车，他们匆匆往分局赶。

"邓光下午六点四十三分走出程前进的 V6 号房间，程凯下午六点五十七分走出洗消间，林晶晶下午七点零六分报警，程凯处在那个二十三分钟里。"

"不过，我们目前还不能确定，他是否打开过洗消间那扇防盗门。也许他只是在那里逗留了一会儿，吃点水果什么的。"

"至少我们可以确定他进入了洗消间，而那个洗消间可以通向 V12 号房间，最终通向 V6 号房间的现场。"

"那几个总统套房相通——我们忽略了这个。"

"我们提取了正门的监控录像，但他没有从正门进入，而是从那个洗消间进入的。"

"他删除监控数据，因为他害怕我们发现他那天晚上的行踪。"

"鬼节有鬼，一点不假。"

"他下午六点零八分进入消防楼梯，下午六点十六分进入洗消间；邓光下午六点二十七分进入 V6 号房间，就是说在邓光进入现场之前，他可能已经进入了 V12 号房间。"

"在邓光和程前进发生打斗时，也许他就在隔壁。"

"如果他真是凶手的话，那他为什么杀他大哥，又为什么提前埋伏在那里，这无法解释。"

"是啊，从结果上看，他杀他大哥的可能不大，动机也不明。"

"谋权篡位？不像。"

回到分局的时候，已是晚上八点多。严局长、郭副局长还有越大队长在食堂等他们。

"上菜。"越大队长对公务灶的工作人员说。

"你们没回来，我们一直没开饭。"严局长说。

"辛苦了你们俩。"郭副局长说。

"已经通知下去了，嫌疑人有一把枪和多发子弹。"越大队长说。

饭菜上桌，严局长说，"先吃饭吧。"严局长夹起一块牛肉，蘸了蘸蒜汁。

"找到他的行踪没有？"俞东杰拿起一个馒头。

"他跑不远，不出四十八小时。"越大队长底气很足。

"动用一切力量，速战速决。"郭副局长盛了一碗小米粥。

"必要的时候击毙他。"严局长说。

"击毙他会失去其他重大线索。"俞东杰说。

"那总比让他弄出几条人命好。"严局长说。

俞东杰迟疑了一下，说严局说的是，然后喝了口汤。俞东杰再次想起程凯房间里那些药盒、摆放整齐的报纸、叠得边角分明的棉被。这个年轻人是什么时候开始嗑药的？是否真的患有抑郁症？出狱后他跟他大哥的关系怎么样？他为什么刚好在那个时段进入了洗消间？

吃完饭，俞东杰单独跟严局长说，他认为程凯有作案嫌疑，严局长认为可能性不大。

俞东杰说："是啊，毕竟没有确凿的证据。"

严局长说："可以进一步挖掘监控录像材料，看看还有没有其他线索。"

俞东杰说："我想了解一下，他在鸡冠山监狱的情况。"

严局长说："这好办，我有个师兄在那里当政委。"

俞东杰说："烦请严局长代为联络。"

严局长说："我现在就联系老谭。"

电话打通，二人上来先互相扯淡了一通。听得出来他们是老铁，至少曾经是老铁。最后老谭说他问问谁具体负责，明天联系。严局长把俞东杰的手机号留给他，让他安排人跟俞东杰对接。

205

第二天，风平浪静，所有治安卡点都没有发现程凯的影踪；所有便衣警察都没有程凯的消息；在殡仪馆秘密蹲守的刑警也没有看到他的出现；所有人都认为他不会参加他大哥的葬礼。

海强的电话是下午四点多打来的。电话接通，俞东杰说，"你好，哪位？"

"是俞东杰队长吗？"对方说。

"我是。"

"我叫海强，鸡冠山监狱的，谭政委安排我联系你的。"

"谢谢谭政委，海强兄好。"

"你好，我是犯人程凯的狱中帮教，你都需要了解什么？"

"他当年就收监了吗？"

"当年就收了，虽然不满十八岁，但他犯的是重罪，故意伤害致人死亡，这个你懂的。"

"未成年犯不是在少年犯管教所服刑吗？"

"是啊，他在少年犯管教所待了几个月就满十八岁了，然后转送到成人监狱这边，是这样子。"

"哦，他在监狱总共待了几年？"

"判六年，坐六年，一天没少。"

"没有减刑、假释什么的吗？"

"他家人倒是来找过领导，我印象中找过好几次，想提前释放他，但是他表现太差了，多次伤害狱友，无法减刑，没有加刑已经不错了。"

"他为什么伤害狱友？"

"有暴力倾向，夜里不睡觉，无缘无故袭击别人。后来给他单独一个号。在监狱里他是最'刺头儿'的一个，他不仅伤害别人，还自杀过两次。"

"为什么自杀？"

"得了抑郁症。"

"怎么会得了抑郁症?"

"年轻人心理脆弱一些吧,在我们这儿得抑郁症,也不稀罕。"

"这说明你们心理辅导有方。"

"没办法,心理辅导对大多数犯人还是有效的,但是对有的犯人无能为力,因人而异。"

"他什么时候得抑郁症的?"

"入狱第三年就有了,刚开始不重,没发现,还以为是应激性障碍症什么的。"

"采取过监外执行吗。"

"存在社会危险,不符合条件。"

"在监狱吃药了吗?"

"那肯定的了,不吃药他早就毁掉了。"

"在程凯服刑期间,你们那边有没有发现他的案子存在什么问题?"

"时间有点长,犯人太多了,我实在记不过来,您能说具体点吗?"

"好吧,据我这边调查的情况,程凯是替罪羊。"

"这个情况啊,程凯跟我们反映过几次,第一次他说是他大哥把人打死的……"

"他主动交代的?"

"是啊……"

他们聊了半个小时,最后海强告诉他,还需要了解什么,可以随时联系他。俞东杰再次表示感谢。

六

罪与罚

29

鸡冠山监狱是华中地区一所中等规模的监狱,与蚌城之间的直线距离九十公里。从地图上看,蚌城距鸡冠山监狱只有一寸。而在程凯的意识里恐怕连一寸也没有。他从蚌城走向鸡冠山监狱,再从鸡冠山监狱走回来,花了他整整六年时间。六年的光阴模糊了蚌城与鸡冠山监狱的边界,他常常分不清是躺在建元国际酒店还是躺在鸡冠山监狱的牢房里。区别并不在于空间的大小、光线的明暗,而是空气中的味道。无论在哪里他都能闻到那种味道。

只要稍稍入睡,程凯就会梦见拿润、梦见中队长、大队长以及老河底子;他就会听见冷笑与枪声;他就会嗅到铁锈的味道。他经常在梦中喃喃地告诉自己,"认罪,服法,听管,服教,牢记三十八条……"

那是程凯在少管所上的第一课。鸡冠山监狱分两部分,一部分是少年管教所,一部分是成人监狱,两者一墙之隔。

进少管所那天，第二监区第三大队那个经常戴着大盖帽的大队长跟他谈话，问他犯的是什么罪。他想了想，差点把罪名忘了。

"是，是故意伤害，伤害致人死亡。"程凯有点结巴。

"你认罪吗？"大队长问。

"我认罪。"他说，他本就是来认罪的。

"认罪就好，以后要听管服教，好好表现。"大队长一边说一边记录着。

"谢谢警官。"他说。

"是否隐瞒其他罪证？"大队长停止记录，看着他。

"其他罪证？没有。"程凯有点紧张。

"你手里掌握的有没有犯罪线索？"大队长放下笔，喝了口水，他的茶杯很特别，是那种军绿色的搪瓷杯，大队长喝完水对他说，"检举揭发，有立功表现，可以减刑哦。"

"没有，真的没有了。"他说。

"想起什么，或者发现狱友什么事儿，要及时向我报告。"大队长凑近他，叮嘱道，"向我，知道吗？"

"知道了。"他说。

"在这里，你的一举一动，所有人的一举一动都必须让我知道，让政府知道，记住咯。"大队长说完，扶了扶他那顶带有银色警徽的大盖帽。

"记住了。"他点点头。

"从今天起，你要改过自新，重新做人，不要辜负政府对你的教育和改造，知道吧。"大队长说。

"我一定重新做人。"

出了大队长室，程凯感到侥幸。他顺利进入了监狱，被编入第五中队。他被一名穿黑蓝色作训服的中队长领着，去一一熟悉他的吃住场所。那个中队长告诉他，有人向他打了招呼，只要他好好表现，他会尽量照顾他。"认罪服法、听管服教"八个大字就写在监舍一楼楼梯口那面墙上。他未曾想他人生中最好的六年是不断去温故那八个大字，去背诵《监狱服刑人员行为规范》三十八条。

一开始程凯无法适应狱中的生活。不能越过警戒线，不能单独活动，不能抽烟，不能称呼别人的外号，不能大声喧哗，不能剩饭，不能留头发。有太多的不能。

中队长没有让他和那些惯犯住在一起，算是法外开恩。他和一名叫"罐头"的又瘦又小的少年犯住一个监舍。那孩子很少说话，对他的到来有点敬而远之的意思。每周二家里会打电话过来，大部分时候是母亲和父亲，有时候是姐姐，大哥和二哥偶尔也会打电话。母亲每次打电话都哭，他有些反感。他代大哥受过，他们同意，母亲也同意，他都进来了，还有什么好哭的。最大的烦恼是被迫学习。最大的担心是晶晶不再理他。每次中队长通知他接电话，他都希望那个电话是晶晶打来的。

两个月后，一个下雨的夜晚，雨水百无聊赖地抽打着铁窗。罐头已经睡着了。他总是趴着睡，像个青蛙。可程凯翻来覆去，难以成眠。他想起他被沈警官带上警车时光棍（邓光的外号）跟他拼命的情景。他苦笑起来。罐头被他的笑声惊醒，坐起来，怔怔地看着他。"对不住了……"他自言自语道。但晶晶会怎么想呢。如果她来看他，如果她给他打电话，他该怎么跟她解释。也许他该告诉她真相。他能把真相告诉她吗？晶晶毫无音信。此刻她在哪儿，她在想什么，会不会在想他，会不会有了别的男朋友。他想着想着，迫切地想抽一支烟。他感觉他有一个世纪没抽过烟了。他去开灯，黑暗中什么也没摸到。他以为还在十一中的寝室里。他忘了开关在外面，只有值班队长才能打开。

"我要抽烟。"他说，"罐头，怎么才能弄到烟？"

过了半晌，罐头说道："给队长送钱，要足够多，你家有钱吗？"

"我现在就想抽，一个烟头也行，你有烟头吗？"

"没有了，你非要抽，只有一个办法，找队长要，他给你吗？"

"你们白天在哪儿弄的？我看见你抽了。"他从被窝里坐起来，坐到床沿上。

"你最好躺下，不按规定睡觉，被发现要挨罚的。"

"你们白天从哪儿弄的，我在问你。"

"是老大从队长那里'申请'的。"罐头说，"你杀过人？"

"我只想抽烟。"

"报纸上说一名少年残忍杀害好友的母亲，他们说刊登的是你。"

"跟我什么关系？"他有点火。

"号里是按罪名大小论资排辈的。"罐头说。

"妈的，我再给你说一遍，我不是他。"他啐口唾沫。

他跳下床，一脚踢开坐便器的盖子，坐在上面，并没有尿可撒，只是坐在上面，埋怨了半夜，直到雨停下来。

第二天上午程凯给大哥打电话，说他想抽烟。大哥说他马上安排，嘱咐他少抽点。

到了下午他迫不及待地问中队长可不可以抽支烟。

中队长说："这里不能抽烟，你年纪轻轻，抽那么多烟干吗，戒了吧。"

他问："我大哥没有联系你吗？"

中队长微笑道："我不认识你大哥。"

他说："你不是说有人给你打过招呼了吗？"

中队长嘲讽道："那个招呼已经过期了。"中队长拍拍他的肩膀，笑了笑，说道："好好表现，抽烟违规，想抽烟就是想违规，想违规就是还不老实。"

他对中队长说："你相信吗，要是在外面我会揍你。"

211

中队长的脸色变了，笑容像一群受惊的小鸟唰地飞得无影无踪了。他掏出一个黑色的小笔记本，翻开，看了看，说道："我绝对相信，毕竟你杀过人嘛。"

　　中队长冷笑一声，又道："不过小子，你知道威胁警官是什么后果吗？"

　　他不屑地说："我好害怕。"

　　中队长说："我不让你害怕，但我会让你后悔。"

　　当天他是在禁闭室吃的晚餐。他并没有吃，那顿晚餐惨不忍睹。禁闭室没有床，他只能坐着。没有窗户，分不清白天和夜晚，强光灯一天二十四小时亮着。他发火，他骂，没有人理他。他要求打亲情电话，要求改善伙食，压根儿没有人理他。第五天，戴大盖帽的大队长过来了，隔着铁门，通过那个碗口大的洞口，他看见大队长的脸和帽檐。

　　大队长告诉他："按规定，恐吓警官，至少禁闭七天。"

　　他低头不语。

　　大队长说："他们苦苦为你求情，你为什么就不能好好表现。"

　　他问："他们是谁？"

　　大队长说："你家人，你爹妈，你的兄弟姐妹。他们那么关心你，你这么表现对得起他们吗？就是不为他们着想，起码为你自己想想，你难道不打算早点出去吗，你这么年轻？"

　　"我想吃红烧肉盖饭……"他耷拉着眼皮，垂头丧气。

　　"这不是问题，"大队长说，"我可以天天让你吃红烧肉盖饭，但是我需要你的态度。"

　　"我只是想抽支烟。"

　　大队长严厉地说："你是个囚犯，你不是在自己家里，这里是监狱，两个月了，你还不清楚这一点吗？"

　　"我不清楚，我为什么要清楚？"他有气无力地说。

大队长说:"如果你还认识不到自己的错误,我也帮不了你,老弟,我想你并不傻。"

大队长扶了扶帽檐。程凯知道他那个动作代表谈判即将结束。他怕大队长转身离开,再无人理他。他连忙说道:"你要我怎么样?"

大队长说,"你必须向中队长道歉,承认错误,真心悔过,我才好放你出去。"

"我做错什么了……"他小声嘟囔着。

"在监狱威胁狱警是致命的错误,就算是有可能威胁狱警都不行,而你指着鼻子威胁你的中队长。"大队长说。

"那好吧,你告诉他,我错了,我现在要吃他妈的红烧肉盖饭。"他感到手脚绵软,心里发慌,那种进食的渴望压倒了一切。

他变成了软蛋。

出禁闭室的第二天,中队长把程凯叫到办公室,问他有什么感想。

他隐忍着内心的耻辱,说他不该顶撞长官。

"能知错就改还是不错的嘛。"中队长说,"我只是照章办事,我们做狱警的,面对的是一批又一批非正常群体,没有严格的制度和措施,工作是没办法开展的,希望你能理解。"

"理解。"他点点头。

"我对事不对人,不会跟你计较,我们也计较不过来,我的方式很简单,谁出头整谁,出头一个整一个,绝不手软,也不容手软。每个囚犯都存在危险,如果我们手软,我们自身的安全就无法保证。"

"明白。"他说。

但程凯不相信中队长的鬼话。他就是公报私仇,他利用他的权力陷害他。大队长是帮凶。他们一个鼻孔出气。

"我们要把你们这些人重新带入正轨,还要时时加以防范,你以为狱警容易吗?"中队长说,"我真心告诫你,以后要从思想上认罪服法,听管服教,把三十八条规定印到骨头里去,能不能做到,程凯?"

"能做到。"他说。

"你还没吃饱吗?能不能做到程凯,大声点!"中队长叫道。他的声音从办公室冲到放风场那里,有人朝这边看过来。

"我能做到,我坚决做到。"他大声说。

"这才像个男子汉嘛,敢于悔罪才能重新做人。"中队长说着,从抽屉里拿出一包烟,抽出一支递给他。

"我想拿回监舍,夜里抽。"他接过那支烟说。

"不行,只能在这里。"中队长说。

"可我……"

"你只有一分钟。"

"我现在没兴趣。"

"那别怪我没照顾你。"中队长从他手里收回那支白色的烟卷。

"如果我出去的话……"程凯的火再次上来了。

"怎么样,还威胁我?"中队长盯住他问。

"不不,我不是这个意思,我是说,等我出去才能随便抽烟吗?"

"对,你说得对,出去就可以了,现在还不行。"

"是,明白。"他说。

"你可以出去了。"中队长把刚才那支烟扔进垃圾桶,自己重新抽出一支,点上。

程凯转过身,瞥见中队长吐出一个滚动的烟圈。他也会吐那样的烟圈,而且一点不比他差。他这么想着,走回监舍。

认罪服法是程凯自愿,但以他的性格,听管服教注定是一个比其他任何囚犯都要漫长的过程。又过了一个星期,他和中队长的冲突再次爆发了。

那天他们在学习室听一位志愿者老师讲授科技知识,题目是"科学伴随成长"。他记得那位老师一直在讲发电,从核能发电讲到太阳能发电、讲到细菌发电。授课结束,还没到开饭的时间,他们在学习室看报。

这时候,中队长从外面走进学习室,叫他过来一下。他走到中队长跟前,中队长问:"这节课有什么收获吗?"

"细菌发电。"他说。

"不错,好好学习。"中队长说,"这里有你一封信。"中队长从衣兜里掏出一个牛皮纸信封,给他之前,中队长神秘地说:"你在谈恋爱?她好像很关心你。"

他没吭声。中队长把信交到他手中。

中队长提醒大家十分钟后到门口列队集合,今天有领导来视察,要遵守队伍纪律,严格打饭秩序。中队长说完出去了。

"谁的信,你有女朋友?"罐头走过来说。

"一边去。"他说。

四个月过去,晶晶终于来信了。他看见信封上纯蓝墨水的笔迹,又高又瘦的字体,有点傻气的字体,像晶晶穿着蓝色连衣裙的字体。他没有立刻看信。他把信装进衣兜。

在食堂里程凯格外小心,尽量避免那个衣兜碰触到桌角或者其他什么东西。中午,他躺在床上,趁罐头出去洗衣服的空当抽出那张信纸。他心跳加速。他开始读她,"……每天在学校看见光棍,看见他很受打击的样子,觉得他真可怜,失去妈妈以后,他几乎不跟我和英子来往了。我本想再也不理你了,可我想知道到底是为什么?这也是我给你写信的原因。你怎么能那么做?我该怎么办?我担心你,也很失望。我觉着你对自己不负责任,对我也是。我不想多说什么了,你照顾好自己吧。晶。"

她的疑问不是问题，他会跟她解释。关键是她来信了。他心底漾起甜蜜的欣喜。他看见铁窗外体育场边上那排垂柳，柳条在微风中摇曳。就像她的语气一样轻柔。抚慰了他。

随之而来的便是愤怒。信封是撕开的，是那种粗暴地撕开的痕迹。很显然有人拆开看过。有人用他的脏手玷污了这封信，用他下流的眼睛窥视了这封信。有人入侵了他和她的领地。他隔着铁窗望见的柳条现在正隔着铁窗望着他。他感到耻辱。他有种直觉，如果不把这个人揍一顿他会睡不着觉。他忘了禁闭室的滋味。他忘了禁闭室是监狱中的监狱。他一声不响出了监舍。筒子里（走廊）很安静。他走到中队长办公室门口，他在抽烟，桌子上放着电棍。

"卫生做完了吗？"中队长问，午间按规定是他们打扫房间和个人清洁的时段。

"你拆了那封信？"他问。

"难道等你来拆呀？"中队长吹出一口烟雾。

"你看了信的内容？"他问。

"不看我拆它干吗？"中队长说。

中队长嗅到了某种不安分的动机，但他没想到那一脚来得如此迅猛。他和自己屁股下面的座椅应声倒在地上。座椅靠背断了。座椅终结了它的使命。座椅搞不明白今天它的主人究竟发什么神经。它不知道烟火掉落在主人额头上，险些烧到眉毛。它不知道那个迎面给他们一脚的人将成为主人的狱警生涯中最难忘的少年犯。

中队长来不及还手，他忍着疼痛去抓摸口袋里的警笛。他知道，只要他吹响警笛。他摸出警笛，又掉在地上。他再次抓起来。他终于吹响了警笛。一分多钟执勤小分队赶到。小分队有四个警员，他们很快就控制了这个无法无天的囚犯。他们把他摁得死死的。中队长从地上爬起来，拿起桌子上的电棍，朝程凯身上不停夯打。中队长失去了控制。小分队适可而止地制止了他。

大队长闻风赶来。大队长看看鼻青脸肿的程凯,又看看鼻青脸肿的中队长。

中队长龇牙咧嘴,委屈地对大队长说,"报告大队长,这小子疯了。"

大队长说:"到底怎么回事?"

中队长说:"我检查他的信件,他说我偷看。"

大队长指着程凯的血鼻子恨铁不成钢地说道,"你是不是把这儿当成你们家的分号了,去!你们把这个畜生给我关起来。"执勤小分队架着程凯去禁闭室。大队长又指着中队长的血鼻子不无埋怨地说:"你,洗一下,跟我去见监区长,这不是件小事儿。"中队长去洗鼻子。大队长扶了扶帽檐又说:"以后所有的来信,没有经过我的评估不要擅自交给犯人。"

程凯再次被关禁闭,出来之后转入严管队。他没有给晶晶回信,他怕他们偷看。又过了半个月,他已满十八周岁,大队长建议监区长,让他转入成人监狱,说他哪里像个少年呢。监区长同意了。大队长指示中队长连夜办理手续。中队长对程凯说:"小子,你的好日子过完了。"程凯转出少管所之后,少管所的帮教们都长出了一口气。

30

少管所像一所封闭式中学,成人监狱更像一家封闭式加工厂。它们有着同样的监区长、大队长和中队长,同样到处写着"真心忏悔,重新做人""积极改造,净化灵魂"之类的标语。在程凯的印象当中,并无太大区别。他和拿润住一个监舍,拿润矮矮胖胖,曾经是个厨子。拿润来自山村,会干各种各样的农活儿。拿润在监狱的菜园种菜。拿润的老婆跟人跑了。拿润是个老实人,狱友们都知道。大队长让他跟拿润住一起，已经是很关照他了。

转过来那天，大队长问，你为什么犯罪？程凯说不为什么。

大队长问："你认罪吗？"

程凯说："我就是来认罪的。"

大队长问："有没有隐瞒其他罪行？"

他说："当然没有。"

大队长问："听说你在少管所表现不怎么样。"

他说："您是不是周警官……"

大队长跷起二郎腿说："我不姓周，我姓邹，你的情况我了解，不过这里和少管所可不一样。"

他说："我大哥给您说过了吧……"

大队长说："如果不想吃亏就好好表现，认罪服法，听管服教，严格遵守'三十八条'，否则谁也救不了你。"

程凯眨巴眨巴眼皮，没有说话，他不能听见"三十八条"，他恨"三十八条"。

中队长带他去领衣服和生活用品时，大队长对中队长说："海强队长，这孩子年龄小，从少管所转过来的。"

中队长向大队长打了个敬礼，说道，"是，大队长，我记住了。"

中队长比程凯高一头，身强力壮，性情刚直。中队长把他领到监舍，一边示范一边告诉他，所有物品实行定置管理，牙缸、毛巾、肥皂、卫生纸，所有用品必须按固定位置摆放，所有物品务必保持整洁。在指定铺位就寝，铺位不设遮挡物；就寝前，按规定时间和位置听候点名，不得喧哗、走动；就寝时，按指定方向躺下，裸睡，禁止蒙头盖脸；保持安静，不影响他人休息。中队长向他介绍了拿润，要他向拿润学习。中队长对他说："所有服刑人员，不管犯过什么罪，不管什么背景，在这里一律平等，认罪，服法，听管，服教，这是你们唯一的出路。什么都不要指望，明白吗？"

"明白。"他说。

第二天,中队长检查几个"新收"的监舍,发现程凯不仅没有叠好被子,而且柜内的物品堆放得一塌糊涂。

"你拿我的话当放屁吗?"中队长抱着粗壮的胳膊说道。

"我尊敬警官,但我不明白,为什么牙缸必须摆在那个位置?"程凯说。

"这说明你还不明白你为什么会在这个位置。"中队长说,"你知道吗,这个问题相当严重。第一次,我给你警告。如果你还不清楚摆放位置,墙上贴的有示意图,只要不傻,都看得懂。"中队长指指门口一侧。

"那好吧,多谢警官教导。"他说。

"小孩子,还不习惯,慢慢就好了。"拿润说道。

"哼。"中队长看看拿润,出去了。

"小兄弟,好汉不吃眼前亏,听警官的错不了。"拿润劝道,"下回再被警官发现,那就倒霉了。"

接下来的一个星期,拿润帮着他整理内务,勉强过关,没出乱子。为了感谢,他把大队长"关照"的香烟分给拿润抽。拿润吓了一跳,让他赶紧把香烟藏起来,或者主动交给警官。

"你怕什么,领导给的。"他说。他忘了大队长一再交代他,要偷偷抽,如被发现,后果自负。

"我不抽烟,我什么都不知道,我只当这件事没发生过。"拿润告诉他。

"你是不是以为警官有好几只眼睛。"程凯感到好笑。

周末晚上,就寝点名前,他抽了一支烟。中队长点名时经过他的监舍,嗅到了明显的烟味。他打开监舍,屋内还飘着几缕烟雾。

"我很清楚,拿润从不抽烟。"中队长对程凯说。

"……"程凯不说话,用牙咬咬嘴唇,满不在乎。

"拿润,你不抽烟,但是你肯定看见了。"中队长对拿润说。

"我,我刚才,在蹲便……"拿润哆哆嗦嗦。

"如果你不说,同罪同罚。"中队长说。

"我抽的,有什么大惊小怪的。"程凯说。

"很好,敢作敢当。"中队长伸出大手,说道,"拿出来。"

"抽完了。"程凯说。

"拿出来。"中队长抓住他的衣领,把他提起来,"如果让我找到,你就把它吃掉。"

"放手,别怪我不客气。"程凯说。

"早听说你小子是个'刺头'。"中队长说着,一甩胳膊把他撂倒在拿润床上。

中队长揭开他的被褥,那盒烟和一个打火机就在枕头下面,一大一小,并排躺着。中队长把它们抓了起来。

"还给我,吸烟犯法呀?"程凯说。

他站起来夺烟,中队长抬腿一个正蹬,蹬在他左胸上,他后退两步,再次倒在拿润床上。

"我可没说你抽烟犯法,但是,"中队长摇摇缴获的"赃物"说,"藏匿危险品好像比抽烟严重。"

他彻底被激怒了。他从床上滑到地板上,像一只猫科动物灵巧而凶猛,他滚到中队长脚下,抱住中队长的腿弯发力,试图将他放倒。中队长身体下盘差点失去重心,他一把扶住拿润,随后便牢牢站稳了。

中队长的腿像石柱。

"有两下子哦。"中队长说着拽住他的一只胳膊,把他提起来,然后扭住他,把他的头摁在墙上。

"你可能还不知道,我在这儿是'刺头'整治专业户。"中队长说。

"你他妈……牛皮……"程凯的嘴挤压在墙壁上,声音擦着墙壁粗糙地发出来。

"你服不服气?"中队长问。

"你不就一个……"程凯显然不服气。

"东西哪来的?"中队长问道。

"大队长给的,你不就一个小队长么,你管得了吗?"

"很好。"中队长说。

中队长给他戴上手铐,把他带到大队长办公室。

"怎么啦这是?"大队长问。

"报告大队长,囚犯程凯,在号里抽烟,被我发现之后,不服管教,刚刚跟我单挑。"中队长说。

"哦,谁啊,这么牛逼,"大队长站起来,走到程凯跟前,"你,敢和海强队长单挑?"

"这是他私藏的东西。"中队长把烟和打火机放在大队长办公桌上。

"本事不小啊程凯。"大队长拿起烟盒,对着耀眼的电灯泡瞅瞅,说道,"红塔山,好烟哪,哪来的?"

程凯看着大队长的电视机,一言不发。

"他说是大队长给他的。"中队长说。

"哦,你信吗海强?"大队长问。

"我目前不清楚。"中队长说。

大队长扬手给了程凯一巴掌,"你怎么不说是狱长给你的?海强,把这小子给我关起来,让他闭门思过。"

"是,大队长。"中队长答应之后,并没有动。

"怎么,赶快把他弄过去呀。"大队长说。

"关几天?"海强问。

"未按规定地点规定时间抽烟,超次数抽烟,三天吧,念其初犯。"大队长说。

"他可不是违规抽烟这么简单，打火机属于易燃品，这是私藏危险品，要是拿去放火，那性质就严重咯。"中队长说。

"还不至于吧，我看他没那个胆。"大队长说，"有烟没火嘴巴干嚼，好了海强队长，烟和火说到底是一件事儿。"

"是，大队长。"中队长说完，依然没有行动。

"又怎么了？"大队长问。

"东西是从哪里来的，我觉着应该报告监区长，查清楚才好，防患于未然。"中队长说。

"东西肯定不是我给的，我傻呀我给他烟抽。"大队长说，"明天我问问超市的老郭，估计又是那家伙干的，唯利是图，无视规章制度，再这样开除他算了。"

"是，大队长亲自查，我就放心了。"中队长说，"只是我觉着，至少应该关七天禁闭。"

"嗯，违规抽烟，私藏危险品，挑战警官，诬陷领导，关七天轻了，关十天，弄进去吧。"大队长说道。

程凯不怕关禁闭，但他的确很失望。大哥告诉他，都跟监狱的领导说好了，不会为难他。他不知道大哥是怎么搞的。他有种被欺骗的感觉。

十天后他从禁闭室出来，人瘦了一圈。他的情绪时而低落，时而暴躁。他莫名其妙地冲拿润发火，怪他啰里啰唆，怪他把地板擦得太湿。

他想在夜里独自抽烟，大队长让他先忍一阵子，新来的监狱长和监区长不大好说话。他想写一封信让大队长带到外面邮寄，大队长说信件必须经过检查，狱警帮助服刑人员带信，处分非常严重。大队长问他想吃什么尽管说。他说他什么也不想吃。

他没有胃口，越来越消瘦。他很少与人交流，一有空就看报纸。事实上他并不看,只是拿着报纸发呆,渴望得到某种消息。程凯出狱以后收集报纸的癖好多半是在这个时期养成的。

端午节到了,那是程凯在狱中度过的第一个端午节,家人给他打电话,问他怎么样。他说他想出去走走。家人在电话那边沉默了。食堂里,每人一份饺子、两个粽子。程凯认为粽子上的糖放得太多了,而饺子大都煮烂了。他草草吃一点,放下筷子。他把粽子倒进饺子碗里,准备端去一并倒掉。这时候,中队长过来了。

"等一下,程凯。"中队长叫道。

他停下,扭头看了看中队长。他没有说话,充满藐视。

"你这就吃完啦?"中队长说。

"没胃口。"他说。

"你知道世界上还有多少人吃不饱吗?"中队长说。

"不知道。"他说。

"《规范》第十一条是什么?"中队长问。

狱友纷纷观望,他们很长时间没看过热闹了。

"不知道。"他说。

"那我来告诉你。"中队长说,"吃掉。"

"吃掉什么?"

"你自己的剩饭。"

"我吃不下。"

"吃掉。"中队长再次说道,"趁还没倒进泔水桶里。"

"别欺人太甚。"他瞪着中队长。

"我是在帮你改掉一些不良习惯,你没有资格浪费政府的粮食。"中队长说。

"你看起来很傻逼。"他说着,把碗盘咔嚓摔到地上,饺子汤溅到中队长身上。

他和中队长再次爆发冲突,食堂里的囚犯们一阵喧哗。特勤小组持枪赶来的时候,那股骚动才平息下来。监区长责怪中队长处理方式不当,险些造成严重后果。他们对程凯的处罚也不了了之。

31

监狱严苛的管理程凯还能勉强挨过,真正让他精神崩溃的是来自"老河底子"的纠缠。

食堂事件之后的一天早上,囚犯们像往常一样按时起床,按规定叠好被子。"开封"的时间一到,中队长咣当咣当打开监舍的铁门,他们走进筒子,排队去食堂吃饭。一名六十来岁的老犯人一直跟在程凯后面。就餐时,老犯人坐到程凯对面。

"你好小兄弟。"老犯人说,"你上次表现很勇敢,是条好汉。"

程凯闻到他身上有股难闻的气味。

"大家都叫我老河底子,无期。"老河底子说,"你呢小兄弟,判了几年,年纪轻轻怎么进来了呢?"

"你坐在这儿我一口饭都吃不下。"程凯说。

"我知道,我老了,很多人都不待见我。"老河底子说,他夹了一筷子卷心菜,慢慢放进嘴里,慢慢嚼着,汤汁从嘴角流出来,他用袖子擦了擦,接着说,"你听说过躲猫猫的游戏吗,就是有一天你正在劳动,或者正在放风,通常那个时候队长们都不在,你的眼睛突然被一块黑布蒙住了,然后你在人群里被推来揉去,煸来煸去,就像炒大盘鸡一样。"

"老家伙,你威胁我?"程凯说。

"当然你不怕这个,他们说跟你玩躲猫猫,我说你不怕这个,没意思。"老河底子说。他叹了口气,用筷子指了指饭菜,又说,"瞧瞧咱们这饭菜,一点油水都没有。"

"你最好离我远点。"程凯说。

老河底子左右看看,小声说:"听说你家很有钱,能帮我交点伙食费吗,你可能还不知道,在这里面,生活水平永远达不到小康。"周围几个囚犯笑起来。老河底子接着说:"想改善伙食需要另交伙食费,我家太穷了,没有人管我,我很可怜,举目无亲……"

"滚!"程凯骂道。

"好吧,小老弟,看来你一点爱心都没有,你应该尊老爱幼才对呀……"老河底子端起饭盘,摇头叹气地到一边去了。

第二天下午,中队长检查房间,检查到程凯和拿润的监舍,中队长要求他把被子卷起来。他卷起被子,什么也没发现。中队长要求打开柜子。

"干吗?"程凯问。

"有人举报你藏了不该藏的东西。"中队长说。

"我藏什么了,烟早被你没收了。"程凯咣当一声打开柜子。

"希望你是被冤枉的。"中队长说着,开始翻柜子里的东西。中队长翻了个遍,在一件内衣里搜出几张磨损的色情照片。中队长说,"这是哪来的?"

"我靠,我怎么不知道,谁告诉你的?"

"谁告诉我的,你想打击报复?"

"有人在陷害我。"

"告诉我这玩意儿从哪里来的,要形成书面检查,明白吗?"

"我一个字也不会写。"

"我可以给你四十八小时,好好想想,想到什么向我报告。"

又过了一天,夜晚,熄灯后,程凯刚躺下,中队长又闯了进来。中队长拿着电棍,保持警戒。情况看起来比昨天严重得多。

"你该头朝哪个方向睡?"中队长问。

"朝南,怎么了。"他翻了个身,脸朝外看着中队长。

"你现在朝向哪里?"中队长问。

"朝北,朝南不舒服嘛。"他说着,准备坐起来调头。

"别动!"中队长说,"把手伸出来。"

"干吗,大半夜的,烦不烦。"

"快点,伸出来!否则别怪我不客气。"中队长打开电棍电源。

"你……"他被吓住了。事情不像是未按指定方向就寝那么简单,他不知道又发生了什么。他看着电棍闪着电火花,从被窝里缓缓伸出双手。中队长敏捷地把他的手铐在床腿上。然后开始搜查他的每一双鞋子,在其中一只鞋的鞋垫下面发现一张黑色的刮胡刀刀片,薄如蝉翼的刃边,闪着尖细的寒光。中队长把那只鞋放到门口,然后检查他的茶杯。在杯底部发现粘贴着一张银色的刮胡刀刀片。中队长把茶杯拿到门口,跟那只鞋放在一起。

"你好像还没到刮胡子的年龄。"中队长说。

"什么意思?"

"你今晚不能睡在号里了。"中队长说。

"刀片不是我的。"他瞪着中队长。

"禁闭室更适合你。"中队长说着,打开床腿一端的手铐锁,把他从床上拽了下来。

"是老河底子,那个老王八蛋陷害我,他向我索要伙食费。"他愤怒地叫道。

"先到禁闭室再说,你现在很危险。"中队长说。

第二天中队长调查了老河底子,老河底子坚称没有向任何人索要过伙食费。但中队长了解老河底子是什么东西,他觉得老河底子捣鬼的可能性较大,就把程凯放了,只给他记一次严重警告。

过了两天,放风的时候,老河底子说:"你这么年轻,还是处男吧。"程凯说:"去你妈的。"老河底子笑道:"送你的礼物怎么样小子,如果不大满意,还有更好的送给你。"他抓住老河底子的领子,说:"老骨头,你是不是想散架。"老河底子说:"你想揍我吗,你敢吗？"他开始揍他，拳打脚踢。老河底子不还手，躺在地上叫："哎哟，打死我吧，有种你打死我吧，打得好爽啊……"人群里有人喊道："打人了，警官。"特勤小组过来制止的时候，老河底子两根肋骨骨折，其中一根明显翘了起来。两个特警扭住程凯。老河底子嘿嘿笑着对程凯说："小子，我要去度假了，那里的床铺很软，护士很体贴，天天都能闻到她们身上的香水味。"老河底子扭曲的脸上带着鲜血和奸笑。"妈的，我踹死你。"程凯挣扎着冲向老河底子，两个特警把他铐了起来。老河底子说："伙食费，交了伙食费我就不缠你了……"

老河底子住院疗伤，程凯再次被关禁闭。

半个月之后，他从禁闭室出来时，大队长已经把老河底子转到了另一个监区。大队长告诉他，他大哥为此事颇费周折，还赔偿了老河底子一笔钱。事情至此告一段落。

过了两个月，又发生了一件事。

那是临近劳动节的一天，上级来视察，带来了一个文艺团，准备给犯人表演一场节目，他们叫文化进监区活动。他们还准备给每个监舍装一部液晶电视机。他们视察的另一项内容是，检查每个监区是否建成了篮球场，建成的篮球场是否符合标准。监狱长全程陪同视察组。安保工作是提前部署好了的，但还是出了意外。

上午十点，视察组从隔着钢丝网护栏的监狱办公区出来，走上监狱中轴大道——新生路。走在最前面的是两名身着黑蓝色执勤服的特警，全副武装，步伐稳健一致；走在队伍两侧的是两列普通狱警。视察组的领导走在第一排，监狱长和一个身穿白衬衣的四五十岁的中年人并行，一边走一边说着什么。

他们先察看的是服装生产车间。有相当一批服刑人员在那里劳动，有些成了缝纫能手，劳动报酬足以养活自己。在生产车间大门口，停着一辆蓝色厢式货车，四名犯人正一捆一捆地往货车上装半成品，一名工作人员在旁边计件。视察组走近，四名犯人按规定停止活动，站成一排，身体立正，向视察组行注目礼。视察组经过他们，走进车间，车间传出一声嘹亮的收工号令，点名时罪犯依次报数，声音洪亮。监狱长告诉视察组，车间有值班警官巡察监视，这些参加生产的服刑人员表现都很好，他们按规定交接班，在指定地点集合，上下班由警官带队。

  第二站是监舍。从生产车间出来，视察组去监舍，从新生路到三号监舍楼，有一段路较窄，有三个刚刚打扫完卫生区的罪犯迎面走来，看见视察组，三个人停止前进，靠右侧立正，第一个和第二个罪犯同时放下了手中的劳动工具。第三个罪犯手里还攥着笤帚。遇见首长和来宾，罪犯严禁手持器物，正在劳动的必须立即放下劳动工具，待来宾经过二十米后才能恢复活动。走在最前面的特警发现了情况，指着第三名罪犯，呵斥一声。那个罪犯看看手中的笤帚，像看见蛇一样扔到一边。穿白衬衣的领导问监狱长怎么了。监狱长说，其实三个罪犯做得都不错，他们行走时排成小纵队，没有挽臂搭肩，没有拉手，没有横排行进，遇见领导及时避让，基本遵守了服刑人员行为规范。穿白衬衣的领导听完，点了点头。

  视察组看完监舍，接着看了篮球场、宣教室和医疗中心。他们准备再看一个监区。他们原路走回来，走上新生路去另一个监区，途经北哨楼农场。

  鸡冠山监狱位于一片丘陵地带。监狱西北角有一片几十亩的空地被开垦成农田。视察组折回来时，罪犯们正在刚收完油菜的田地上刨土种薯。地北头建有一座哨楼。一名武警荷枪实弹站在哨楼上，抽着烟。哨楼圆柱墙上写着"哨位就是战场，执勤就是战斗"的标语。哨楼顶端装有防水探照灯，聚光射程可达一千米。视察组从附近经过时，程凯也在农场劳动。那是他在鸡冠山监狱第一次参加农业生产劳动。他在新生路西侧。拿润在新生路东侧的菜园里。

视察组将通过菜园旁边的水泥路进入另一个监区。大家纷纷停止劳动，放下工具。

"邹大队长让你马上过去。"参加种薯的人群中，有人拍了拍程凯的肩膀。

"邹大队？你怎么知道？"程凯看着那人，那人看起来很替他着急。

"没时间了，他只给你三分钟，他有重要东西交给你。"那人说。

"他在哪儿？"程凯问。

"在菜园那边。"那人压低声音说。

他望了望菜园，大队长好像的确在那边。这时候视察组离他们有四百米，离菜园有三百米，程凯离菜园大约五百米。三者之间大致构成一个直角三角形。

"邹队长让你拿着铁锹，去拿润那边，快。"那人又说。

在农场劳动的犯人不能越过劳动区域。程凯还不大熟悉"行规"。

大队长会带给他什么消息呢。程凯犹豫着拿起铁锹。他再次朝菜园那边望望，拿润的确在菜园里，大队长就站在拿润不远处，不错，是他。

"快点，没时间了，跑过去。"那人催促道。

他拿着铁锹开始向那边走。到底什么事，会不会是那件事，他想，大队长有什么东西交给他呢。他加快脚步之后又跑起来。他跑的方向是菜园，但在警官们眼里他在冲向视察组。

鸡冠山监狱建于一九八二年，二十多年的历史上，服刑人员在劳动期间利用农具袭击他人的事例发生过九次，袭击监狱工作人员的事发生过三次。而袭击来访首长的事发生过一次，时间是1998年中秋节，在那次事件中包括监狱长在内的十几名狱警受到了处分。无论是经历过那次事件的过来人还是后来者，鸡冠山监狱的全体警官对这类事情都是一朝被蛇咬十年怕井绳。就在程凯拿着铁锹走出劳动队伍的一刻，带队警官发现了他。带队警官准备制止他时，他奔跑起来。他是想趁警官不注意，趁他们向视察组行注目礼的时候跑到菜园那边。带队警官立刻做出了判断——程凯的目标是视察组。带队警官有点蒙，一瞬间他脑海里回忆起1998年那次安保事件。

"站住，快给我站住！"带队警官慌忙拔出了手枪。

而程凯已经越过新生路。听到命令他很恐慌，下意识地跑得更快。在野外或室外劳动现场，听到警官呼唤，必须立即答"到"，并迅速在距警官三米处立正站好，听候指令。此刻他把这些全忘了。他认为只要跑到大队长身边就安全了。开第一枪的不是带队警官，而是北哨楼上值班的武警，他是对着天空鸣枪示警的。他那把微冲发出的枪响像鸡冠山初夏的第一声惊雷，穿过监狱上方滞重的空气，发出滚烫的飕飕的声音。程凯听到了枪响，所有人都听到了枪响。他意识到有人开了枪。等带队警官打响第二枪的时候，他确定他们在向他开枪。他打了个趔趄，也许已经中弹。死亡的恐惧令他腿软。他倒在两道菜畦中间。紧接着警官们冲了上来，把他包围了。有几把手枪对着他。那是他第一次看见真正的手枪，黑色的手枪，黑洞洞的枪口，从不同方向齐刷刷地对准他，带有硫黄和机油的气味。多年之后，在建元国际酒店V6号房间俞东杰开的那一枪会让他再次想起这个惊魂的时刻。

32

程凯半躺在审讯室冰凉的地板上，很久没有动过，他感觉他的下半身和水泥地板长在了一块。他想，我要出去，这儿不是人待的地方。

"为什么袭击视察组?"大队长已经问了一百遍。

他不想解释了。他记得那个给他假传"圣旨"的家伙长什么样。但是即使找到他,他也不会承认。他们不是人,他们是一群鬼。

"是我对不起你,还是政府对不起你?小兔崽子,是不是让你在这里太享福啦?严管队,你知道严管队是什么滋味吗?拉屎都有人看着你。"大队长破口大骂。

"消消气,大队长。"中队长递给大队长一支烟。

"我现在已经不是大队长了。"大队长接过烟卷。

"会查清楚的。"中队长说。

"不是我,所有的事情都不是我……"他说。

"什么不是你?兔崽子,谁对你好你咬谁,我什么时候让你拿铁锹了?"大队长点上烟卷。

"他说有人那样告诉他,我觉得有可能。"中队长说,"他在这个特殊的社会群体里还是一张白纸,被他们诱骗是有可能的。"

"你是说老河底子?我们已经把他调走啦,还有谁?他说的那个张贵发当时压根儿没在农场。"大队长说。

"也许是另一个老河底子。"中队长说。

"死猪不怕开水烫,都他妈的死猪不怕开水烫。除了枪毙,判一百年也没用。"大队长骂道。

"我要出去,放我出去。"他想,要么死在这儿,要么说出真相。

"出去?想瞎你的眼。"大队长说。

"我没有打死她,我要出去。"他决定说出真相,他一分钟也待不下去了。

"你说什么?你再说一遍。"大队长说。

"你没有打死谁?"中队长问。

他抬眼看看二位队长。他觉着愧对大哥,可是唯有吐露真相才能让他重获自由。他顾不了那么多了。他把替大哥顶罪的事一五一十告诉了他们。

"你大哥打死了人,你来顶罪?"大队长皱着眉头问他。

"是的,我不满十八岁,可以从轻。"

"哦……"大队长看看中队长说,"你觉得怎么样?"

"你当时同意?"中队长问。

"我当时同意,但是现在我反悔了,我受不了,我真的受不了。"

"你为什么要替你大哥顶罪?"中队长问。

"我大哥是家里的顶梁柱,他有生意,我爹说大哥要是进去了,我们家的天就塌了。"

"好吧,希望你不是撒谎。"中队长说,中队长把他送到监舍,告诉他此事暂时保密,让他等信儿,再想起什么及时报告。

回到大队长办公室,大队长问中队长程凯的话可信度有多高。

"不像瞎话。"中队长说。

"那这可是重大线索,冤假错案,会揪出一堆败类,我们还能立一功呢。"大队长有因祸得福的感觉。

"恐怕未必这么简单。"中队长说。

"赶快形成书面材料,我要向监狱长报告。"大队长打了个响指,跷起二郎腿。

大队长的线索报告一层一层向上传,上级指派工作人员对线索的真实性进行核查。

程凯满怀希望等着出狱,然而事情跟他想象的完全不一样。一个月过去了,没有任何消息。每次问大队长,大队长都说还没有结果,让他继续等。

"这难道查起来很难吗?"他埋怨道。

"没办法,我们都在等,我们也只能等。"大队长说。

大队长的话让他隐隐感到了绝望。夜晚他睡不着觉,他感到地板、天花板和四面墙不断向他挤压过来,将他的空间挤成一副棺材,令他窒息。他在梦中冷不丁惊叫起来,吵醒拿润。

一天上午,点过名之后,大队长把他叫到一边,给他一支烟,对他说,"程凯,你提供的好线索,上头来信儿了。"

"我能出去了吗?"他诚惶诚恐地问。

"出去?你知道什么叫扯淡吗?"大队长说,"你老母亲倒是承认是她把人打死的,想替你坐牢呢,真是可怜天下父母心啊。"

"怎么会这样?"

"我郑重警告你,别指望爹妈兄弟姐妹来救你,谁也救不了你。"

"我说的都是真的,他们拿了我大哥的钱。"

"谁拿了你大哥的钱?他们是谁?"

"我不知道。"

"你这不还是扯淡吗?"

"你们是怎么调查的?"

"怎么查的?查了你大哥、你爹,查了受害人家属,还有证人,其中一个证人已经死了。"大队长点着他的额头说,"他们都说就是你小子干的。"

"他们撒谎,他们这是在害我。"

"程凯,骨头硬一点,敢作敢当,别再乱咬了,连自己的亲人都诬陷,你他妈还是不是人?真替你可耻。"大队长说。

"我觉得他们想害死我……"

"别浪费时间了小子,我给你一句忠告,想出去就好好表现吧。"

"我会死在这里的,我要出去……"

"谁会害你,谁敢害你?老河底子坑你那点事儿不都给你摆平了吗,那算什么事儿,你是不是吓傻啦?"

"我要出去……"

233

"我看你是想出去想疯了。"大队长用打火机敲了敲他的头。

"我要见我大哥,我必须见我大哥。"

"好吧,你是不到黄河心不死啊程凯,我待会儿让中队长去发《会见通知书》,现在做你的藤编去。"

过了两天,中队长把程凯带到"亲情帮教"大厅,隔着隔音玻璃,他看见大哥一个人坐在2号话机窗口,旁边站着一名民警。中队长告诉他:"你现在可以通话了,你们的通话会被录音。"

程凯看着大哥,大哥拿着听筒,说了句什么,哭起来。他抓起电话听筒,听见大哥说:"你怎么啦小凯,你怎么不好好表现啊,咱妈没有一天不想你……"大哥泪流满面。

"我要出去,我受够了。"他冷冷地说。

"大哥知道,大哥知道你受了很多委屈,大哥跟你保证,等你出来享不尽的荣华富贵……"

"我要出去,我他妈要出去,这跟我想的完全不一样。"他对着电话叫道。

"快了小凯,再坚持坚持,刑期快过一半了,很快我们兄弟就能团圆了。"

"你做的事儿你自己搞定,我要出去……"他吼道。

"你冷静一下小凯,现在已经是……我知道你不好过,大哥知道,可事到如今……"大哥左右看看,"你冷静冷静,咱们犯了错就得接受政府处罚是不是,好好表现,大哥会想办法的。"

"我要出去!"他站起来捶着隔音玻璃,冲大哥吼道,"我的头要爆炸,你不能让我死在这儿……"

"怎么会呢小凯,你不要想不开,咬咬牙就过去了,到这个节骨眼上……已经是开弓没有……好好听他们的话,你一定要好好表现,咱们不能一错再错啊小凯……"

"人是你打死的,是你……"他捶着隔音玻璃。

"你到底怎么啦小凯,你到底在胡说什么呀。"

"你还装糊涂,是你……"他的手流血了。中队长走过来,终止了他们的通话。

程凯抓住听筒不放,他试图把电话从中队长手里抢过来。他几乎跟中队长扭打起来。回到监舍,中队长把他铐在窗户上,快到饭点的时候他才冷静下来。

"他在撒谎,他想害死我。"程凯说。

"你有什么证据吗?"中队长说,"你拿不出证据就是你在撒谎。"

"我真的没有撒谎,我说的都是真的,请你相信我。"他哭着说。

"我相信你,但是有些事情时间久了就没办法查实了,你要是早点说,或许可以。时间一长,假的会变成真的,时间再长下去,真的假的都无所谓了。"中队长说。

"你们为什么不好好查一下,我说的都是真的。"他哀求道。

"即使你说的是真的,你也是自作自受。"中队长说,"就当吃一堑长一智吧,再过三年多一点你就自由了,重新再来,毕竟你还年轻。"

他无助地流着眼泪。他一方面担心自己活不到刑满释放,死在监狱里;另一方面又悲观失望,萌生了一死了之的念头。他又黑又瘦,已经很难看出他是个二十来岁的年轻人了。

他在闷闷不乐的煎熬中迎来了炎炎夏日。鸡冠山的夏天很热。骄阳把铁窗晒得发烫,把新生路的柏油层晒化,走上去会粘住鞋底。

一天他找到正在午休的大队长,说他的案子需要重新调查。

"又怎么了?"大队长问。

"人是我二哥打死的,我是替我二哥来顶罪的。"

235

"哦，"大队长揉揉眼，看着他，"你上次不是说是你大哥吗。"

"上次我的确撒了谎。"

"你为什么要撒谎？"大队长打了个哈欠。

"因为我二哥是公职人员，我不想牵连他。"

"好吧，我会尽快把这个情况报告上去的。"

"你们必须马上去调查，晚了就不好办了。"

"你这次没有撒谎吧？"

"没有，我保证没有撒谎。"

"行，你回去等着，一有结果我让中队长通知你。"大队长说。

他在闷闷不乐中迎来秋季。鸡冠山的秋季多雨，潮湿，铁丝网、铁窗、铁架全生锈了，空气中弥漫着铁锈的味道。每年秋季他们都要抽一部分犯人将窗户刷一遍防水漆。

一天他找到正在办公室看电视的大队长，说他的案子需要重新调查。

"又怎么了程凯？"大队长一边看球赛一边问。

"人是我爹打死的，我是替我爹来顶罪的。"

"你上次不是说是你二哥吗。"

"上次我的确撒了谎。"

"你为什么要撒谎？"

"因为我爹年纪大了，我不想牵连他。"

"好吧，我会尽快把这个情况报告上去的，一有结果就让中队长通知你。"

"你们必须马上去调查，晚了就不好办了。"

"我知道了，去劳动吧，你最近表现不错。"大队长说。

他来到车间，大家都在忙，他有点不好意思。他坐下来，开始编一把椅子。他盘算着父亲什么时候进来，想着想着停下了手中的活计，无声地独自发笑。放工之后，中队长问他发什么呆。他说他没有发过一分钟呆，他一直在编椅子。

"好吧，"中队长说，"以后面对现实，别瞎琢磨了。"

"你也想害我。"他看着中队长，无声地发笑。

那种笑中队长并不陌生，在海强的狱警生涯中他记不起从多少个犯人脸上见识过那种笑。那种笑让他感到瘆。这个年轻人已经跌入罪与罚的无尽长夜。只是他太年轻了。

"我们得给他找个心理医生。"中队长对大队长说。

"我也在想这个问题，别弄出什么事来。"大队长说，"打个报告吧，明天我们去见监区长。"

鸡冠山监狱心理辅导站成立于2007年8月，下设心理治疗室、团体辅导室、宣泄室以及中央控制室，有五名专职心理医师。

最初是一名二级心理咨询师对程凯进行心理疏导，四周之后，收效甚微。这名心理咨询师认为，程凯患有重度抑郁症和被害妄想症。

后来又由两名心理师先后对他进行心理治疗，尽可能地引导他树立正确的观念。有段时间，心理治疗在一定程度上稳定了他的情绪，调动了他自我改造的积极性，但最终未能成功。

程凯在狱中一共自杀过两次，一次是在变压器配件车间，他用铜丝割断了腕脉，狱友发现，报警救了他；另一次在篮球场，他悄悄溜回监舍，利用篮球网兜自缢，幸亏中队长及时察觉，赶到监舍，把他从铁窗护栏上抱下来，当时他脸色发紫，已经休克了。

他们不得不对他实施药物治疗。药物治疗大大缓解了他的症状，但也让他对药物产生了依赖。

药物治疗在程凯身上还产生了另一个不良反应，服药后他的情绪会变得亢奋，变得极具攻击性。他曾在服药后多次破坏监狱设施、偷袭他人。

鸡冠山监狱的心理医师们对他进行了数次会诊式心理测评，结果显示他的人格分裂为抑郁症患者、被害妄想症患者和暴力青年。于是他们让他按时吃药以缓解他的抑郁,定期让他去宣泄室以疏导他的情绪。他也以这种方式终于适应了监狱的生活。

不久,鸡冠山又一次迎来寒冬。第一场雪下得很大,一连下了三天。凛冽的北风翻过远方的山脉,没有减弱的意思。到了傍晚,地面全部结冰,水管里的自来水也慢慢冻住了。入夜以后尤其冷。室外的活动大都停止了。除了一部分做缝纫的犯人,他们都在监舍里耗着。

33

程前进并不知道那天是鬼节。他也想不到邓光会找他。邓光没有杀他,只给了他一刀。他以为他又逃过一劫。他想,只要他不死,他就会让他生不如死。他摸了摸插在肩膀的刀,疼痛难忍。他咬着牙,闭着眼,流着汗。"这些狗娘养的保镖,都去哪了……"他心里骂道。

他确定邓光已经走远了。他准备叫人时,听见有人走过来。他睁开眼,看见程凯。他不承想在这个时候依然是三弟最先来到他身边。八年前,他打死了人,要吃官司。三弟同意替他坐牢,他跪在三弟面前,给他磕了三个响头。他知道他在监狱吃尽了苦头。他知道弟弟为他付出了多少。弟弟出狱的第三个月,他就让他进入了集团的高层。有人提出质疑,但他不容置疑。他要让三弟成为蚌城最年轻的千万富翁。他宠着他,由着他。因为没有他也许就没有他的今天。

"小凯,快报警……"他说。弟弟慢慢走近,惊恐地、冷冷地看着他。他似乎还没意识到发生了什么事。他知道弟弟的脑子有点问题。弟弟出狱之后,他听从鸡冠山监狱心理医师的建议,请了私人医生照料他的健康。他尽一切可能补偿他。

"快报警啊小凯……"他说。弟弟弯下腰,从他肩膀上轻轻拔出那把匕首,血液顺着伤口往外淌。

"小凯,叫救护车……"他说,他捂住伤口。八年前弟弟救了他,这一次他还将拯救他。他心里充满了感激。弟弟拿着那把带有锈迹的匕首,端详着,颤抖着。有少量的血液自刀身缓缓滴落。

"我还在流血,哎哟……"他呻吟着。弟弟蹲下来,睁大眼睛,直直地瞪着他,嘴角挂着冷笑。弟弟看起来有些怪怪的,他还没有打电话。他在等什么呢。他为什么还不打电话。

"小凯,快……"他想催促他。他忽然感到心口冰凉,有股冷气钻了进来。他低下头,他看见一个黑色的短短的刀把插在胸口,刀把上有一只手,紧紧地握着。那只手裹着一条白色毛巾,从腕部向上长着黑色的体毛,那体毛纷纷奓立,像猛兽的鬃。这是谁的手呢。他有点怀疑,他没有意识到发生了什么。

那股冷气迅速在他体内蔓延,他越来越感到冰冷,感到恶心,呼吸困难。他抬眼看看握匕首的人,是三弟,他说,"小凯……你这是……"他没说完,他实在说不出来了。他看见那把匕首在胸前有节奏地抽插,不紧不慢,带着铮铮的只有他一个人听得到的微响,每一下都带给他冰冷的感觉。他不再说话,他想留点气力、留点时间给自己思索。

曾经他以为他已经领悟了人生的真谛,已经看透了世界本质。没有人在乎你配不配开奔驰,只要你拿着钥匙;没有人在乎你住的别墅哪里来,只要房产证上写着你的名字。钱在谁手里谁就是大爷。现在他手里有很多很多钱,他身边有很多很多人,前呼后拥,鞍前马后。可是小凯,他怎么了,发生了什么事,他为什么还没有叫救护车。

他发誓要让弟弟享尽荣华富贵。他做到了。可是那把匕首还在

239

他胸前有节奏地抽插。这是怎么了，到底发生了什么啊。也许，这只是个噩梦。他做过太多的噩梦。他来不及回想他一生所走过的路，他更来不及悔悟他一生所犯下的罪恶。他只知道所有的梦最终会醒，每次醒来他都会看见财富与荣耀。这时候他感到他的念头也被胸口的冷气凝结，随后便沉入一片无际的黑暗之中。

34

他做着混乱的梦。

他再次梦见自己站在一堵墙后面，他听见他们提到林晶晶的名字，提到他的名字。他不清楚他们要干什么，但他很快意识到那是个阴谋。他推开那道暗门。他看见那个人，却看不清那个人。他的面目被黑暗遮掩。他还能嗅到那个阴谋的味道。

他翻了个身，他听见盥洗室传来流水的声音，他又想起拿润。拿润是他的狱友，是他们那个监区表现最好的囚犯。大家叫他拿润，但他不叫拿润。他不知道拿润究竟叫什么名字。现在他觉着拿润才是真正关心他的人。可他不止一次殴打他。他忽然感到懊悔，一股酸楚的情绪弥漫心间。他变得异常脆弱、自卑。他记得他从水盆里悄悄拿起那条蓝色的裤子，水哗哗流回水盆里，流到地板上。拿润卖劲地搓着衣服，没有回头。他从他背后，用裤裆套住他的头，再将两条裤腿交叉系住他的脖子，拉紧，绾成死结，然后用水浇他的面部。他张不开嘴，喊不出声。那次他差点把拿润整死。可他依然帮他洗衣服。拿润是个好人。拿润原谅了他。他闭着眼，眼窝里有泪水流出来，流到脸颊，滑到唇边。拿润太可怜了。人们笑话拿润因为强奸前妻被判了十年。拿润是被冤枉的。拿润一定是被冤枉的。拿润还没出来。

盥洗室传来水流的声音，拿润在帮他洗衣服。他将被子揉成一团，紧紧地抱着。他哭出声，声音从他胸腔里沉闷地发出来，沙哑，粗重，时而被咽喉阻隔，时而又迸发出来。窗外，灯光闪耀不息。夜深人静。没有人知道他有多后悔，没有人知道他整夜都在自责。拿润也不知道。只有棉被温柔地接收他的眼泪。他张开嘴，咬紧棉被，不断用力。拿润是被冤枉的。他伤害了拿润。拿润在帮他洗衣服。有一天他会死去，为拿润，为他犯下的所有过错。

他在梦中，还是现实中。他分不清自己究竟在哪里。无论置身何处他都能察觉有一个无形的自己被囚禁在一个无形的地方。

天已经亮了。窗外从"鸡冠山"的峡谷吹来的晨风刮擦着"监舍"的楼房和旗杆，带着钢铁一样冰凉而坚硬的味道。他感到头痛。他坐起身，迷怔了一会儿，下了床，把被子、床单规规矩矩叠好，看了又看，修了又修。他觉着叠得足够好了，才去盥洗室。淋浴水龙头还在流，他昨夜忘了关。他站在洗漱镜前，懒洋洋地拿起什物架上的气雾剂，看了看，似乎想起了什么。他看见镜中人，眼珠上布满血丝，脸色晦暗，掉了魂似的。他不知道发生了什么。也许没睡好。他再次看了看那瓶气雾剂，他不确定，他试着对准鼻孔喷两下，果然舒服了许多。

他洗漱完毕，来到办公室。早餐已经送进来了，药丸放在水杯旁边的碟子里。这两天是徐经理为他服务。他简单吃些早点，便推开了餐盘。他端起水杯，拿起药丸。他想，这才是他的口粮。他吃完药，精神头逐渐好起来。这时助理给他打电话，告诉他鲍奎投案了，二哥让他尽快躲起来，这个手机号也不要用了。他非常愤怒，他摔了茶杯，掀翻了餐桌。

徐经理听见动静，推门进来了。

"滚出去，没长手啊？"他发火道。

"对不起对不起，七少，我是担心你嘛。"徐经理说着赶紧退出去，重新敲门。

"进来。"他说。

"您怎么啦七少,谁又惹您生气了?"徐经理说。

"他们的良心喂狗了,他们都背叛了我。"他一脚踢翻了垃圾桶。

"您消消气呀七少,我还要跟您汇报工作呢,程总出事这几天,公司都乱套了。"

"我觉得你也会背叛我。"他猛地拉过来一把椅子,一屁股坐在上面。

"怎么会呢七少,只要你不嫌弃我,我一辈子都跟着你。"她用上嘴唇搓搓下嘴唇,让唇膏分布更均匀。

"如果你背叛我,我会像杀猪一样宰了你。"他笑道。

"瞧你说的,这么难听。"

"让司机把车开到楼下,我要出去避避风头。好汉不吃眼前亏,回头再跟他们算账。"

"避什么风头?"徐经理一皱眉。

"你问这么多,你想干吗?"

"好吧好吧,我这就去安排。"徐经理说完出去了。

他把枪从抽屉里拿出来,他用一只眼睛看看黑洞洞的枪口,那黑洞逼仄,深不可测,有股硫黄和机油味。他打了个寒战。他小心翼翼地把它藏在腰间。

他放了一段舞曲,一边听一边跳。宣泄已经成为他的习惯,他非常怀念鸡冠山监狱心理辅导中心那间十几平方米的房间,他记得那里的迪斯科音乐,记得黑色的沙袋,记得没有棱角的橡胶人,记得被蓝色海绵包裹的墙壁。他尤其喜欢那个没有棱角的橡胶人,他可以对"他"拳打脚踢、棍棒相加。他一边听一边跳,直到司机联系他,车已经备好了。

他锁上办公室,走到电梯门口,他哼起一首歌,"唯有我的心脏会为我跳动,唯有我的血液会为我流淌,唯有我的生命会为我死去……"

电梯门打开,他走进电梯,电梯门合上了。他面对电梯门,从明镜般的不锈钢梯门里他看见自己,仿佛只有他自己。他久久地沉浸在自己的世界里。电梯沉重而轻盈地下降,听不见一丝声音。到了负一楼,电梯门叮当一声打开,敲碎了他的梦幻。他的映像瞬间被一分为二。他看不见自己,他自己消失了,现实世界在等他,等着将他包围。他走出电梯,无数次走出电梯,却永远走不出自己。

他驾着跑车,出了酒店,回到他已经很长时间没有回来过的别墅里。他躲了起来。

夜里,助理又给他打电话,告诉他俞警官怀疑他杀了他大哥。他不以为然地骂道,"他妈的,居然怀疑到我头上了。"

"你最好别出门。"助理说。

"我为什么不出门。"他说。

"警方在找你。"助理说。

"肯定是邓光那小子陷害我,还有林晶晶,还有鲍奎那个大傻,他们都背叛了我……"他说。

"程总的追悼会你也不要参加——先这样,我得挂了。"助理匆忙挂断了电话。

我偏要去,他想。

他一个人在别墅里待了两天两夜,只有那只野猫偶尔来楼上远远地看看他。他烦躁不安,几乎没有休息。他不停喝酒,感到累了就吃药。熬到第三天清晨四点多,他让徐经理开车过来,接他去殡仪馆,他要去给大哥烧纸送行。他想,那些笨蛋警察怎么也猜不到他会在大清早去给大哥烧纸,那个时候他们正困得睁不开眼呢。

徐经理来了。他们开着车上了南三环,向东去蚌城火葬场。

徐经理说:"七少副总,你可别嫌我的车小哦。"

他说:"我觉着你的车很温馨,我一上来就有睡觉的欲望。"

243

徐经理说:"瞧你说的,车上怎么睡呀。"

路上冷冷清清,没有遇到巡逻的警车。他们经过蚌城第十六中学时,他说:"什么时候变成他妈的十六中了。"徐经理说:"现在已经建到二十三中了。"黎明中的十六中,大门口一侧的小门已经开了,有三三两两的学生往里走。

到殡仪馆时,他看见一辆白色面包车停在离大门口不远的一棵树下,他和徐经理进入殡仪馆,那辆车没有任何动静。

他在大哥的灵堂前下车。两个侄子睡在大嫂旁边,其他几个亲属身上盖着被褥,也还在梦中。

"小凯,这么早来了。"大嫂打了个哈欠。

"司仪呢?"他说。

"快到了,约的是七点。"大嫂说。

"哦。"他从供桌上拿起一把冥纸。

"这两天有公安局的人找你,到底出了什么事?"大嫂忧心忡忡地说。

"我怎么知道?"他说。

他把那把冥纸在烛火上引燃,放到火盆里。这时徐经理走过来吊唁,抓起一把冥纸,引燃,哭着说程总一路走好。

他呆呆地望着火纸在火盆里、在晨风中呼呼燃烧。他有点伤感,他不知道大哥为什么要联合一个外人来害他。火苗熄灭,火纸变成茸茸的纸灰,带着最后一丝余温,微曳着,轻盈地飞起来,仿佛火的洗礼给了它们灵魂。

"小凯,他们又过来了,公安来了……"大嫂紧张地说。

他回头看见两名警察正朝灵堂这边来,有四五个人跟在后面。他急忙拉着徐经理去开车。"别跑!"警察叫道。他从腰间掏出了手枪,用枪口紧紧抵住徐经理的脑袋。

"你干什么七少?"徐经理大惊失色。

"妈的，别过来！"他冲警察喊道。

"请你保持冷静程凯，有话好说。"领头的两个警察站住了。

"谁过来我就毙了她。"他说着撤退到车跟前，他让徐经理开车，他们上了车，他对窗外喊话，"别过来，人质死了就是你们的失职，知道吗？"他说完让徐经理赶快开车。徐经理的手指已经不听使唤，拿着车钥匙，插了几次才插进钥匙孔。他骂道："你紧张个屁呀，这就不行啦，我只不过是吓唬吓唬他们。快开车！"徐经理说："好好好，我负责开车，你负责开玩笑，你别吓我啊七少，我胆小。"他叫道："啰唆什么，我让你开车，开车。"徐经理终于打着了火。他们开到大门口，他再次对窗外的警察喊道："都他妈的让开，否则别怪我不客气。"警察没有阻拦，徐经理开着车，摇摇晃晃，蛇行，走不成直线。

"没想到你车技这么烂。"他说，他把手枪放到驾驶台上。

"这不是我的特长嘛。"她声音打战。

"你的特长都长在嘴上。"他说。

他看了看倒车镜，有一辆警车远远地跟着他们。

"这帮没良心的家伙。"他说。

"我们去哪儿啊，七少？"徐经理说。

"原路返回。"他说。

"好吧，七少。"徐经理说，"这是，怎么回事，其实咱们可以跟他们讲道理的。"

"你懂个屁。"他说。

他把腿伸到驾驶台上，半躺在副驾驶座上。

"他们追过来怎么办？"

"你说怎么办，反正有你的命顶着呢，怕什么……"他笑起来。

"七少，你吓着人家了呀。"徐经理的脸色像一张白纸。

他们再次路过十六中，朝阳正喷薄而出，有很多学生，在橙红

245

色的晨曦中像潮水一样涌进大门。

"十六中。"他说,"你知道吗老徐,我想起一件事,那时候我还在上学,有一天我跟朋友约好了去看电影,可是那天出了点意外,从那以后我们再也没有一起看过电影。"

"啊,是啊……"徐经理看了看那把枪。

"我以为那是别人的事,有些事总是计划跟不上变化。"他说。

"是呀七少,变化太突然了。"徐经理想哭。

"有一年暑假——我觉着我非常喜欢暑假,我很想再过一次暑假。"他说。

"您随时都可以度假啊七少。"徐经理说。

"我是说暑假,你可以把书包高高挂起来,把暑假作业偷偷烧了,然后去河里游泳,像条鲤鱼,从水里冒出来,然后看见她的衣服全湿了,背心紧贴着她的身体,她的头发缠绕在耳朵上,她闭着眼睛,她不会游泳……"

"原来你喜欢游泳啊七少。"徐经理说,通过倒车镜她看见有两辆警车跟着他们。

"我是说西塘埂,西塘埂的夏天,你聋啦。"他说。

"是啊是啊七少,我知道你说的是西塘埂的夏天呀。"徐经理说。

"那个暑假好像很久很久了。"他半躺在副驾驶上。

"你知道什么叫'恋群'吗?"他说。

"恋群?什么意思呀?"

"就是在上学的路上,不管是不是一个村的,大家都会在一个必经的路口集合,攒够一群再出发。"

他想起了邓光,想起他在去大哥的办公室之前还找过他。

"那天你是不是知道邓光要去我大哥那里?"他问。

"哪天?邓光是谁呀?我第一次听你说呢。"徐经理说。

"就是鬼节那天,你没长脑子啊。"

"你是说那天啊,我只知道那天程总让小林经理去他办公室,我把那条信息一字不落给你了呀,可是我并不知道邓光是谁呀。"

"那小子想害我。"他说。

"啊?什么时候的事?"徐经理说。

"很久以前的事了,他们想害我。"他把腿从驾驶台抽回来,再次拿起那把枪。

35

俞东杰从梦中醒来,但不想起床,哪怕动一动。像往常一样,那种睡足的舒适感在他身体里溢满了,好像动一动就会流走。越是劳累,那种一觉醒来后饱满的感觉越丰盈。那样的时刻,仿佛他的小宇宙和大宇宙融为一体,他感到自己变得无限宽广。阿梅做家务弄出的细微叮当响;楼下断断续续的说话声;窗外的汽笛声、偶尔掠过的鸟鸣声;一缕阳光、一片云,仿佛都成为他自身的一部分。这个早晨或者说上午,家中异常静谧。果果去上学了。阿梅应该在厨房里,他闭着眼睛一样能看见她、听见她、触摸到她。她把电饭锅调到了保温状态;她在清洁厨房,一丝不苟;她把洗干净的碗筷轻轻放进消毒柜;她正关上柜门。她一声不响,生怕吵醒他。她不知道他已经睡醒了,只是还流连在床上。

他翻了个身。那种饱满的舒适感并没有流走,融入了他的气血里,化作阳刚的力量,让他神清气爽。"睡个好觉,还有比这更重要的事吗?"他说。他坐起来,穿上毛衣。"阿梅,"他喊道,"你怎么没去上班?"

"我在等你睡醒呢。"阿梅在餐厅说道。

"不好意思,睡过头了。"他蹬上裤子。

"你这几天累坏了。"阿梅来到卧室门口。

"确实有点,事儿赶事儿的。"他一边说一边系着他的警用牛皮腰带。

"早餐在锅里。"阿梅靠在卧室的门框上。

"你一提早餐我就饿了。"他说,"近来我早上的胃口比中午还好。"

"这不是坏事儿。"阿梅看着他,凄然一笑。

"的确不是坏事儿,"俞东杰笑道,"你又想起那件事了。"

"我去把饭菜端上来。"阿梅转过身。

他看见阿梅的背影,肩膀比一般女人宽,臀部比以前丰腴,整个身材透着熟女的风韵。他发现她变得更美了,不是单纯性感那种美。岁月没有让她变老,而是丰富了她。他感到骄傲。他们是在大学一次联谊会上认识的。第一次约会,他们吃的是自助餐,那家自助餐馆刚开业,六十元一位。阿梅饭量小,吃得不多。他吃了九个荷包蛋。阿梅感到震惊。他对她说,能吃不是坏事儿。阿梅说,最起码吃够本了。他记得那时候他们都很寒酸。

"这么丰盛。"他来到餐厅,用筷子夹了一块韭菜炒鸡蛋,嚼着,到卫生间洗手。

"你快吃吧,不大热了。"阿梅说完去客厅,坐在沙发上,拿起电视遥控器。

"真的太丰盛了,今天是什么日子。"他洗漱完,在餐桌前坐下来。

"新的一天……"电视里传来洗衣液广告的声音。

"非常感谢。"他拿起筷子,拿起馒头,甩开了腮帮子。

他还不知道这个上午的祥和与美好即将离他而去。他将永远铭记这顿早餐的味道。不出一小时,阿梅就会离开,他们将开启分居三年的艰难时期。三年后,他们会在一桩惊世大案中经历生死,那时候他会再次跟阿梅讲起这顿早餐的味道。

"你知道吗,"他说,"案子差不多已经水落石出了,当然还有待验证,很快就会抓到凶手……"

"终于抓到了,终于结束了……"阿梅心想,她没有听清他都讲了些什么,等他吃得差不多的时候,她开口了。

"咱们谈谈吧老俞。"她说。

"谈谈,谈恋爱吗,你还没谈过瘾?"他说。

她以前总觉着他装糊涂,也许他是真糊涂,那么现在,说清楚吧。她走到餐厅,在他对面坐下来。

"咱们离婚吧。"她说。

"开国际玩笑呢?"他说。

"我是认真的。"她说。

"多好的一天,跟你老公扯淡哪。"他腾出一只手去撩她的脸蛋。她冷冷地阻止了他。

"除了果果我什么都不要。"她说。

"你打算净身出户啊。"他继续吃菜。

"房子我已经找好了。"她说。

"真的假的。"他使劲喝了一口粥,发出呼噜噜的声音。那声音夹带着不悦和费解。

"我征求了果果的意见,她选择跟我一起。"她说。

"你到底什么意思老伙计。"他放下碗筷。

"事实上,对我们来说,离婚不是坏事儿。"她说,"我们都不再麻烦对方,这不是很好吗?"

"麻烦?我从来没有觉着,我们之间有什么麻烦,从来没有。"他不由得提高了嗓门,他拿起筷子夹起最后一个笼包,他说,"你到底怎么啦,阿梅?"他一口把那个笼包吞下去。

"我不是跟你吵架的,我们理性点好吗?"她以商量的口吻说道。

"你以为的那些问题不过是生活的一部分,很小很小的一部分。"他一边嚼着包子一边说。

"不吵架,好聚好散,好吗?"她说。

"那很小的一部分根本不影响全部,也不该影响全部。"他说。

"我想通了,也决定了,你知道我的脾气,我需要你尊重我的意见。"她说。

"这是我们的事,这不是你一个人的事,都这么多年了,你到底想哪去了?"他说。他听见卧室里手机响起来,站起来去卧室,继续说道,"我们之间只是多了一些其他因素,那些不值一提的因素。"

"我想过很多次了,我不是随便说说,你说过,我们之间需要个方案,我觉得这就是最好的方案。"她说。

"我觉得这是史无前例的方案。"他说,他从床头拿起手机,"喂,郑志,怎么了?"

"没有打扰到你吧,俞队?"郑志在电话那头说。

"总之你打得挺是时候,讲吧。"他说。

"事实上你也清楚,我们不能一起生活下去了,你只是不承认失败,碍于面子,事实上没什么,我们离婚,像许多家庭一样,没什么大不了。"她双手优雅地放在餐桌上,依然心平气和地说。

"你以为我只是顾及面子?"他接听着手机,走到餐厅。

"他们在殡仪馆发现他了。"郑志说。

"发现谁了?"他说。

"我了解你老俞,我不怪你,至少我们曾经很好,不是吗?"她说。

"是程凯。"郑志说。

"阿梅,在这个时候,不要跟我说这种话了好吗,不要说了好吗?"他说。

"抓到他了是吧?"他说。

"没有呢,他们居然让他跑了。"郑志说。

"我知道,我知道你担心我,担心我们娘儿俩,其实你真的多虑了,分开我们只会更幸福,对我们都好。继续在一起反倒是——我不想自己不幸福,也不想你不幸福,包括你妈,我也不希望她不愉快。"她说。

"你说这种话,我感到很难受,真的,我很难受阿梅。"他说。

"他是怎么跑掉的?他们难道是一群饭桶吗?是谁负责那里?"他问。

"可人是会变的,环境也在变,观念也在变,我们都变了,或者说我们对彼此有了更深刻的认识。"她依然心平气和地说。

"程凯在殡仪馆挟持了徐经理,逃跑了,是越大队他们负责……"郑志说。

"你是在赌气,只是在赌气,懂吗?"他说。

"他们没有去追吗,眼睁睁看着疑犯逃跑吗?"他问。

"我没有赌气,我很清楚,很平静,我们需要离婚,而你只需要承认这件事。"她说。

"他们追了,他们没想到疑犯大清早出现,现在,他们追到一栋别墅……"郑志说。

"那好,如果必须这样,请你清清楚楚明明白白地对我说,'我不爱你了',如果你说出口,如果你说出口的话……"他说。

"追到哪栋别墅了,冲进去抓他呀。"他说。

"好吧,我亲口告诉你,俞东杰,我不爱你了,咱们之间的感情已经不存在了。"她坦诚地说。

"好啊,你学会撒谎了。"他说。

"他们包围了别墅,可是他有枪,你知道俞队,就是那支枪,

251

目前还没有……"郑志说。

"我不骗你，也不骗自己。"她说。

"你为什么要撒谎？偏偏在这个时候跟我撒这种谎。"他说。

"我们要不要过去……"郑志说。

"过去，我们当然得过去，我们就是吃这碗饭的，我们为什么不过去？"他说。

"我对你没有怨言，只是大家没有感情了，都不要蒙着盖着了，我们应该面对事实。"她说。

"我现在去接你。"郑志说。

"你最好快点，我在大门口等你。"他说。

"这件事你想都别想，懂吗，我得走了。"他换上皮鞋。

"我们不要吵架，不要不欢而散，好吗，就算我求你了。"她凄然说道。

"别闹了，等我回来，有话好说。"他说。

"钥匙，我会放在门卫那里。"她说。

他已经关上了门，但她确定他听到了。

他来到楼下，他看见门卫正把一次性筷子和快餐塑料桶一股脑抛到垃圾箱里。快餐桶里有剩菜、鸡骨头，还有酱色的饭汤。他抛的动作极其不顾后果，饭汤溅到旁边的电动车上。

"你已经不是第一次了老兄。"他气不打一处来。

门卫六十出头，是阿梅同事的叔父。每次阿梅下班回来，他跟阿梅打招呼，亲切得像对自己闺女。

"啊，您说什么，俞业主？"门卫有点困惑。

"你是不是觉着'业主'是个顶好的称呼？"他没好气地说。

"我们都这么称呼业主的。"门卫说。

"你是对自己的工资待遇不满还是对这个社会不满？"老俞问。

"我这回没有倒外面呀。"门卫说。

"我记得你说你上过园艺学校。"老俞说。

"是啊,我上过一年。"门卫说。

"就是说,你识字。"老俞说。

"对啊,包括阿拉伯数字。"门卫说。

"那你认识不认识'垃圾分类'四个字,认识不认识'厨余垃圾'四个字,认识不认识'可回收垃圾'五个字。"他质问道。

"我,我把这事儿忘啦。"门卫红着脸说。

"你真的需要在这方面进一步提高提高认识,我说的是进一步,懂吗?"他说。

"我会的,我会进一步的。"门卫说。

"塑料桶是什么,鸡骨头是什么,剩汤剩菜又是什么,说到底就是俩字——分类,分门别类。"他说。

门卫哑口无言,使劲地点着头。这时候郑志开车过来了。

他上了车,以明显多余的气力关上车门。郑志说,"我说怎么听起来电话里有点乱,怎么和保安吵起来了。"

"我吃饱了撑的。"俞东杰说。

"不会吧。"郑志有点蒙。

"你知不知道那栋别墅怎么走?"俞东杰问。

"知道知道。"郑志倒车,掉头,向大湾新区驶去。

那片别墅区不大,位于大湾新区湿地公园左侧,洪河与老河道之间的夹角地带。每栋别墅楼三层,建设豪华,三四百平方米的庭院,院子里都移栽了古树。这片别墅区是程前进开发的,破土时程凯还没出狱。其中一栋稍小一点的,他留给了程凯,作为他补偿弟弟的一部分。此刻,郭副局长和越大队带着人马把它包围了。程凯从三楼对外面至少开了三枪,这三枪至少管了半个小时,半个小时里郭副局长和越大队没有轻举妄动。他们一边等狙击手,一边商量应变对策。他们觉着击毙他是最好的方案。

别墅的三楼被程凯装成了高档酒吧。此刻,他坐在酒吧的吧台上,拿枪指着徐经理,徐经理趴在地上求饶。

"别杀我,别杀我七少,这么多年我一直跟着程总,鞍前马后,辛辛苦苦……"徐经理说。

"闭嘴,再啰唆崩了你。"程凯骂道。

"我不啰唆了,我一句、一句也不说了。"徐经理抱着头,在地上发抖。

"其实你死了这个世界一点都不损失什么。"程凯吹了吹枪口,说道,"你有没有想过,你死了世界可能会更好。"

"我不啰唆了,我一句也不啰唆了……"徐经理哽咽着说。

"你死了,省粮食了,"程凯笑道,"你根本不懂死亡是什么,你有什么资格贪生怕死,肉体有那么好吗,肉体有他妈的什么好。"他愤怒地看着徐经理。

"我,我错了,七少,饶了我吧……"

"你天天把你那张脸弄得光溜溜香喷喷的,可你有没有想过,你每天脱了裤子踩在土地爷头上都干了些什么?"他从吧台上跳下来。

"我错了,我错了……"徐经理磕着头说。

"你只想让人家看你的脸,却把那些脏东西藏起来,嗯?我说对了吧,哈哈哈……"

"我错了七少,我真的错了……"

"你没有错,但你有罪,知道吗。"他像大人训小孩一样对她说。

"我有罪,我该死,饶了我吧,我从来没有,没有背叛过你……"徐经理哭得一塌糊涂。

"好吧,反正你不能活着了。"他用枪口抵住徐经理的头颅。

"饶了我吧,我求求你,求求你……"徐经理抱住他的脚踝,哇哇大哭着。

"程凯！"外面有人喊道，"你要是有种就把人质放咯，我们单挑。"

他听出来，是姓俞的。他来得正是时候，他忽然很想在这个节骨眼上见见姓俞的。他甚至有些激动。他提溜着徐经理走到阳台上，他说："姓俞的，有种上来呀，你上来我就把她放咯。"

"郭副局长，看来我得上去一趟了，不然我多没面子啊。"俞东杰说。

"不行东杰，狙击手快到了。"郭副局长说。

"我们必须确保人质的安全。"俞东杰说。

"暂时没必要，俞队。"越大队说。

"疑犯随时可能对人质下手。"俞东杰说。

"太危险了。"越大队说。

"我上去，相信我，死不了。"俞东杰瞟一眼越大队长那张英俊的脸，转身推开了大门，众人立即隐蔽到大门两边。郭副局长说，"东杰，别冲动，要小心，不行的话就退出来。"俞东杰走到院子里，举起双手，喊话道："程凯，我这就上去，你看见了，我什么都没带哦。"

"好啊，我给你开瓶 XO。"程凯提溜着人质退回屋里。

俞东杰举着手走进一楼客厅，客厅里一个大瓷花瓶倒在地上，碎了半截；一只黑猫看见陌生人进来，哧溜一下钻进里屋不见了。

"我已经到客厅了。"俞东杰说。

楼上没有回音，屋里屋外没有回音，仿佛一切都屏住了呼吸。这时俞东杰的手机叮咚响了一声，他心里一惊。那是短信提醒的声音。他知道是阿梅。赶来的路上，阿梅打了两个电话，他没接。他不想接。此刻他更没兴趣看她的短信，也不能看。他能猜到那条短信有多糟糕。他举着双手开始上楼。

"我上来了。"他说。

他不觉得即将面对的局面有多危险,真正让他忐忑不安的反倒是那条短信。他顺着螺旋楼梯向上爬,一阶,一阶。他想起他跟阿梅从认识到结婚,从最初的幸福到渐渐产生分歧,再到有了果果跟老爸老妈分家,一直到现在,他们的路也是一阶一阶向上走,只是那种向上不是向好,而是越来越艰难。他不知道何以艰难。他来不及多想。他正不断靠近持枪疑犯,他需要冷静。

"我到二楼了。"他站在楼梯拐弯处说。

二楼的家具陈设大都蒙着布帘;木地板上落满灰尘,脚印清晰可辨。

"上来啊俞大警官。"程凯在三楼说。

"你现在可以让徐经理下来了。"俞东杰说。

"不急,你先上来嘛,我准备跟你喝一杯呢。"程凯和徐经理出现在三楼楼梯口,他用枪杵着她的后脑勺。

"放了她。"俞东杰说。

"今儿怎么愁眉苦脸的?你的神气呢俞警官?"程凯俯瞰着说。

"救救我,俞队长。"徐经理满脸泪痕,头发乱蓬蓬的。

"你好像有心事啊俞警官?"程凯用枪指了指他。

"你嫂子她,正跟我闹离婚。"俞东杰说。

"哦,我说呢,我这里不缺妞,给你一个?"程凯笑道。

"放人小子。"俞东杰一边谈判,一边以一种尽可能不引起对方警惕的节奏向上走,一阶,一阶。有那么一瞬间,他又想起阿梅,想起她说她会把钥匙交给那个不懂垃圾分类的门卫。有那么一瞬间,他感觉他和阿梅一步步踏过的阶梯正在以远远超过他们攀爬的速度坍塌,他随时有一脚踩空的危险。

"你以为我稀罕她啊。"程凯松开了徐经理。

"低头往下走,抬头我就毙了你,"程凯对徐经理说,"记住咯,你的命是俞警官给的,来世当牛做马报答俞警官。"

徐经理扶着栏杆,小心翼翼下楼梯。程凯拿枪指着俞东杰,说道:"俞大警官,你看这你满意了吧,不过你别耍花样,格洛克枪的枪子儿可不大好吃哦。"

"你准备请我喝什么酒?"俞东杰举着双手,停下,静静地站在楼梯中间。徐经理正经过他。

"你先上来再说啊。"程凯拿枪指指点点地说道。

"其实,我也喜欢格洛克手枪。"俞东杰说。

"说不定等会儿你就不喜欢了。"程凯说。

徐经理终于下到一楼,消失在他们的视线里。俞东杰长出一口气。

"放下枪投降吧,还有生路。"俞东杰紧锁眉头。

"放下枪你有生路,我可就没有了。"程凯说。

"放下枪,跟我走,兄弟。"俞东杰说。

"兄弟?你少啰唆,快给我上来。"程凯说,"你现在没资格跟我谈条件。"

"我想抽支烟,可以吗?"俞东杰举着双手向上走。

"不可以,我怎么知道你兜里装的是什么玩意儿。"程凯往后退着说。

"好吧,有个问题咨询一下,龙珠是什么?"俞东杰一边走一边问。

"这都不知道你还当什么警察?"

"跟你比起来,我是有点孤陋寡闻。"俞东杰爬到三楼。

"站住,别动。"程凯拿枪对着他喝道。

"好吧,为什么要杀朱一奎灭口?"

"他们想陷害我,没一个好东西。"程凯说,"你知道你哪一点最烦人吗,爱管闲事,你要是没这毛病就完美了。"

"多谢。为什么杀你大哥？"俞东杰缓缓放下双手。

"他们想陷害我，想嫁祸给我，我有什么没办法。"程凯说。

"你大哥难道也陷害你？"俞东杰坐到沙发上。

"你想离间我们兄弟的关系？妈的，站起来，谁让你他妈的坐那儿啦，快站起来。"程凯举枪直指着他。

"放下枪，我们谈谈。"俞东杰站起来。

"谈谈？你不是要跟我单挑吗，你挑啊？"他拿着枪向他逼近了两步。

"快放下枪，放下枪我就能让你活下去。"

"你先保证自己活下去再说吧。"他继续向他逼近。

"我用人格保证，最多十年。"俞东杰近乎哀求地说。程凯继续向他逼近。他想告诉外面，他不会开枪，至少他还有跟他谈判的余地。"快放下枪，放下枪……"也许他可以上前挡住窗户的视线，但那样一来他不确定程凯会做出什么反应。"求求你了，蠢货，快放下枪。"他知道狙击手已经就位，他知道此时此刻程凯已经没有机会向他开枪。

他不想他被击毙，而事实上他一直在通过话术拖延时间，等待狙击手就位。他不主张击毙他，但他无疑创造了击毙他的条件。在俞东杰的警队岁月中，他常常会回忆起这个瞬间，他完全可以冒点险救他一命，可他没有，也许他内心压根儿不敢那么做。

一声枪响，一滴脑髓溅在他眉头紧皱的脸上。他本能地闭上眼睛，喃喃地说，"不要啊……"

他擦去脸上温热的脑浆，他觉着浑身无力，一屁股跌进乳白色的真皮沙发里。他从没感到如此虚弱。他将手伸进裤兜，摸到了打火机。他从茶几上捡起一支烟，点上。他觉着他真的很无能，他觉着这一切都怪他。他从来都不是一个成功的警察，也不是好丈夫，也不是合格的父亲，更不是好儿子。他只会在沮丧透顶的时候点上一支烟，向这个世界谎称他从来没有输。

外面的人鸦雀无声，他们不知道究竟是谁开了枪。他们不知道刚刚那颗子弹穿透了谁的脑袋。他们不知道他是不是还活着。这一刻安静极了。烟灰粉落，冷却，湮灭。世界像灰烬一样纯净。

他知道他和阿梅的感情完了。他想起阿梅和妈妈的斗争一刻也不曾停止，想起他夹在这两个他生命中同等重要的女人中间手忙脚乱。他忽然恨妈妈，也恨阿梅。那种恨就像牙咬到舌头，疼痛钻心。他觉着现在他可以把阿梅那条信息打开了。但凡足够糟糕的事，从不出乎他的意料。"我和女儿走了，至少我曾经爱过你，请看在这个分上，不要来打扰我们。"走吧，带上你的宝贝女儿走吧，我会成全你，成全你们。打扰，怎么会？只是到了这个时候他脑海里一片空白，他不知道她们为什么离开，为什么要在这个节骨眼上离开，为什么不能等到明天，哪怕再等混账的一刻钟也好。他捋不出一点头绪。所有事情的线索如同一条条小路，每条小路都有一个分子级的念头作为起点，那个点从诞生开始就是一个除不尽的小数，那个小数无限延展，没有尽头。

七

雨雪霏霏

36

她们到七路公交站台的时候，天气转阴，一下子就冷起来。

"对了莎，明天有雨夹雪。"英子说。

"只要不下枪子儿。"喀秋莎说。

"好吧，看来你是铁了心了。"英子说。

"心诚则灵嘛。"喀秋莎挽住英子的手。

喀秋莎要结婚了。上周五她在办公室宣布了这个消息。当时同事们都忙着批改试卷，她接到男友发来的那条信息之后，突然就心急火燎地宣布她要结婚了。大伙被喀秋莎的福音吓了一跳，纷纷停下手中的活儿，望着她。喀秋莎说，好吧，谁不想加班，我今天承包了，不过英子得留下来。那天她们很晚才下班，英子摇着麻木的手腕，怪喀秋莎连累了她。

"你小心点，车来了。"

"给你抢座位呢。"喀秋莎掏出乘车卡。

公交车停稳后,车门打开,喀秋莎拉着英子先上了车。最后一排有座,她们挨着坐在一起。车厢内一眨眼人就挤满了。

"这年头,不抢哪有我们的位置。"喀秋莎说。

"至于吗?"英子说。

"学着点儿,找男朋友也一样,"喀秋莎在英子耳边说,"他们说我心急吃不了热豆腐,难道要等豆腐凉了再吃吗?"

"你这是诡辩。"

"听我的英子,无论如何我们都要找个好老公,这是我们最后一次机会了。"

"你能不能小声点。"

"无妨无妨的。"

有几个学生朝她们看,他们认出了她们。喀秋莎一点不在乎。她讲起她的老公,她连男朋友这个词也不用了。她告诉英子,老公在玫瑰园给她买的那套房子已经升值了,等放寒假他们准备去海南。英子在西塘路口下车,喀秋莎还有几站路要走。喀秋莎说,"你明天上午准时过来。"英子说,"我可不想当电灯泡,我在楼下等你。"喀秋莎说,"你直接上楼,他明天一早就出去办事了。"英子下了公交车,喀秋莎隔着车窗玻璃向她飞吻。

玫瑰园在洪河大 S 形那段河道下游的湾区,那里的房子是蚌城市最贵的。喀秋莎回到家,男朋友已经为她准备好了晚餐。

第二天上午十点,英子来到的时候,喀秋莎还穿着睡衣,披散着头发。

"还没睡醒呐莎。"英子说。

"昨晚上我们喝酒了,有点小折腾。"喀秋莎说。

"想必没干好事。"

"喝多了,你先坐,我去洗洗。"

"你小心纵欲过度。"

"无妨无妨的。"

"有股酒味,莎,屋里怎么这么乱。"

餐厅里一桌残席,杯盘东倒西歪。客厅里沙发面蹭得皱巴巴的;一个抱枕跑到了电视机上;一只红酒杯躺在地毯上,杯沿有个豁口,还在"流口水"。

"帮我收拾一下好吗?"喀秋莎在浴室里说。

"我好像是专门来打扫战场的。"

"发发慈悲吧英子。"

"我按小时收费的。"

"没问题,给你按分钟。"

英子开始洗刷碗碟,擦桌子,拖地。忙活了一通,头上直冒汗。英子做完清洁,喀秋莎还在浴缸里泡着。外面零零星星下雨了。英子来到阳台,视线很开阔。河水绕了一个半圆向东流去,河湾的风景一览无遗。远处依稀可辨的高峰,便是朗山,云空寺在那里。

"有点饿了我。"喀秋莎一边擦头发一边说。

"你打算磨蹭到什么时候。"

"咱们吃点东西再出发吧。"

"那你快点吃吧。"

"我想喝点粥,胃里不舒服,你会煲粥吗英子?"

"你活该——家里都有什么食材?"

"你去厨房看看,有小米什么的。"

"真是事儿多。"

英子来到厨房,找到了小米和南瓜,开始做小米南瓜粥。

"昨天老公跟我谈起一件事,与林晶晶有关。"喀秋莎一边说一边对着梳妆台化妆。

"什么事,他认识晶晶?"

"不，他认识程凯。"

"有钱人和有钱人玩嘛。"

"那时候他没有发现程凯是个神经病，他还不相信他杀了他大哥。"

"世事难料。"英子煲上粥，来到客厅。

"警方在他的车里发现一条白色毛巾，上面有他大哥的血，我老公感到后怕，他开过那辆车。"喀秋莎拿出一把翡翠色的电吹风机，插上电源，开始打理头发。

"他太傻了。"喀秋莎说。

"你说谁？"

"我是说程凯，他其实很傻。"

"吹风机太响了，听不清你说什么。"

"马上就好。"

英子打开电视机，想再看看天气预报。喀秋莎从盥洗室出来，手里拿一个红色的化妆盒。

"哇，干净，整洁，你真是一把好手。"喀秋莎看着被英子打扫得一尘不染的房间赞叹道。

"我不赊账。"英子伸手道。

"好吧，我马上给你开支票。"喀秋莎半躺在沙发上，将大腿伸到英子膝上，"你是姐嘛，你有义务监护我。"

"你别想耍赖。"

"林晶晶的老公出车祸你知道吧？"

"知道，你刚才说她什么来着？"

"我老公说，那场车祸不是意外，有人要杀他。"

"谁要杀他？你老公是怎么知道的？"

"反正他知道，他知道很多事儿——肇事司机是个东北人，提前几天就在那儿踩点，是程凯雇来的。"

"是他……"

"你很意外?"

"这只是小道消息。"

"不管什么消息,反正是死无对证了。"

"你最近见过晶晶吗?"

"见过,他们在省城开了一家诊所,你不知道?"

"不知道,她老公怎么样?"

"除了走路要她推着,其他一切正常。"

"那就好。"

"你好像很有感触。"喀秋莎将下巴枕在英子肩上。

"我怎么闻到一股煳味,坏了,米粥,快关火。"英子跑进厨房拔掉电源插头时,小米南瓜粥已经溢出来了。

"怎么样,没事吧。"喀秋莎看着电视说。

"没事了,口感可能不太理想。"英子一边擦灶台一边说。

"我不介意,你做的我都喜欢。"

"凑合着吧。"

"他们现在生活得很滋润。"

"是啊莎……"英子拿着抹布停下来,望了望窗外,打在玻璃上的雨珠正慢慢流下来。

"你叫我'莎'时,我感到特别暖。"

"我疼你呀。"

"你总是对人那么好,你也要对自己好一点呀姐。"喀秋莎来到厨房。

"你用不着太感动,我只是喜欢做饭。"

"从现在开始你就是我姐了。"喀秋莎从身后抱住英子,"我是独生女,又是单亲家庭……"喀秋莎忽然热泪盈眶。

"现在你不是有了另一半吗?"

"那不一样。你要给我送个大红包，不能低于五位数，我是你妹妹了，我老公就是你妹夫。"

"好啊喀秋莎，这就开始坑姐了。"

"哈哈，姐可不是白当的。"

"五位数，压力山大，我的全部家当还抵不上你老公的一个车轮子。"

"你可不是小气鬼呵。"

"你快喝粥吧，我们得出发啦，只有一天假。"

喀秋莎喝完小米粥，肠胃舒服多了，脸上泛起一层红晕。

她们各自拿了一把天堂伞下楼，等乘上去朗山景区的公交车时，已经是上午十一点多了。她们俩坐在司机后面的双人座上。喀秋莎说，"今天好像人不多。"英子说人多才怪。雨中出现了雪花，落在挡风玻璃上随即就融化了。

"这是个好天，省得挤挤杠杠的。"喀秋莎说。

"还好雨雪不大。"英子道。

"什么是雨夹雪呀。"

"你的书白读了，它们在高空凝结成雪花，经过低空时温度暖了些，雪会融化一部分。"

"我读的是文科嘛。"

"有点常识行不行。"

"下回等我拿到驾照，亲自载你来。"

"你什么时候能拿到驾照？"

"快了。"

"每次都快了。"

"我总是忘记把手刹放下来。"

"你还一起步就熄火呢。"

"老掌握不好离合，为什么必须学带离合的呢？"喀秋莎不满地说,"离合离合,听着就不吉利,还有那个大肚子教练,我受够他了。"

雨雪密了一些,路面变得湿滑,车轮碾蘸着雨水发出吱吱的声音。雨刮器循环往复,黑色刮条瞬间滑过,犹如人眨眼的工夫出现的短暂掠影。雨天的挡风玻璃格外明净。有那么一会儿她们俩望着前方的路,沉默着。

到了朗山,她们坐上观光车,绕着盘山公路,迎风而上。先到竹林观,喀秋莎抽了一个上上签,道士说她鸿运当头。喀秋莎捐了一千块钱。英子说那多半是骗人的。喀秋莎说骗就骗吧。

"你快幸福傻了。"

"我就是幸福,谁让我遇着个钻石王老五呢。"

"现在充高人、充大师敛财的人,多了去了。"

"你没看见那老头儿的胡须吗,又白又长,有一米长。"

"真正的世外高人我们这些凡夫俗子是见不到的。"

"也许他就是传说中的高人,远在天边近在眼前呢。"

"也不是我们见不到,而是高人不想见我们。"

"有什么区别吗?"

从竹林观出来,她们买了两张门票,进入云空寺景区。云空寺在朗山之巅。她们走了半天才搭上一辆观光车,继续向上。雨雪紧了些。她们在观光车上撑着雨伞。喀秋莎眉飞色舞,指指点点。英子提醒她抓牢扶手。

到了云空寺大门口,香客们正陆陆续续走出来,为数不多,已经礼拜过,要下山了。喀秋莎和英子下了车,走进寺内。道路两边立着降龙、伏虎、长眉、布袋、欢喜、坐鹿、芭蕉、探手等十八罗汉的雕像。有威猛相,有沉思相,有喜悦相,有怒目相,有如意相。各具神态。

行至大雄宝殿下,抬头观望,大殿上方云雾弥漫,只能看见几个尖角。她们拾级而上,爬到大殿前的平台上,气喘吁吁。四下观望时忽有"一览众山小"的感觉。喀秋莎把雨伞交给英子,连拍了几张照片。

正对大殿门口摆着四个大青铜香炉,香灯的火苗被风吹得飘飘摇摇。她们在旁边的结缘处请了香,引燃,鞠躬,然后插在香炉上。喀秋莎进入大殿,英子侍立在门口。喀秋莎凝望着大殿上的菩萨。那菩萨有金色臂。那菩萨有如意足。那菩萨有十大愿。那菩萨华丽庄严。那菩萨名曰普贤。喀秋莎合掌,跪下,五体投地。喀秋莎闭上眼睛,默默祈祷。大殿里木鱼声声,香烟袅袅。

眼前的高人如何看破红尘,是否还有烦恼。英子作如是想。

从大殿出来,喀秋莎给妈妈打电话,说她已经上过香了。她和英子从大殿东侧沿石阶下去,走上观景小道,顺着小道可以绕到大殿后面的悬崖峭壁。小道下面,雨雾缭绕,峡谷纵横。喀秋莎一边走一边给老公打电话,问他事情办得怎么样。两个人煲起电话粥,一时没有停下的意思。喀秋莎落在后面。英子走在前头,经过一个洞龛门口,英子停下等喀秋莎。

站在这里可以眺见蚌城。那是她和喀秋莎刚刚还在的地方。在那小小的城中洪河像一条弯弯曲曲的蚯蚓。那段 S 形的区域在雨雪中渺不可见。

雨夹雪越下越紧。雪花表面裹着一层雨水。雨水里夹着一缕雪绒。半雨半雪。透明含着透明。晶莹包着晶莹。英子走进那个曾经坐佛的洞龛,合上伞。她想,或许她会继续等。她从来没有认为他所走上的是一条不归路。她爱他,而不是悲悯。以她之卑微,她没有资格悲悯任何人。也或许她会过上西塘埂人定义的幸福生活。他们不能容忍他的污点,他们更不能容忍她的容忍。她不能接受那样的结局,却必须如此收场。她从不责怪任何人。难过是一个人的事。现在这个小山洞里只有她一个了。她的心境正如这个小山洞,空落而孤寂。她望着雨雪弥漫的天际,巨大的空蒙给了她某种感应。这情景似曾相识,仿佛她过去生就来过这里。她为命运感到悲哀,为她自身的处境感到悲哀。她只想过平凡的生活,却生活在一个自命不凡的世界里。雨雪中,雪花渐渐多起来。一半雨夹雪,一半雪花。洋洋洒洒,亦紧亦徐。落在山崖上,落在树木上,落在寺庙的青瓦上,落进那道空门里,越过洞口的石檐,轻轻打在她湿漉漉的脸上。

图书在版编目（CIP）数据

追凶／梁雨山著．--北京：作家出版社，2023.7
ISBN 978-7-5212-2373-6

Ⅰ.①追… Ⅱ.①梁… Ⅲ.①长篇小说-中国-当代 Ⅳ.①I247.5

中国国家版本馆 CIP 数据核字（2023）第 119184 号

追凶

作　　者：	梁雨山
责任编辑：	乔永真　翟婧婧
装帧设计：	杜　江
出版发行：	作家出版社有限公司
社　　址：	北京农展馆南里 10 号　　邮　　编：100125
电话传真：	86-10-65067186（发行中心及邮购部）
	86-10-65004079（总编室）
E-mail:	zuojia@zuojia.net.cn
http://	www.zuojiachubanshe.com
印　　刷：	唐山嘉德印刷有限公司
成品尺寸：	142×210
字　　数：	200 千
印　　张：	8.5
版　　次：	2023 年 7 月第 1 版
印　　次：	2023 年 7 月第 1 次印刷
ISBN	978-7-5212-2373-6
定　　价：	48.00 元

作家版图书，版权所有，侵权必究。
作家版图书，印装错误可随时退换。